AKAL BÁSICA DE BOLSILLO **376**

Serie Clásicos de la literatura alemana

Diseño interior y cubierta: RAG

Motivo de cubierta: Dibujo de Franz Kafka, *Cuaderno de dibujo,*
incluido en Max Brod, *Franz Kafka. Eine Biographie* (1937)

Título original:
Der Verschollene

1.ª edición, 1983

© Ediciones Akal, S. A., 2025
Sector Foresta, 1
28760 Tres Cantos
Madrid - España
Tel.: 918 061 996
Fax: 918 044 028
www.akal.com

ISBN: 978-84-460-5566-2
Depósito legal: M-29-2025

Impreso en España

Franz Kafka

El desaparecido

Traducción
Ruth Saunner

akal
ARGENTINA / ESPAÑA / MÉXICO

Cronología

1883   Franz Kafka nace en Praga el 3 de julio. Hijo primogénito del comerciante Hermann Kafka (1852-1931) y Julie Löwy (1856-1934).

1889-1892 Cursa sus estudios de primaria en la escuela de barrio Fleischmarkt. Nacen sus hermanas: Gabriele, «Elli» (1889); Valerie, «Valli» (1890); y Ottilie, «Ottla» (1892). Otros dos hermanos pequeños murieron al poco de nacer (Georg [1885-1886] y Heinrich [1887-1888]).

1893-1901 Cursa sus estudios de secundaria en el Altstädter Deutsches Gymnasium, en el casco antiguo de Praga.

1896   Celebra el rito judío del bar mitzvá.

1897-1898 Amistad con Rudolf Illowy, Hugo Bergmann, Ewald Felix Příbram y, sobre todo, con Oskar Pollak (hasta 1904). Toma contacto con el darwinismo y el socialismo.

1899-1903 Lee la revista *Der Kunstwart*. Primeros escritos (destruidos).

1900   Vacaciones en Roztok. Lee a Nietzsche.

1901   Termina el bachillerato. Pasa sus vacaciones en Norderney y Helgoland. Comienza sus estudios de Química, primero, Arte y Filología alemana, después, y, finalmente, de Derecho en la Universidad Alemana de Praga. Recibe la influencia del análisis y crítica de la sociedad industrial de Alfred Weber (hermano de Max Weber).

1902   Vacaciones en Triesch y Schelesen, con su tío el doctor Siegfried Löwy (médico rural). En otoño continúa estudiando Derecho. Conoce a Max Brod en una conferencia que este da sobre Schopenhauer. Hace amistad con Felix Weltsch y Oskar Baum.

1902-1906   Cursos y discusiones con Anton Marty. Descubre la filosofía de Franz Brentano en el Círculo del Café del Louvre.

1903   Trabaja en su novela *El niño y la ciudad* (perdida). En julio se licencia en Derecho.

1904-1905   Escribe *Relato de una lucha.* Lee memorias, diarios y cartas de: Byron, Grillparzer, Goethe y Eckermann. Recibe la influencia de Hofmannsthal.

1905-1906   Pasa julio y agosto en Zuckmantel. Romance con una mujer desconocida. Comienza a ver regularmente a Oskar Baum, Max Brod y Felix Weltsch.

1906   En junio obtiene su doctorado en Derecho por la Universidad Alemana de Praga, con Alfred Weber. De abril a septiembre trabaja en el bufete jurídico de su tío Richard Löwy. A partir de octubre comienza el año de servicio obligatorio en los tribunales civil y penal.

1907   Visita nuevamente Zuckmantel. Escribe *Preparativos de boda en la provincia.* En agosto viaja a Triesch. En octubre comienza a trabajar en Assicurazioni Generali.

1908   De febrero a mayo realiza un curso sobre seguro obrero en la Academia Comercial de Praga. Estrecha su amistad con Max Brod, con quien realiza lecturas en común (Huysmans, Flaubert). Hacia finales de julio comienza a trabajar en Arbeiter-Unfall-Versicherungs-Anstalt für Königsreich Böhmen.

1909   Publicación de ocho fragmentos de prosa en la revista *Hyperion.* En septiembre pasa sus vacaciones en Riva y Brescia junto con Max y Otto Brod. Escribe *Los aeroplanos de Brescia.* Se relaciona con anarquistas: Hašek, Illovy y Mares.

1910   Continúa en Círculo del Café Louvre, cuyas reuniones lidera Berta Fanta y desde ese momento se celebran en su casa. En marzo se publican en Bohemia cinco artículos suyos en prosa. En mayo comienza a escribir sus diarios. Participa en una compañía de teatro yiddish. Viaja a París con los hermanos Brod. En diciembre viaja a Berlín.

1911   Entre enero y febrero viaja por negocios a Friedland y a Reichenberg. En abril viaja a Warnsdorf. Pasa el verano en Zúrich, Lugano, Milán. En París planea con Max Brod la novela *Ricardo y Samuel.* Después pasa una semana solo en el sanatorio naturista de Erlenbalch, cerca de Zúrich. Escribe sus diarios de viajes. En invierno participa nuevamente en la compañía teatral yiddish. Traba amistad con el actor Jizchak Löwy. Empieza a trabajar en su novela *El desaparecido.*

1912   A partir de su amistad con Löwy, comienza a interesarse por el folclore judío y por el judaísmo (con Heinrich Graetz y Meyer Isser Pines). Comienza un dibujo de Löwy. Sigue con *El desaparecido* (las secciones principales fueron escritas en 1911-1912). En febrero da una conferencia sobre la lengua hebrea. En julio, a Weimar, con Max Brod. Vuelve a pasar un periodo solo en una clínica naturista de Jungborn. Encuentro con Ernst Rowohlt y Kurt Wolff, gerentes de la editorial Rowohlt. En agosto, conoce a Felice Bauer en la casa de Max Brod en Praga. Envía al editor el manuscrito de *Meditación.* En septiembre escribe *La condena.* Entre septiembre y octubre escribe *El fogonero,* que luego se convierte en el primer capítulo de *El desaparecido.* Desde octubre hasta febrero de 1913 se producen intervalos en sus diarios. En noviembre escribe *La metamorfosis.*

1913   En enero publica *Meditación.* Desde febrero hasta julio de 1914 hay una laguna en su producción literaria. En Pascua visita a Felice Bauer por primera vez, en Berlín. Durante la primavera publica *La condena* y *El fogonero.* En septiembre viaja a Viena, Venecia y Riva. En Riva traba amistad con «la muchacha suiza» (Gerti Wasner). En noviembre se produce el encuentro con Grete Bloch, amiga de Felice

Bauer. Establece correspondencia con Grete, que será la madre de su único hijo, el cual muere a la edad de siete años sin que Kafka hubiera sabido de su existencia.

1914   Pasa la Pascua en Berlín, donde se compromete con Felice Bauer. En julio rompe ese compromiso. Viaja con Ernst Weiss por Hellerau, Lübeck y Marienlyst en el Báltico. En octubre escribe *En la colonia penal*. En otoño comienza *El proceso,* y en invierno escribe *Ante la ley,* que formará parte de *El proceso*.

1915   Tiene varios encuentros en Bodenbach con Felice Bauer. Continúa trabajando en *El proceso*. En febrero se muda de la casa paterna a una casa de huéspedes en Bilekgasse y, después, en Langengasse. Viaja a Hungría con su hermana Elli. En noviembre publica *La metamorfosis*. Entre diciembre y enero de 1916 escribe *El maestro rural*. Conoce a Jiří Mordechai Langer.

1916   En julio se encuentra con Felice Bauer en Marienbad. Durante agosto fluctúa entre las ventajas y los inconvenientes del matrimonio. Escribe cuentos que luego serán recopilados en *Un médico rural*.

1917   En invierno, molesto por ruido, se muda a la calle Alchemist, en Praga. Durante la primera mitad del año escribe *El cazador Gracchus*. Aprende hebreo. En primavera escribe *La gran muralla china*. En julio se produce su segundo compromiso con Felice Bauer. En agosto comienzan sus padecimientos pulmonares, y en septiembre le diagnostican tuberculosis. Se muda a Zürau con su hermana Ottla. En noviembre interrumpe nuevamente su diario. En diciembre rompe una vez más el compromiso con Felice Bauer. Durante el otoño y el invierno, escribe *Aforismos.*

1918   Hasta junio permanece en Zürau. Lee a Kierkegaard. Durante la primavera continúa con *Aforismos.* Viaja a Praga y Turnau. En noviembre, conoce en Schelesen a Julie Wohryzek, hija de un custodio de sinagoga. Escribe un proyecto de sociedad ascética: *Sociedad de trabajadores pobres.*

1919   En enero, estando en Schelesen, resume sus diarios. En primavera vuelve a Praga y se casa con Felice Bauer. En mayo publica *En la colonia penal,* y en otoño *Un médico rural.* En noviembre escribe *Carta al padre.* En invierno, nuevamente en Schelesen con Max Brod, escribe una nueva colección de aforismos.

1920   Entre enero y octubre de 1921 se produce otro intervalo en el diario. Hacia finales de marzo conoce a Gustav Janouch, en Merano. Conoce también a Milena Jesenská-Pollak, traductora checoslovaca, con quien entabla correspondencia. En verano y otoño escribe cuentos. En diciembre, en las montañas Tatra, conoce a Robert Klopstock.

1921   En octubre, escribe una nota en sus diarios y se los regala a Milena. El hijo de Kafka con Grete Bloch muere en Múnich. Queda internado hasta septiembre en el sanatorio de las montañas Tatra. Luego viaja a Praga con Milena.

1921-1924   Escribe cuentos reunidos en *Un artista del hambre.*

1922   Entre enero y septiembre escribe *El castillo.* En febrero viaja a Praga. En mayo se produce el último encuentro con Milena. En junio, se jubilará de manera anticipada por su enfermedad. Entre finales de junio y septiembre permanece en Planá con su hermana Ottla. Luego vuelve a Praga. Durante el verano escribe *Investigaciones de un perro.*

1923   Viaja primero a Praga y luego, en julio, a Müritz con su hermana Elli. Conoce a Dora Diamant. Luego vuelve a Praga y más tarde a Schelesen junto a su hermana Ottla. Hacia finales de septiembre vive en Berlín con Dora. Asiste a conferencias sobre estudios hebreros en la Academia de Berlín. En invierno escribe *La madriguera.* Envía al editor *Un artista del hambre.*

1924   Escribe *Josefina la cantante.* Por su enfermedad, debe trasladarse de Berlín a Praga. En abril se interna en el sanatorio Wienerwald, clínica del doctor Hajek; más tarde se traslada a otro sanatorio en Kierling, cerca de Viena. Lo acompañan Dora Diamant y Robert Klopstock. Muere el 3 de junio en Kierling. Los restos mortales de Franz son enterrados el 11 de junio en el cementerio judío de Praga-Straschnitz. Después de su muerte se publica *Un artista del hambre.*

1931   Muere su padre.

1934   Muere su madre.

1943   Muere su hermana Ottla en Auschwitz. Las otras dos hermanas también murieron en campos de concentración alemanes.

1944   Muere Grete Bloch a manos de un soldado nazi. Muere Milena en otro campo de concentración.

1952   En agosto muere Dora Diamant, en Londres.

1960   Muere Felice Bauer.

Prólogos

Prólogo a la primera edición

El manuscrito de Franz Kafka no lleva título alguno. En las conversaciones, solía llamarlo su «novela americana», y más tarde, según el capítulo inicial, que se publicó de forma independiente (1913), sencillamente *El fogonero*. Trabajó en la obra con incansable entusiasmo, por regla general hasta muy altas horas de la madrugada. Sorprende que las páginas del manuscrito muestren tan pocas correcciones y tachaduras. Kafka era consciente, y a menudo lo resaltaba en las conversaciones, de que esta novela era más esperanzada y «luminosa» que todo cuanto había escrito. A este respecto, tal vez deba añadir que Kafka gustaba de leer libros de viajes, memorias, que la biografía de Franklin era una de sus lecturas predilectas, que en él vivía un permanente anhelo de libertad y deseos de conocer países lejanos. En cambio, no realizó grandes viajes (más allá de Francia y el norte de Italia) y es la aurora de la fantasía la que tiñe con su particular colorido la aventura en este libro.

De modo totalmente inesperado, Kafka interrumpió su labor en esta obra. Permaneció inacabada. Por conversaciones con él, sé que el capítulo inconcluso sobre el «Teatro natural de Oklahoma» –un capítulo cuyo inicio Kafka amaba en especial y que leía con conmovedora belleza–, debería constituir el último y tener un carácter conciliador. Con enigmáticas palabras, Kafka insinuaba entre sonrisas, que por una especie de magia paradisíaca, su joven héroe encontraría en aquel teatro «casi ilimitado», trabajo, libertad, el apoyo e incluso reencontraría el hogar y a sus padres.

Antes del capítulo final también faltan partes de la narración. Existen fragmentos más largos, relativos al servicio en casa de Brunelda, pero no cubren del todo el vacío. Quedan para un tomo posterior, puesto que para mí lo importante era seguir la línea maestra de la narración, no realizar un trabajo filológico, que queda reservado para más adelante. Kafka solo estableció la división y nombres para los primeros seis capítulos.

Está claro que la novela guarda una íntima relación con *El proceso* y *El castillo,* cuya sucesión inaugura cronológicamente. Se trata de una trilogía de la soledad que Kafka nos legó. El tema fundamental es la extrañeza, el aislamiento entre los hombres. La situación del acusado en *El proceso;* la del intruso y extraño en *El castillo;* el desamparo de un joven inexperimentado en medio de una *América* desbordante de vida: he aquí tres hechos fundamentales cuya íntima comunidad se manifiesta clara y simbólicamente a través del arte de Kafka y, sin embargo, sin recurrir al habitual lenguaje simbólico y con la más sencilla expresión de la verdad. De este modo, las tres obras se explican mutuamente, remiten a un mismo corazón. En las tres novelas se trata tanto de la integración del individuo en la comunidad humana como de la suprema justicia y, al mismo tiempo, de la integración en un reino divino. En ellas se muestran los terribles obstáculos que se oponen precisamente al individuo bondadoso y recto. En *El proceso* y *El castillo* pesan más estos obstáculos y eso convierte estos relatos en trágicos documentos. En

América[1]*,* por el contrario, el mal se mantiene en justo equilibrio gracias a la inocencia infantil y la pureza, conmovedora por naíf, del protagonista. Sentimos cómo ese buen chico –Karl Rossmann–, que pronto se gana toda nuestra simpatía, a pesar de las falsas amistades y pérfidas enemistades, por obstinación alcanzará su objetivo: mostrarse como una persona decente y reconciliar a los padres. Ya señalé algunos motivos que subyacen a esta problemática en un breve análisis «Kleist y Kafka» en la *Literarische Welt* 28 (15 de julio de 1927). Pero el camino que conduce a este objetivo está plagado de terribles padecimientos y dificultades. «Es imposible defenderse si no existe buena voluntad», dice aquí, lleno de aflicción y queja, en aquel interrogatorio frente al metre, que tantos demonios comunes tiene con el procedimiento judicial descrito en *El proceso.* Solo que aquí, la lucha por la justicia se sucede con la conciencia más tranquila, con firmeza juvenil. Y la desesperada búsqueda de empleo, a menudo cargada de ironía, remite a acontecimientos similares en *El castillo,* con la excepción de que en *América* al final suena el liberador «admitido», aunque vaya acompañado de circunstancias accesorias que no lo hacen irrecusable.

Kafka no trata con más delicadeza a Karl Rossmann que a los otros dos protagonistas, cuya inicial también es K (Yo). Pues también en las otras dos novelas, tras el diáfano y sobrio estilo no se oculta la frialdad del autor, como se ha supuesto en algunos análisis, sino tan solo un inmenso rigor, indisolublemente ligado a la más exquisita sensibilidad, con-

---

[1] Para la presente edición, y a pesar del criterio de Max Brod, hemos decidido mantener el título que le dio Kafka a la novela, *El desaparecido,* tal como puede comprobarse en sus diarios. Véase el prólogo a la tercera edición del propio Brod y la entrada del diario del 31 de diciembre de 1914 *[N. del Ed.].*

firiendo dignidad a los momentos de descargo más complicados y con infinita compasión. Da la impresión como si Kafka, en *América,* se hubiera movido con más libertad frente al honrado, sincero e infatigable joven que nos presenta. Oculta menos su participación; esta le sobrepasa. Hay escenas en esta novela, las escenas que se desarrollan en los suburbios, en el capítulo que he titulado «Un asilo», que con su irresistible ímpetu recuerdan a las películas de Chaplin, a aquellas bellas películas de Chaplin que naturalmente no se habían escrito todavía: no hay que olvidar, además, que en la época en que fue escrita esta obra (¡antes de la guerra!), Chaplin era un desconocido o tal vez ni siquiera hubiera debutado.

Es posible que precisamente esta novela muestre una nueva vía para comprender a Kafka –la de la humanidad modesta y solidaria– y que a partir de aquí, también las otras ya publicadas, sus otras dos grandes novelas póstumas, empiecen a surtir efecto por sí mismas sin necesidad de ninguna interpretación. Como compruebo por los escritos que me llegan cada vez más a menudo y los ensayos críticos, la obra de Kafka cada día se reconoce y ama más por su originalidad y respetable categoría. Su legado contiene además dos grandes narraciones inacabadas, cuyo esquema básico está claro, un boceto dramático, una colección cerrada de aforismos sobre el pecado y la redención, numerosos fragmentos y un diario muy extenso del cual destacan muchas partes por su gran actualidad. Cuando todo esto esté impreso, se destacará el significado de Kafka con una importancia que hoy ni siquiera podemos sospechar.

Max Brod (1927)

Prólogo a la segunda edición

A excepción de dos correcciones, que significan variaciones pero no ampliaciones del texto, el original de *América* no muestra modificaciones importantes realizadas por Kafka. Solo los dos fragmentos del material del episodio de Brunelda, así como un breve pasaje en torno al cual se prolongó la narración del último capítulo forman el material del apéndice.

El primer capítulo, publicado en vida de Kafka, se ha reproducido intacto, fiel al modelo de aquella primera edición; por lo demás, el texto lleva algunos pequeños retoques para armonizarlo con la nueva edición.

Max Brod (1935)

Prólogo a la tercera edición

El manuscrito no muestra ninguna división en capítulos. Pero en el papel para guardas del segundo cuaderno, hay un sumario de seis títulos de capítulos (junto al número de la página), que he empleado para titular los capítulos. En el contexto mismo, solo el título «Mudanza de Brunelda» está indicado por el propio Kafka. Añadamos también que toda la obra se menciona en los diarios de Kafka bajo el título *El desaparecido [Der Verschollene]*.

Max Brod (Tel Aviv, 1946)

El desaparecido

El fogonero

Cuando Karl Rossmann –joven de dieciséis años, hijo de padres humildes, enviado a América después de que una sirvienta le hubiera seducido y tenido un hijo suyo– entró en el puerto de Nueva York a bordo del barco que navegaba lentamente, contempló cómo la estatua de La Libertad, que hacía rato observaba, se iluminaba con una luz más intensa. El brazo con la espada parecía haber adquirido renovadas energías, y en torno a su figura soplaban aires de libertad.

«¡Qué alta!», se dijo, y como no pensaba en salir aún, la creciente multitud de mozos cargados con los equipajes que desfilaban por su lado, le arrastró poco a poco hasta la borda.

Un hombre joven al que había conocido fugazmente durante la travesía, le dijo al pasar:

—Qué, ¿todavía no le apetece desembarcar?

—Estoy preparado –dijo Karl sonriéndole, y lleno de alegría se echó la maleta al hombro, pues era un muchacho fuerte. Pero cuando miró por encima de su conocido, que balanceando ligeramente su bastón se alejaba ya con los demás, descubrió consternado que había olvidado su paraguas abajo. Le pidió sin demora a su compañero de viaje, que no pareció muy complacido por ello, que aguardara un momento junto a su maleta, echó una rápida ojeada al lugar para no perderse, y se alejó corriendo–.

Abajo, descubrió afligido que habían cerrado un corredor que habría acortado mucho su camino, debido seguramente al desembarco de los pasajeros, y hubo de buscar fatigosamente por escaleras que se sucedían unas a otras, a través de corredores que doblaban sin cesar, y cruzar una habitación con un escritorio abandonado, hasta que se perdió por completo. Solo había recorrido una o dos veces ese camino y siempre en compañía de más gente. Desorientado, después de no encontrar a nadie, oyendo solamente el ruido constante de miles de pies que se arrastraban por encima suyo y, a lo lejos, como un murmullo, las últimas operaciones de las máquinas ya paradas, se puso a golpear, sin pensarlo dos veces, a una pequeña puerta con la que se topó en su deambular.

—Está abierta –exclamó una voz desde el interior, y Karl empujó la puerta con un suspiro de sincero alivio–.

—¿Por qué aporrea la puerta como un loco? –preguntó un hombre de gran corpulencia apenas vislumbró a Karl–.

Por una claraboya, una luz turbia que llegaba ya muy apagada desde arriba iluminaba el miserable camarote, en el que se amontonaban como en un almacén una cama, un armario, una silla y el hombre.

—Me he extraviado –dijo Karl–, durante el viaje no me di cuenta, pero este barco es enorme.

—Sí, en eso tiene usted razón –dijo el hombre con cierto orgullo, sin dejar de manipular la cerradura de una maleta que presionaba una y otra vez con ambas manos tratando de escuchar el crujido del pestillo al cerrarse–.

—¡Pero entre usted de una vez! –continuó el hombre–. ¡No va a quedarse ahí fuera!

—¿No le molesto? –preguntó Karl–.

—Pero ¡cómo me va a molestar!

—¿Es usted alemán? –intentó asegurarse Karl, pues había oído de los muchos peligros que en América amenaza-

ban a los recién llegados, especialmente de parte de los irlandeses–.

—Lo soy, lo soy –respondió el hombre–.

Karl vaciló aún. Entonces, de improviso, el hombre asió
el picaporte y con la puerta, que cerró con rapidez, empujó
a Karl hacia el interior del camarote.

—No puedo soportar que me miren desde el pasillo –dijo el hombre, que volvió a su tarea con la maleta–, todos los
que pasan por delante se asoman, ¡que lo aguante otro!

—Pero si el pasillo está desierto –dijo Karl incómodo al
tener que apretujarse contra los bordes de la cama–.

—Sí, ahora –dijo el hombre–.

«Es que de ahora se trata –pensó Karl–; es difícil entenderse con este hombre».

—¡Pero échese en la cama!, ahí tendrá más espacio –dijo
el hombre–.

Karl se arrastró como pudo y se rio ruidosamente tras un
vano intento por alcanzarla de un salto. Pero apenas estuvo
en la cama, exclamó:

—¡Dios mío, si he olvidado por completo mi maleta!

—¿Dónde está?

—Arriba, en cubierta, un conocido mío la vigila. Pero…
¿cómo se llama? –y extrajo una tarjeta de su bolsillo secreto,
que su madre le había cosido al forro de la chaqueta para el
viaje–. Butterbaum, Franz Butterbaum.

—¿Le hace mucha falta la maleta?

—Naturalmente.

—Entonces, ¿por qué la ha confiado a un extraño?

—Olvidé abajo mi paraguas y corrí a buscarlo, pero no
quería cargar con la maleta. Y luego, para colmo, me perdí
aquí.

—¿Está solo? ¿Nadie le acompaña?

—Sí, estoy solo.

«Quizá debiera quedarme con este hombre –pensó fugazmente Karl–, ¿dónde encontraría ahora un amigo mejor?».

—Y ahora, por si fuera poco, ha perdido la maleta. Del paraguas, más vale ni hablar.

Y el hombre se sentó en la silla, como si el problema de Karl hubiera adquirido un cierto interés para él.

—Pero yo creo que la maleta no la he perdido aún.

—Bienaventurados los que creen –dijo el hombre, y se rascó con energía sus oscuros, cortos y tupidos cabellos–, en un barco las costumbres varían según los puertos. En Hamburgo un Butterbaum tal vez habría vigilado su maleta, pero aquí lo más probable es que no quede ni rastro de ambos.

—Si es así, debo subir de inmediato –dijo Karl mirando a su alrededor para encontrar una salida–.

—Quédese –dijo el hombre, y le puso una mano en el pecho, empujándole de nuevo con rudeza hacia la cama–.

—Pero ¿por qué? –preguntó Karl enfadado–.

—Porque su idea carece de sentido –dijo el hombre–, dentro de un momento también saldré yo, y podremos ir juntos. Si le han robado la maleta, ya no podemos hacer nada, y si el hombre la ha abandonado, la encontraremos con más facilidad, lo mismo que su paraguas, cuando el barco esté desocupado del todo.

—¿Conoce bien el barco? –preguntó Karl receloso, y le pareció que había gato encerrado en la de por sí convincente sugerencia de que sus cosas serían más fáciles de encontrar una vez desocupado el barco–.

—¡Sí, soy fogonero! –dijo el hombre–.

—¡Es usted fogonero! –exclamó alborozado Karl, como si eso superara todas sus esperanzas; y apoyándose en el codo observó al hombre con mayor atención–. Precisamente delante de la cabina donde dormía con el eslovaco había una escotilla por la cual se podía contemplar la sala de máquinas.

—Sí, allí trabajaba yo –dijo el fogonero–.

—Siempre me ha interesado mucho la mecánica –dijo Karl conservando una ilación de pensamiento fija–, y seguro que con el tiempo habría llegado a ser ingeniero, si no hubiera tenido que embarcarme para América.

—¿Y por qué tuvo que irse?

—¡Bah, nada! –dijo Karl, alejando de sí toda esa historia con un ademán. Mientras, miraba sonriente al fogonero, a modo de disculpa por no haberle respondido con claridad–.

—Sus motivos tendrá –dijo el fogonero, y no se sabía muy bien si con ello quería exigir o rechazar la explicación de esos motivos–.

—Ahora también podría hacerme fogonero –dijo Karl–. A mis padres ya les es indiferente lo que haga.

—Mi puesto queda vacante –dijo el fogonero, y con plena conciencia de lo que acababa de expresar, se metió las manos en los bolsillos y estiró las piernas, embutidas en unos pantalones arrugados, de un material semejante al cuero y de color gris acerado, sobre la cama. Karl tuvo que retroceder hacia la pared–.

—¿Abandona usted el barco?

—Sí señor, nos marchamos hoy.

—¿Y por qué? ¿No le gusta?

—Mire, es debido a las circunstancias, el que a uno le guste o deje de gustarle una cosa no siempre es determinante. Por otra parte, tiene razón, tampoco me gusta. Supongo que no pensará en serio en hacerse fogonero, pero es precisamente así cómo se llega a serlo con facilidad. Yo le aconsejo decididamente que no lo haga. Si quería estudiar en Europa, ¿por qué no ha de hacerlo aquí? Las universidades americanas son incomparablemente mejores que las europeas.

—Es posible –dijo Karl–, pero apenas dispongo de dinero para estudiar. Es cierto que he leído de alguien que de día trabajaba en una tienda y por la noche estudiaba, y llegó a convertirse en doctor y creo que también en alcalde, pero para ello se requiere mucha voluntad, ¿no? Y me temo que yo carezco de ella. Además, yo no era un alumno especialmente brillante, no me costó nada abandonar la escuela. Y aquí las escuelas quizá sean aún más severas. Apenas sé inglés. Además, creo que aquí hay mucha prevención contra los extranjeros.

—¿También lo ha experimentado ya? Entonces es usted mi hombre. Mire, estamos a bordo de un buque alemán, pertenece a la Hamburg-Amerika-Linie, ¿por qué pues no somos todos alemanes aquí? ¿Por qué el jefe de máquinas es un rumano? Se llama Schubal. Parece mentira. ¡Y ese canalla nos maltrata a nosotros, los alemanes, en un barco alemán! No crea –se quedaba sin aliento, hacía aspavientos con la mano– que me quejo de vicio. Ya sé que usted no tiene ninguna influencia, que usted mismo es un pobre muchacho. Pero ¡esto es demasiado! –Y dio varios puñetazos sobre la mesa sin apartar la mirada de él–. He trabajado ya en muchos barcos –y enumeró veinte nombres, uno tras otro, como si fueran una sola palabra; dejando a Karl muy aturdido– y he destacado, me han elogiado, he sido un trabajador al gusto de mis capitanes, incluso estuve varios años en el mismo buque mercante –se levantó como si aquello constituyese el momento culminante de su vida–, y aquí en este cascarón, donde todo está atado y bien atado, donde no se requiere especial ingenio, aquí no sirvo para nada, aquí siempre molesto a Schubal, soy un haragán, me estoy ganando el despido, y recibo mi sueldo por compasión. ¿Lo entiende usted? Pues yo no.

—No debe tolerarlo –dijo Karl excitado. Casi había olvidado que se hallaba en el inseguro piso de un barco, en la costa de un continente desconocido, tan a gusto y cómodo se encontraba sobre el lecho del fogonero–. ¿Ya vio al capitán? ¿Trató ya de que le hicieran justicia?

—¡Bah, váyase!, será mejor que se vaya. No quiero verle aquí. No escucha lo que digo y además me da consejos. ¡Cómo voy a acudir al capitán!

Y cansado, el fogonero se sentó de nuevo y ocultó el rostro entre las manos.

«Pues no puedo aconsejarle nada mejor», se dijo Karl. Y pensó que habría sido preferible ir en busca de la maleta en lugar de quedarse allí dando consejos que el fogonero consideraba necios.

Cuando su padre le legó la maleta le había preguntado en broma: «¿Cuánto tiempo te durará?», y quizás ahora la fiel maleta ya se hubiera perdido de verdad. Su único consuelo era que el padre no podría enterarse de su actual situación aunque tratara de hacerlo. La compañía naval solo podría informarle de que le habían llevado a Nueva York. Pero lo que realmente lamentaba Karl era no haber utilizado apenas el contenido de la maleta, a pesar de que ya hacía tiempo que debería haberse mudado de camisa. En esto había hecho economías inútiles; ahora, justo al inicio de su andadura, cuando necesitaría presentar un aspecto pulcro, iba a aparecer con la camisa sucia. Por lo demás, la pérdida no habría resultado tan lamentable, pues el traje que llevaba era incluso mejor que el de la maleta, que era en realidad un traje de repuesto remendado por su madre poco antes de la partida. Entonces recordó también que en la maleta había un trozo de salami veronés empaquetado por la madre como un regalo extraordinario, del que solo había probado un pedacito, ya que durante el viaje no había tenido apetito, y le había bastado con la sopa que se repartía en el entrepuente. Sin embargo, ahora le habría gustado disponer del salami para ofrecérselo al fogonero. A esa clase de gente se la gana con facilidad si se les hace un pequeño obsequio: Karl lo sabía por su padre, quien se ganaba el favor de todos los empleadillos con los que trataba comercialmente repartiendo cigarros entre ellos. Ahora Karl solo disponía de dinero para regalar, y de momento no quería tocarlo por si acaso hubiera perdido la maleta. Sus pensamientos volvieron de nuevo a ella. Realmente no podía comprender por qué durante el viaje la había vigilado con una atención tal que casi le había robado el sueño si ahora se la había dejado arrebatar con tanta facilidad. Recordó las cinco noches durante las cuales había sospechado que un pequeño eslovaco, que yacía dos literas a la izquierda de la suya, tenía puestas sus miras en la maleta, esperando a que Karl, acosado y vencido por el cansancio, se durmiera un momento para poder atraerla a su sitio con un palo largo con el que jugaba y se ejercitaba sin cesar durante el día.

De día, el eslovaco parecía inofensivo, pero apenas caía la noche, se incorporaba de cuando en cuando en su lecho y miraba con tristeza la maleta de Karl. Todo esto lo percibía Karl con nitidez, pues siempre había alguien que, con la inquietud del emigrante, tenía una lucecita encendida aquí o allá, a pesar de que el reglamento del barco lo prohibía; intentaban con ello descifrar ininteligibles folletos de las agencias de emigración. Si alguna de las velas se encontraba cerca, Karl podía dormitar un poco, pero si se hallaba lejos, la sala quedaba sumida en la oscuridad y debía vigilar con los ojos bien abiertos. El esfuerzo le había agotado bastante y ahora era posible que hubiera sido inútil. ¡Si se volviera a encontrar alguna vez a ese Butterbaum!

En ese momento, resonaron fuera, a lo lejos, unos golpecitos breves como pasos infantiles, rompiendo la absoluta quietud que hasta entonces había reinado. Se acercaban y su sonido se distinguía cada vez mejor hasta convertirse en la tranquila marcha de algunos hombres. Debido a la estrechez del pasillo marchaban aparentemente en fila. Se oyó un tintineo como si de armas se tratara. Karl, que estaba a punto de echarse en la cama para descabezar un sueño, liberándose de las preocupaciones que le atosigaban, la maleta y el eslovaco, pegó un respingo y empujó al fogonero para advertirle, pues parecía que la vanguardia de la tropa había llegado a la puerta.

—Es la banda del barco —explicó el fogonero—; han estado tocando arriba y ahora van a hacer el equipaje. Todo esto se ha terminado, podemos irnos. ¡Venga conmigo!

Asió a Karl de la mano y, en el último momento, cogió una imagen enmarcada de la virgen que colgaba sobre la cama. Se la metió en el bolsillo interior, tomó su maleta, y apresuradamente abandonó con Karl el camarote.

—Ahora me voy a la oficina a cantarles las cuarenta a los señores. Ya no queda ningún pasajero y no hay por qué andarse con miramientos.

El fogonero repitió la frase de diversas formas y al andar, dando golpes laterales con los pies, quiso aplastar a una rata que se cruzó en su camino, pero solo consiguió ayudarla a ganar con mayor rapidez el agujero al que llegó a tiempo. Era más bien torpe de movimientos, pues a pesar de tener las piernas largas le resultaban demasiado pesadas.

Pasaron por una dependencia de la cocina, donde algunas muchachas con delantales sucios —que parecían manchados a propósito— limpiaban cazos en grandes baldes. El fogonero llamó a una tal Line, le rodeó las caderas con el brazo y la arrastró un trecho consigo, mientras ella estrechaba con coquetería su brazo.

—Hoy es día de pago, ¿quieres venir? –preguntó él–.

—¿Para qué voy a molestarme? Prefiero que me traigas tú el dinero –repuso ella, y se escurrió bajo su brazo y echó a correr—. ¿Dónde has pescado a este apuesto joven? —gritó sin esperar respuesta, y se oyeron las risas de todas las muchachas, que habían interrumpido sus tareas—.

Ellos dos continuaron hasta una puerta que tenía arriba un pequeño frontispicio sostenido por menudas cariátides doradas. Para tratarse de la decoración de un barco resultaba excesivamente suntuosa. Karl se percató de que no había estado nunca en aquel lugar, que durante la travesía debía reservarse para los pasajeros de primera y segunda clase, pero ahora, antes de la limpieza general del barco, habían descorrido todas las puertas de separación. Se toparon también con algunos hombres que llevaban escobas al hombro y habían saludado al fogonero. Karl se sorprendió de la gran actividad reinante pues, como es natural, en el entrepuente había permanecido ajeno a todo ello. A lo largo de los pasillos corrían cables de instalaciones eléctricas y a lo lejos se oía el constante repiqueteo de una campanilla.

El fogonero llamó respetuosamente a la puerta, y cuando alguien gritó «¡Adelante!» invitó con un gesto a Karl para que entrara sin temor. Este obedeció, pero se detuvo junto a la puerta. A través de las tres ventanas de la sala vio las olas del mar, y al contemplar sus alegres movimientos su corazón se disparó, como si durante cinco largos días no lo hubiera visto ininterrumpidamente. Grandes buques se cruzaban y cedían al oleaje solo en la medida en que su peso lo permitía. Si uno entornaba los ojos, aquellos buques parecían vacilar por el exceso de peso. De sus mástiles pendían banderas estrechas y largas que el impulso de la velocidad tensaba, aunque no por ello dejaban de ondear a uno y otro lado. Se oía un eco de salvas procedentes de buques de guerra no muy lejanos. Los cañones de uno de ellos, que navegaba cerca, relucientes por el brillo de su manto de acero, parecían mecidos por ese desplazamiento seguro, leve pero ondulante. Las lanchas y botes, al menos desde la puerta, solo podían observarse a lo lejos, mientras se introducían en masa a través de los espacios que dejaban libres los grandes buques. Y detrás de todo esto, se erguía Nueva York, mirando a Karl con las cien mil ventanas de sus rascacielos. Sí, en esta sala sabía uno dónde se encontraba.

En torno a una mesa redonda había tres hombres sentados. Uno de ellos era un oficial de la Marina con uniforme azul. Los otros dos, empleados de aduanas, con uniformes de color negro. Sobre la mesa estaban apilados diversos documentos que el oficial, pluma en mano, separaba primero para alcanzárselos después a los otros dos, que unas veces los leían, otras los extractaban, y los metían en sus cartapacios otras. Eso, cuando uno de ellos, que producía casi ininterrumpidamente un ligero ruido con los dientes, no le dictaba algo a su colega, que este anotaba en un protocolo.

Junto a la ventana, sentado a un escritorio, de espaldas a la puerta, se encontraba un hombre menudo que manejaba enormes infolios alineados en un sólido estante situado a la altura de la cabeza. A su lado había una caja de caudales abierta que, a primera vista, parecía vacía.

La segunda ventana estaba desierta y era la que mejor vista ofrecía. Cerca de la tercera, dos hombres mantenían una conversación a media voz. Uno de ellos, que se apoyaba en la pared junto a la ventana, llevaba también el uniforme de la Marina y jugaba con la empuñadura de su sable. Su interlocutor estaba de cara a la ventana y ocultaba de vez en cuando con un gesto parte de las condecoraciones que adornaban el pecho del otro. Vestía de civil y llevaba un fino bastón de bambú que, al tener ambas manos apoyadas en las caderas, colgaba también como un sable.

Karl no tuvo mucho tiempo para observarlos a todos, pues pronto un ordenanza se abalanzó sobre ellos, y diri-

giéndole una mirada al fogonero para indicarle que nada
tenía que hacer allí, le preguntó qué deseaba. El fogonero
respondió, en un tono de voz tan bajo como el que había
empleado el otro al preguntarle, que quería hablar con el
cajero. El ordenanza rechazó el ruego con un ademán, pero,
de puntillas, dio un gran rodeo para evitar la mesa redonda
y se acercó al hombre de los infolios. Este –se pudo ver con
claridad– se puso rígido al oír las palabras del ordenanza,
pero finalmente se volvió hacia el hombre que quería hablarle y agitó las manos con un enérgico gesto de rechazo
hacia el fogonero y, para mayor seguridad, también hacia el
ordenanza. Este volvió junto al fogonero y le dijo en un
tono confidencial:

—¡Haga el favor de salir inmediatamente!

Tras esta respuesta, el fogonero miró a Karl como si fuera su corazón al cual confiara su mudo sufrimiento. Sin
pensárselo dos veces, Karl atravesó la habitación corriendo,
rozó incluso la silla del oficial; el ordenanza se echó a correr
también con los brazos dispuestos para apresarle, como si
fuera a cazar una sabandija. Pero Karl alcanzó primero la
mesa del cajero y se aferró a ella por si el ordenanza intenta-
ra llevárselo.

Naturalmente, la habitación se animó de inmediato. El
oficial de Marina se levantó de la mesa como impulsado por
un resorte, los funcionarios de aduanas observaban tranquilos pero atentos, los dos caballeros de la ventana se habían
acercado mutuamente, y el ordenanza retrocedió creyendo
que estaba de más puesto que las altas instancias mostraban
interés por el asunto. En la puerta, el fogonero esperaba
tenso el momento en que su ayuda fuera necesaria. Y, por
último, el cajero hizo girar su sillón hacia la derecha.

Karl rebuscó el pasaporte en su bolsillo interior, que no
pensaba exponer a la vista de aquella gente, y lo colocó

abierto sobre la mesa sin más presentación. El cajero pareció considerar accesorio aquel gesto, pues lo apartó desdeñoso con la punta de los dedos, tras lo cual Karl se volvió a guardar el documento, como si hubiera cumplimentado las formalidades necesarias.

—Me permito indicar –empezó a decir– que a mi entender y por lo que ha dicho el fogonero, se ha cometido una injusticia. Trabaja aquí un tal Schubal que le hace la vida imposible. Él mismo ha cumplido con disciplina en muchos barcos, cuyos nombres puede darles, es aplicado, bienintencionado en el trabajo, y resulta realmente incomprensible que no cumpla con su deber precisamente en este barco, donde el trabajo no es tan duro como en un buque mercante, por ejemplo. Así, pues, solo puede tratarse de una calumnia destinada a impedirle progresar y a privarle del reconocimiento que sin lugar a duda merece. Yo solo he explicado la situación a grandes rasgos, sus quejas particulares se las expondrá él mismo.

Karl había dirigido estas palabras a todos los presentes, pues todos escuchaban y parecía más probable que uno de ellos fuera un hombre justo a que el justo fuera precisamente el cajero. Por astucia, Karl no había mencionado que apenas conocía al fogonero. Por lo demás, habría hablado mucho mejor si no le hubiera irritado el congestionado rostro del caballero que llevaba el bastón, al cual veía por primera vez desde su actual posición.

—Todo lo que ha dicho es cierto palabra por palabra –dijo el fogonero antes de que nadie le preguntara, e incluso antes de que nadie le mirara–.

La precipitación del fogonero habría sido un error fatal si el señor con las condecoraciones que –como Karl comprendió de repente– se trataba del capitán, no hubiera decidido ya para sus adentros escuchar al fogonero.

—Acérquese –exclamó con el brazo extendido y una voz tan potente como un martillo–.

Ahora todo dependía del comportamiento del fogonero, ya que Karl no dudaba de la autenticidad de sus quejas. Por suerte, en esta ocasión se notó que el fogonero había recorrido mucho mundo. Con calma ejemplar sacó al primer gesto un fajo de papeles y una libreta de notas de su pequeña bolsa. Se dirigió con todo ello hacia el capitán, como si ese fuera el comportamiento habitual, desentendiéndose del cajero, y extendió sus comprobantes sobre el repecho de la ventana. Al cajero no le quedó más remedio que acercarse.

—Este hombre es un conocido litigante –explicó–. Se le ve con mayor frecuencia en la caja que en la sala de máquinas. Ha conseguido sacar de quicio a un hombre tan pacífico como Schubal. ¡Escúcheme! –dijo volviéndose hacia el fogonero–. Está llevando su impertinencia demasiado lejos. ¡Cuántas veces se le ha echado de las oficinas, como se merece, por sus exigencias, todas injustas! ¡Cuántas veces ha venido corriendo de allí a la caja central! ¡Cuántas veces se le ha dicho con buenas palabras que Schubal es su inmediato superior al que debe el correspondiente respeto! Y ahora tiene la desfachatez de presentarse aquí, cuando está el capitán, y no solo no se avergüenza de molestarle también a él, sino que osa además traer a ese jovencito, a quien veo por primera vez a bordo, como portavoz de sus disparatadas acusaciones.

Karl tuvo que frenar violentamente sus impulsos para no enfrentarse a él. Pero el capitán intervino entonces:

—Dejemos hablar a este hombre. De todos modos, me parece que Schubal se está volviendo cada vez más independiente, con lo que no quiero hablar en favor de usted.

La última frase iba dirigida al fogonero; era natural que no tomara partido por él de forma inmediata, pero todo parecía ir sobre ruedas. El fogonero comenzó a explicarse y, ya desde el principio, cambió de tono tratando a Schubal de «señor» cada vez que le nombraba. Karl estaba muy satisfecho junto a la mesa abandonada del cajero, donde por gusto presionaba una y otra vez el platillo pesacartas. ¡El señor Schubal es injusto! ¡El señor Schubal favorece a los extranjeros! ¡El señor Schubal echó al fogonero de la sala de máquinas y le envió a limpiar retretes, lo que no era tarea del fogonero! Una vez, incluso, se cuestionó la competencia del señor Schubal, que parecía más ficticia que real. Llegados a este punto, Karl miró muy fijo al capitán, cómplice, como si fuera su colega, solo para que no se dejara influir negativamente por la torpeza con que se expresaba el fogonero. De todas formas, no se podía sacar agua clara de la larga perorata y, aunque el capitán continuaba con la mirada fija al frente y la determinación de escuchar al fogonero en los ojos, los demás caballeros se impacientaban y la voz del fogonero había dejado de dominar la situación, lo cual hacía presagiar lo peor. El primero en manifestar impaciencia fue el hombre de civil, que empezó a dar golpecitos en el suelo de la tarima con su bastón de bambú. Los demás, les miraban de vez en cuando. Los empleados de aduanas, que tenían prisa, volvieron a sus expedientes y empezaron a revisarlos, si bien algo desinteresados; el oficial se acercó de nuevo a la mesa y el cajero, que creía haber ganado la partida, suspiro con honda ironía. El único que parecía estar al margen del desinterés que comenzaba a apoderarse de todos era el ordenanza, ya que compartía las penas de aquel hombre sometido a los superiores, y asentía serio mirando a Karl con graves movimientos de cabeza, como si así quisiera explicar algo.

Mientras tanto, frente a las ventanas, proseguía la vida portuaria. Un carguero descubierto cargado con una montaña de barriles que debían estar colocados con gran habilidad para no echar a rodar, pasó por delante, sumiendo la sala en una casi total oscuridad; pequeñas lanchas a motor que Karl habría podido contemplar a su antojo si hubiera tenido tiempo, discurrían en líneas rectas como cuerdas tensadas, obedeciendo los movimientos de las manos del timonel. Curiosos objetos flotantes emergían aquí y allá entre las aguas inquietas, volvían a ser cubiertos por las olas y desaparecían ante la mirada sorprendida. Botes de los transatlánticos avanzaban al ritmo de los golpes de los marineros que remaban con vigor, repletos de pasajeros que guardaban silencio, sentados tal como se les había embarcado, expectantes, aunque algunos no podían evitar volver la cabeza para contemplar el cambiante panorama. ¡Agitación sin fin, inquietud trasladada del inquieto elemento a los desamparados hombres y sus obras!

Todo incitaba a la premura, a la claridad, a la exposición detallada. ¿Y qué hacía el fogonero? Hablaba empapado de sudor, hacía rato que sus húmedas manos se negaban a sostener los papeles sobre la ventana; por todas partes le salían quejas contra Schubal, cada una de las cuales habría bastado en su opinión para hundirle. Pero lo único que podía mostrar al capitán no era sino un pobre amasijo de todas esas quejas.

Hacía rato que el caballero del bastoncillo de bambú silbaba suavemente hacia el techo, los empleados de aduanas volvían a retener al oficial en la mesa y sus expresiones no mostraban intención de volver a soltarlo, el cajero se mantenía reservado debido solo a la calma del capitán; y el ordenanza esperaba, en actitud militar, una orden del capitán referida al fogonero en cualquier momento.

Karl no pudo entonces dominarse por más tiempo. Se dirigió lentamente hacia el grupo y mientras andaba, reflexionó con rapidez sobre cuál sería la forma más adecuada de enfocar el asunto. Pues si dejaba pasar un instante más, ambos podían salir volando de la oficina. Quizá el capitán fuera una buena persona y, además, así lo creía Karl, ahora parecía tener un motivo adecuado para demostrar que era un jefe justo. Pero al fin y al cabo no era un instrumento con el que se pudiera jugar al antojo de cada uno, y era así cómo le trataba el fogonero, si bien ese tratamiento brotaba de un corazón indignado.

Así que Karl dijo al fogonero:

—Debe usted darle una explicación sencilla y clara al capitán, de lo contrario, es natural que no dé crédito a sus palabras. ¿Acaso conoce por el apellido o por el nombre de pila a todos los maquinistas y recaderos para poder saber de quién se trata cuando usted pronuncia cualquiera de esos nombres? Ordene pues sus quejas, exponga primero las más importantes y luego las demás, quizá entonces no sea ya necesario mencionar la mayoría de ellas. ¡Conmigo siempre ha sido muy claro!

«Si en América se pueden robar maletas, también se podrá mentir de vez en cuando», pensó Karl para justificarse.

¡Si por lo menos su intervención sirviera de algo! ¿O ya sería demasiado tarde? El fogonero se interrumpió de inmediato, pero con los ojos bañados en lágrimas por su honor viril mancillado por horribles recuerdos, por la más desesperada necesidad, ni siquiera podía reconocer bien a Karl. Pero cómo cambiar ahora –Karl lo comprendía tácitamente al ver al fogonero silencioso– su forma de expresión cuando le parecía haber alegado ya, sin obtener el menor reconocimiento, todo lo que tenía que decir, y además sentía que aún no había dicho nada y no podía exigir que los caballeros volvieran a escuchar toda su historia. Y para colmo, en tal momento, aparece Karl, su único partidario, intentando darle buenos consejos, y en lugar de esto, le demuestra que está todo perdido.

«¡Si hubieras hablado antes en lugar de mirar por la ventana!», se dijo Karl, e inclinó la cabeza ante el fogonero y se llevó las manos a la costura de los pantalones para dar a entender así que sus esperanzas se habían agotado.

Pero el fogonero malinterpretó su gesto y temiendo que Karl abrigara secretos reproches contra él, inició una disputa con el muchacho con la intención de quitárselos de la cabeza, coronando así sus hazañas. Justo entonces, cuando los señores sentados a la mesa redonda mostraban su indignación por el gratuito alboroto que les molestaba en su importante tarea; cuando al cajero empezaba a parecerle incomprensible la paciencia del capitán y estaba a punto de intervenir en la disputa; cuando el ordenanza, metido de nuevo en la esfera de sus superiores, lanzaba miradas incendiarias al fogonero, y cuando el caballero del bastón de bambú, al que el capitán echaba de cuando en cuando una mirada amistosa, harto del fogonero, incluso hastiado, extraía un pequeño cuaderno de notas y se mostraba de forma ostensible ocupado en otros asuntos paseando la mirada de Karl al cuaderno.

—Ya sé –dijo Karl, en un penoso esfuerzo por contener el torrente de palabras que el fogonero vertía contra él, aún capaz de sonreírle por encima de la pelea, pese a todo–. Tiene usted razón, toda la razón, nunca lo he puesto en duda.

Por temor a los golpes habría deseado sujetar aquellas manos tan agitadas, es más, habría deseado arrinconarle para poder susurrarle algunas palabras tranquilizadoras que no pudiera escuchar nadie más. Pero el fogonero estaba fuera de sí. Karl empezó incluso a consolarse con la idea de que en caso extremo el fogonero, con la fuerza de su desesperación, podría someter a los siete presentes. De todas formas, descubrió con una ojeada que había allí un panel con múltiples botones; y la simple presión de una mano sobre ellos podría levantar a todo el barco, con sus pasillos rebosantes de personas hostiles.

Entonces el desinteresado caballero del bastón de bambú se dirigió a Karl y le preguntó en tono comedido, pero con nitidez suficiente para que se le oyera por encima de los gritos del fogonero:

—¿Podría decirme su nombre?

En ese instante, como si alguien hubiera estado esperando oír estas palabras oculto detrás de la puerta, llamaron. El ordenanza miró al capitán, este asintió. Entonces el ordenanza se dirigió a la puerta y la abrió. Fuera se encontraba un hombre de mediana estatura que vestía una vieja casaca imperial; su aspecto no parecía muy adecuado para el trabajo de máquinas. Era Schubal. Si Karl no lo hubiera leído en todas las miradas, que expresaban una cierta satisfacción, de la cual incluso participaba el capitán, debería haberlo descubierto por el fogonero. Este, horrorizado, crispó de tal forma los puños al extremo de los brazos extendidos, como si aquel gesto fuera algo capital, por lo que estaba dispuesto a sacrificar todo lo que le restaba de vida. En sus puños se concentraban ahora todas sus fuerzas, también la que le mantenía en pie.

Allí se encontraba pues el enemigo, fresco y desenvuelto en su traje dominguero, bajo el brazo un libro comercial, posiblemente con las listas de salarios y la hoja de servicios del fogonero. Y sin temor a que se notara que ante todo deseaba cerciorarse de la disposición de ánimo de los presentes, miró a cada uno a los ojos. Los siete eran ya aliados suyos, pues aunque antes el capitán tuviera objeciones que hacerle, tras el disgusto que le había proporcionado el fogonero, Schubal ya no parecía irritarle lo más mínimo. Con un hombre como el fogonero, jamás sería excesiva la severidad que se empleara, y si algo había que reprocharle a Schubal era su incapacidad para acabar con la rebeldía del fogonero con el tiempo, de modo que aún se atreviera a presentarse ante el capitán.

Cabía suponer todavía que el enfrentamiento entre el fogonero y Schubal no dejaría de causarles a ambos idéntica impresión a la que les produciría comparecer ante un tribunal superior. Pues aunque Schubal supiera disimular bien, no podría mantenerse firme hasta el final. Un breve destello de malicia bastaría para ponerle en evidencia delante de los señores, Karl ya se ocuparía de que así fuera. Conocía más o menos la sagacidad, las debilidades, el talante de cada uno de los hombres; bajo esa perspectiva no había perdido el tiempo durante el rato transcurrido allí. ¡Tan solo con que el fogonero estuviera más a tono! Pero parecía totalmente incapaz de luchar. Si alguien le hubiera acercado a Schubal, habría sido capaz de hundirle el odiado cráneo a puñetazos. Pero ni siquiera parecía en condiciones de avanzar el par de pasos que le separaban de él. ¿Por qué Karl no había previsto lo que era tan fácil de prever, que Schubal tendría que presentarse, si no por iniciativa propia, porque le llamaría el capitán? ¿Por qué de camino hacia allí no había planeado una ofensiva detallada con el fogonero, en lugar de cruzar la primera puerta, como en realidad ocurrió, totalmente inermes? ¿Podría el fogonero articular palabra todavía, asentir y negar, como sería necesario en un careo, que por cierto solo cabía esperar en el mejor de los casos? Estaba de pie, con las piernas separadas, las rodillas temblorosas, la cabeza algo erguida, y el aire circulaba por la boca abierta como si no tuviera pulmones con los que asimilarlo.

Sin embargo, Karl se sentía tan enérgico y perspicaz como nunca lo había estado en su casa. ¡Si sus padres pudieran ver cómo defendía una causa justa en un país extraño y ante respetables personalidades! ¡Y aunque no hubiera logrado la victoria, cómo se preparaba para la batalla final! ¿Reconsiderarían la opinión que de él tenían? ¿Le sentarían entre ellos y le elogiarían? ¿Le mirarían por una vez, una sola vez, a sus leales ojos? ¡Interrogantes de difícil respuesta y el momento menos propicio para formularlos!

—Vengo porque creo que el fogonero me culpa de no sé qué falacias. Una muchacha de la cocina me dijo que le había visto dirigirse hacia aquí. Mi capitán, caballeros, estoy dispuesto a refutar cada acusación a partir de mis documentos; y, si es necesario, con declaraciones de testigos ecuánimes e imparciales que esperan detrás de la puerta.

Estas fueron las palabras de Schubal: la clara manifestación de un hombre hábil. Y a juzgar por el cambio de expresión en el semblante de los presentes hubiera podido creerse que oían voces humanas por primera vez en mucho tiempo. Claro que no notaron que incluso este bello discurso tenía fisuras.

¿Por qué la primera palabra que se le ocurrió fue «falacias»? ¿Acaso era mejor que la acusación partiese de ahí y no de sus prejuicios nacionales? Una muchacha de la cocina había visto al fogonero camino de la oficina, ¿y por este detalle Schubal había captado ya de qué iba el asunto? ¿No era la conciencia de su culpabilidad la que le aguzaba el ingenio? ¿Y además había venido en compañía de testigos a los que llamaba ecuánimes e imparciales? ¡Canalladas, nada más que canalladas! ¿Y los caballeros lo toleraban y consideraban esto un comportamiento correcto? ¿Por qué había dejado transcurrir tanto tiempo desde el aviso de la muchacha hasta su aparición? Con la única intención, sin duda, de que el fogonero agotara la paciencia de los caballeros hasta hacerles perder su ecuanimidad, que era lo que Schubal más temía. ¿No había golpeado la puerta –seguro que tras una larga espera– justo en el momento en que la pregunta accesoria de aquel señor le dio a entender que el fogonero ya estaba acabado?

Todo estaba muy claro y, en contra de su voluntad, así lo había demostrado Schubal, pero a los presentes había que demostrárselo con mayor elocuencia. Necesitaban una buena sacudida.

«Así que, ¡rápido Karl, aprovecha la ocasión antes de que aparezcan los testigos y lo ocupen todo!».

Pero el capitán interrumpió con un ademán a Schubal. Este, viendo relegada su oportunidad por un momento, se hizo a un lado e inicio con el criado, que se había unido a él, una conversación llena de miradas de soslayo al fogonero y Karl, y de elocuentes gestos. Schubal parecía ensayar así su próxima intervención.

—¿No quería formularle una pregunta al joven, señor Jakob? —le dijo el capitán al caballero del bastón de bambú en medio del absoluto silencio que reinaba—.

—Así es —repuso este, con una leve inclinación para agradecer su gentileza. Y preguntó de nuevo a Karl—: ¿Cómo se llama usted?

—Karl Rossmann —contestó breve Karl, sin presentar el pasaporte como era su costumbre. Creía que si se apresuraba a satisfacer la curiosidad del tozudo interrogador favorecería el interés por el asunto que le parecía realmente importante—.

—¡Vaya! —exclamó el denominado Jakob, y retrocedió con una sonrisa incrédula—.

También el capitán, el cajero, el oficial del barco, incluso el ordenanza mostraron una exagerada sorpresa a causa del apellido de Karl. Solo los empleados de aduanas y Schubal permanecieron indiferentes.

—¡Vaya! —repitió el señor Jakob, acercándose a Karl con pasos un tanto envarados—. Entonces yo soy tu tío Jakob y tú eres mi querido sobrino. ¡Ya lo presentía yo durante todo este tiempo! —dijo dirigiéndose al capitán antes de abrazar y besar a Karl, que contemplaba mudo la escena.

—¿Y cuál es su nombre? —preguntó Karl con suma cortesía, pero sin expresar la menor emoción, cuando el otro le soltó—.

Se esforzaba por prever las consecuencias que este acontecimiento tendría para el fogonero. De momento nada parecía indicar que Schubal pudiera sacar provecho del asunto.

—Comprenda su suerte, joven —dijo el capitán, el cual creía que la pregunta de Karl ofendía el honor del señor Jakob. Este se había situado junto a la ventana, para no mostrar a los demás la emoción que su rostro encerraba, y al que daba ligeros toques con un pañuelo—.

—El que se ha dado a conocer como su tío es el senador Edward Jakob. En contra de todas sus actuales esperanzas, ahora le espera una brillante carrera. Intente comprenderlo lo mejor que pueda en este primer momento y ¡cálmese!

—Es cierto que tengo un tío en América —dijo Karl al capitán—, pero si he entendido bien, Jakob es el apellido del señor senador.

—Así es —repuso solemne el capitán—.

—Bien, pues mi tío Jakob, hermano de mi madre, se llama Jakob de nombre de pila, y su apellido, que naturalmente debería ser el mismo que el de soltera de mi madre, es Bendelmayer.

—¡Caballeros! —exclamó el senador, que volvía más sereno de la ventana, en respuesta a la aclaración de Karl. A excepción de los empleados de aduanas, todos estallaron en carcajadas, algunos enternecidos, otros impenetrables—.

«Pues no me parece tan ridículo lo que he dicho», pensó Karl.

—Caballeros –repitió el senador–. Contra su voluntad y la mía, asisten a una pequeña escena familiar y les debo por tanto una explicación, pues según creo, solo el capitán –esta mención dio lugar a una reverencia mutua– está al corriente.

«Ahora sí que debo prestar atención a cada palabra», se dijo Karl, alegrándose al comprobar con una mirada de soslayo que la figura del fogonero volvía a adquirir vida.

—En todos estos años de residencia en América, residencia es una palabra inadecuada, pues me siento un ciudadano americano en cuerpo y alma, en todos estos años, he vivido absolutamente distanciado de mis parientes europeos por motivos que, en primer lugar, no me parece oportuno mencionar ahora y, en segundo lugar, me resultaría muy penoso referir. Temo incluso el instante en que quizá me vea obligado a contárselos a mi querido sobrino, con lo que, por desgracia, será inevitable hablarle claro sobre sus padres y sus respectivos parientes.

«Sin duda se trata de mi tío –se dijo Karl escuchando con atención–, probablemente ha cambiado de apellido».

—Los padres de mi querido sobrino –hablemos con toda franqueza– se lo han quitado de encima como se echa a un gato molesto por la puerta. Con ello no quiero restar importancia a lo que mi sobrino ha hecho para recibir este castigo, pero la sola mención de su falta ya encierra disculpa suficiente.

«No es mal comienzo –pensó Karl–, pero no quisiera que lo explicara todo. Por otra parte, tampoco puede saberlo. ¿Quién podría haberle informado?».

—El caso es que una sirvienta –continuó el tío, balanceándose sobre el bastón de bambú plantado delante suyo, con lo que lograba restarle al asunto la innecesaria gravedad que hubiera revestido de lo contrario–, Johanna Brummer, mujer de unos treinta y cinco años, le sedujo. Con el término «sedujo» no quiero herir a mi sobrino, pero es difícil encontrar otra palabra.

Karl, que se había acercado bastante al tío, se volvió para leer en los rostros de los presentes el efecto que la narración les causaba. Ninguno se reía, todos escuchaban con atención y seriedad. Al fin y al cabo, nadie se ríe del sobrino de un senador a la primera oportunidad que se presente. Más bien parecía que el fogonero, aunque apenas perceptible, sonreía a Karl, muestra de que estaba recuperándose y a modo de disculpa, puesto que, en el camarote, Karl había querido guardar en secreto lo que ahora se hacía público.

—Bien, pues esa Brummer –prosiguió el tío– tuvo un hijo de mi sobrino. Un niño sano al cual bautizaron con el nombre de Jakob, sin duda en memoria a mi humilde persona, la cual, en las pasajeras alusiones a que hiciera de ella mi sobrino, debió impresionar vivamente a la muchacha. Por suerte, digo yo. Ya que los padres, para no pagarle el sustento y evitar que les salpicara el escándalo, debo recalcar que desconozco tanto las leyes que rigen allí como la situación de los padres, pues bien, para no pagar el sustento y evitar el escándalo, enviaron a su hijo, mi querido sobrino, a América. Con poco sentido de la responsabilidad, con un equipaje insuficiente, como puede apreciarse. De modo que el muchacho, sin las señales y milagros que aún se dan en América, abandonado a su suerte, a estas alturas ya habría desaparecido en alguna callejuela del puerto de Nueva York si aquella sirvienta no me hubiera enviado una carta. Carta que tras una larga odisea llegó antes de ayer a mis manos y en la que me comunica toda la historia, dándome incluso las señas personales de mi sobrino y, con gran sensatez, indicándome el nombre del barco.

»Si fuera mi intención divertirles, caballeros, les leería algunos pasajes de esta carta –extrajo del bolsillo dos enormes pliegos llenos de una apretada escritura y los agitó—. Seguro que les conmovería; está escrita con cierta astucia simplona, aunque bien intencionada y mucho amor por el padre del niño. Pero no quiero retener su atención más de lo imprescindible ni herir los sentimientos de mi sobrino el día de su llegada. Si lo desea, podrá leer la carta en la soledad de la habitación que ya le aguarda para que le sirva de lección.

Karl, sin embargo, no abrigaba afecto alguno por aquella muchacha. En los recuerdos de un pasado cada vez más lejano, la veía sentada en la cocina junto al aparador, sobre cuya tabla apoyaba los codos. Le miraba cuando entraba de vez en cuando en la cocina en busca de un vaso de agua para su padre o a cumplir un encargo de su madre. A veces, en esa incómoda postura a un lado del aparador, escribía una carta buscando la inspiración en el semblante de Karl. Otras veces se cubría los ojos con la mano, entonces era imposible hablar con ella. Otras, se arrodillaba en su pequeña alcoba junto a la cocina y rezaba a un crucifijo de madera. Entonces Karl la observaba con timidez por la rendija de la puerta algo entreabierta al pasar por delante. A veces corría y saltaba por la cocina y, con risa de bruja, retrocedía cuando Karl se cruzaba en su camino. Otras, cerraba la puerta de la cocina cuando Karl había entrado y aferraba el picaporte hasta que él le rogaba que le dejara salir. A veces iba en busca de cosas que él ni siquiera deseaba y las depositaba, silenciosa, en sus manos.

Pero en una ocasión susurró «Karl» y le llevó, todavía sorprendido por el tono en que le había hablado, a su alcoba entre muecas y suspiros, y una vez allí echó el cerrojo. Estrangulándole casi, se abrazó a su cuello, y mientras le pedía que la desnudara, en realidad le desnudó ella a él y le acostó en su cama como si quisiera acapararle y solo anhelara mimarle y cuidarle hasta el fin del mundo.

—¡Karl, mi querido Karl! –exclamó, como si le viera por primera vez y constatara su posesión, mientras él no veía nada en absoluto y se sentía incómodo entre tanta ropa de cama caliente que ella parecía haber amontonado exclusivamente para él.

Luego se echó a su lado y quiso que le confesara ciertos secretos, pero no tenía nada que contarle y, en broma o en serio, ella se enfadaba y le sacudía. Escuchaba los latidos de su corazón, le ofrecía su pecho para que la auscultara, a lo que Karl se resistió. Apretó su desnudo vientre contra el cuerpo del muchacho, buscando con la mano entre sus piernas de forma tan desagradable que Karl, agitándose, sacó la cabeza y el cuello de la almohada. Luego apretó el vientre varias veces contra su cuerpo y él se sintió como si ella formara parte de sí mismo. Quizá por este motivo le acometió una terrible sensación de desamparo. Finalmente, después de que ella le reiterara sus deseos de que volvieran a verse, Karl se acostó llorando en su propia cama.

Eso había sido todo, y sin embargo el tío sabía convertirlo en una historia conmovedora. Y la cocinera también había pensado en él y avisado al tío de su llegada. Había sido un bello gesto por su parte y se lo recompensaría algún día.

—Y ahora –exclamó el senador–, quiero que me digas sinceramente si soy o no tu tío.

—Eres mi tío –dijo Karl y le besó la mano; a cambio recibió un beso en la frente–. Estoy muy contento de haberte encontrado, pero te equivocas si crees que mis padres solo hablan mal de ti. Pero, además, independientemente de esto, tu relato contiene algunos errores, es decir, que en realidad no todo ocurrió así. Como es natural, desde aquí no puedes juzgar tan bien las cosas. Creo además que a los caballeros no les preocupará si se les ha informado algo incorrectamente de los detalles de un asunto que en realidad no les interesa gran cosa.

—Bien dicho –respondió el senador; condujo a Karl ante el capitán, visiblemente interesado, y preguntó–: ¿No le parece que tengo un sobrino encantador?

—Me siento muy complacido –dijo el capitán acompañando sus palabras de una reverencia como solo saben hacerla las personas con instrucción militar– de haber conocido a su sobrino, senador. Es un honor especial que mi barco haya sido el escenario de semejante encuentro. La travesía en el entrepuente debió ser muy dura, pero ¡cómo podemos saber a quién llevamos! Hacemos todo lo posible para que los pasajeros viajen lo más cómodos posible en el entrepuente, mucho más que las compañías americanas, por ejemplo. Pero todavía no hemos logrado que una travesía en tales condiciones sea un placer.

—No me ha perjudicado –dijo Karl–.

—¡No le ha perjudicado! –repitió el senador riéndose estrepitosamente–.

—Solo temo que mi maleta... –y al decir esto recordó todos los acontecimientos y lo que quedaba aún por hacer–.

Miró en torno suyo y vio a todos los presentes sentados en sus lugares de antes, mudos de atención y sorpresa, con los ojos fijos en él. Solo en los rostros de los empleados de aduanas, en la medida en que lo traslucían sus expresiones severas y autocomplacientes, se leía que lamentaban haberse presentado en tan inoportuno momento. Y el reloj que habían puesto sobre la mesa era ahora más importante para ellos que todo lo ocurrido en la sala y lo que tal vez pudiera suceder todavía.

Cosa curiosa, el primero en expresar sus sentimientos después del capitán fue el fogonero.

—Le felicito de todo corazón –dijo, y le estrechó la mano a Karl, con lo cual también quería demostrarle su agradecimiento–.

Cuando quiso dirigirse con las mismas palabras al senador, este retrocedió, como si el fogonero transgrediera sus derechos. El fogonero por su parte también desistió de inmediato.

Los demás se dieron cuenta de lo que debían hacer y enseguida rodearon a Karl y al senador. Así sucedió que Karl recibió una felicitación incluso de Schubal, que aceptó y agradeció. Los últimos en intervenir, ya restablecida la calma, fueron los empleados de aduanas, quienes pronunciaron unas palabras en inglés, lo que causó una impresión grotesca.

El senador estaba de excelente humor y saboreó al máximo ese placer acordándose de momentos menos importantes y evocándolos ante los demás, lo cual los otros no solo toleraron, sino que escucharon con interés. Así, mencionó que había apuntado en su cuaderno las señas personales más características de Karl a las que aludía la cocinera en su carta por si necesitaba recurrir a ellas. Y durante la insoportable cháchara del fogonero, con la única intención de distraerse, había sacado el cuaderno e intentó relacionar el aspecto de Karl con la descripción de la cocinera, cuya exactitud no hubiera facilitado precisamente las tareas de un detective.

—¡Y así encuentra uno a su sobrino! —concluyó en un tono como si quisiera que le felicitaran de nuevo—.

—¿Qué sucederá ahora con el fogonero? —preguntó Karl soslayando la última intervención del tío. Creía que desde su nueva posición tenía derecho a manifestar tranquilamente todo lo que pensara—.

—Al fogonero le ocurrirá lo que se merece —dijo el senador—, y lo que el capitán considere oportuno. Yo creo que ya estamos hartos y más que hartos del fogonero, en lo que estarán de acuerdo todos los presentes.

—Eso no importa cuando se trata de un asunto de justicia —dijo Karl. Se encontraba entre el tío y el capitán y quizá influido por tal posición, creía tener la decisión en sus manos—.

Y a pesar de ello, el fogonero ya no parecía abrigar ninguna esperanza. Había metido a medias las manos en el cinturón que ahora quedaba al descubierto igual que los faldones de su camisa estampada a causa de sus violentos gestos. Eso no le preocupaba en absoluto; había contado todas sus penas, ahora que vieran también los harapos que llevaba, y luego podrían echarle. Pensó que el ordenanza y Schubal, en su calidad de empleados de categoría inferior, bien podían hacerle este último favor. Así, Schubal se quedaría tranquilo y no se desesperaría, como había dicho el cajero. El capitán podría emplear solo rumanos, se hablaría rumano en todas partes, y tal vez entonces todo funcionaría mejor. Ningún fogonero iría a quejarse a la caja, solo conservarían su última indiscreción como un agradable recuerdo ya que, como había explicado el senador, había sido el motivo indirecto para encontrar a su sobrino. Ese sobrino había intentado ayudarle varias veces y por tanto merecía su gratitud; al fogonero no se le ocurrió pedirle ya nada más. Aunque fuera el sobrino de un senador, estaba muy lejos de ser capitán, y correspondía a este dictar la fatal sentencia. De acuerdo con su modo de ver las cosas, el fogonero procuró no mirar a Karl, pero por desgracia, en aquella sala llena de enemigos, no tenía otro lugar de descanso para su vista.

—No malinterpretes la situación –le dijo el senador a Karl–, quizá se trate de una cuestión de justicia, pero también se trata de una cuestión de disciplina. Ambas cosas, pero sobre todo la última, es el capitán quien debe enjuiciarlas.

—Así es –murmuró el fogonero. Y los que le conocían sonrieron extrañados–.

—Por otra parte, nosotros ya hemos estorbado suficiente al capitán en sus funciones, precisamente a la llegada a Nueva York, cuando más se le acumulan los problemas. Así que ya es hora de abandonar el barco, no vayamos a complicar para colmo esta vulgar disputa entre maquinistas con nuestra innecesaria intromisión. Comprendo muy bien tu actuación, querido sobrino, pero precisamente eso me inclina a sacarte cuanto antes de aquí.

—Haré fletar enseguida un bote para usted –dijo el capitán, y para sorpresa de Karl no puso la menor objeción a las palabras del tío que, sin lugar a duda, podían considerarse un menoscabo de sí mismo–.

El cajero se abalanzó sobre la mesa y transmitió por teléfono la orden del capitán al contramaestre.

«El tiempo apremia –se dijo Karl–, pero no puedo hacer nada sin ofender a todos. No puedo abandonar ahora al tío cuando acaba de encontrarme. Es cierto que el capitán es cortés, pero eso es todo. Tratándose de disciplina se acaba su cortesía, y seguro que el tío le ha hablado con sinceridad. Con Schubal no quiero hablar, incluso me disgusta haberle dado la mano. Y los demás no son sino marionetas».

Y sumido en tales reflexiones se dirigió lentamente hacia el fogonero, le sacó la mano derecha del cinturón y la retuvo moroso en la suya.

—¿Por qué no dices nada? –le preguntó–, ¿por qué toleras esto?

El fogonero frunció el ceño, como si buscara la expresión más adecuada para lo que quería decir. Por toda respuesta miró la mano de Karl y la suya.

—Han sido más injustos contigo que con nadie en este barco, lo sé con certeza.

Y Karl acarició con sus dedos los del fogonero, que paseaba la brillante mirada en torno suyo, como si experimentara un placer que, a pesar de todo, nadie podía tomarse a mal.

—Pero debes rebelarte, asentir o negar, de lo contrario la gente no puede hacerse una idea de la verdad. Debes prometerme que me harás caso, pues me temo con razón que yo no pueda ayudarte más.

Karl se echó a llorar mientras besaba la mano del fogonero y tomó esa mano enorme, casi inerte, y la apretó contra sus mejillas, como si se tratara de un tesoro al que debía renunciar. Pero ya su tío, el senador, estaba a su lado y, sin forzarle apenas, se lo llevó de allí.

—El fogonero parece haberte embrujado —dijo, y lanzó una mirada de complicidad al capitán por encima de la cabeza de Karl—.

»Te sentiste abandonado y encontraste al fogonero, y ahora le estás agradecido, lo cual es muy loable. Pero aunque solo sea por mí, no lleves tu agradecimiento demasiado lejos y aprende a comportante de acuerdo con tu rango.

Frente a la puerta se formó un tumulto, se oían gritos y parecía como si golpearan brutalmente a alguien contra ella. Entró un marinero con aspecto un tanto salvaje que llevaba puesto un delantal de mujer.

—Hay gente fuera —exclamó, y dio un golpe con el codo como si todavía estuviera entre la multitud. Por fin se recuperó y quiso saludar al capitán, pero reparó entonces en el delantal, se lo arrancó, lo arrojó al suelo y exclamó—: Esto es repugnante, me han atado un delantal de criada.

Luego juntó los talones y saludó marcialmente. Alguien intentó reírse, pero el capitán dijo con severidad:

—A eso le llamo yo buen humor. Pero ¿quién hay afuera?

—Son mis testigos —dijo Schubal adelantándose—; le pido mis más sinceras disculpas por su inadecuado comportamiento. Cuando la gente ha dejado atrás la travesía, a veces se comportan como locos.

—¡Hágales entrar de inmediato! —ordenó el capitán, y volviéndose hacia el senador dijo en tono cortés pero enérgico—: Tenga usted la bondad, estimado señor senador, de seguir con su sobrino a este marinero, quien le conducirá hasta el bote. No es necesario que le exprese el placer y el honor que he tenido al conocerle personalmente, señor senador. Ahora solo deseo tener pronto ocasión de reanudar con usted, señor senador, nuestra interrumpida conversación sobre la situación de la flota americana, y ser quizá interrumpido de forma tan agradable como hoy.

—De momento me basta con este sobrino –dijo el tío riendo–. Y ahora acepte mi agradecimiento por su gentileza y quede con Dios. Por otra parte, no sería extraño que en nuestro próximo viaje a Europa –y atrajo cariñosamente a Karl hacia sí– quizá nos reunamos con usted por más tiempo.

—Me alegraría mucho –dijo el capitán–.

Ambos caballeros se estrecharon la mano. Karl solo pudo alcanzarle la suya al capitán de forma fugaz y sin pronunciar palabra, pues ya unas quince personas, conducidas por Schubal, entraron algo turbadas, pero alborotando bastante. El marinero le pidió permiso al senador para pasar delante, y abrió camino para él y Karl, que cruzaron entre la multitud que se inclinaba a su paso. Parecía como si aquella gente, por lo demás pacífica, se tomara a broma la disputa entre el fogonero y Schubal, una broma cuya comicidad no disminuía ni siquiera ante el capitán. Entre ellos Karl descubrió también a Line, la cual, guiñando el ojo divertida, se ató el delantal que el marinero arrojara al suelo, pues se trataba del suyo.

Sin dejar de seguir al marinero, abandonaron la oficina y se perdieron por un pasillo que les condujo unos pasos más adelante a una puertecita de la cual partía una escalera que llevaba hasta el bote preparado para ellos. Su guía montó de un salto y los marineros que había en él se levantaron y saludaron marcialmente. El senador advirtió a Karl para que descendiera con cuidado, cuando este, todavía en el escalón superior, rompió a llorar con violencia. El senador le tomó por la barbilla, le mantuvo bien apretado contra él y le acarició con la mano izquierda. Así bajaron despacio, escalón por escalón, y accedieron estrechamente unidos al bote, donde el senador le buscó a Karl un buen lugar enfrente suyo. A una señal del senador, los marineros se separaron del barco con un empujón y se entregaron a su tarea. Apenas se habían distanciado unos metros del buque, Karl descubrió de modo inesperado que se encontraban justo en el lado del barco al que daban las ventanas de la oficina central. Las tres ventanas estaban ocupadas por testigos de Schubal, que saludaban y hacían gestos amistosos; incluso el tío agradeció el saludo, y uno de los marineros hizo gala de gran habilidad arrojando con la punta de los dedos un beso hacia arriba sin romper el ritmo regular de los remos. Era como si ya no existiera fogonero alguno. Karl contempló con mayor detenimiento a su tío, cuyas rodillas casi rozaban las suyas, y dudó de que aquel hombre pudiera sustituir jamás al fogonero. El tío esquivó su mirada y se quedó contemplando las olas que se mecían en torno al bote.

El tío

En la casa del tío, Karl se acostumbró pronto a la nueva situación. Bien es cierto que su tío le ayudaba amablemente, incluso en las cosas más insignificantes, y Karl no tuvo que pasar nunca por experiencias desagradables, tal como suele ocurrir al iniciar una nueva vida en el extranjero.

La habitación de Karl se encontraba en el sexto piso de una casa, cuyos cinco pisos inferiores más tres subterráneos estaban ocupados por la empresa comercial del tío. La luz que se filtraba a través de dos ventanas y un balcón en la habitación sorprendía siempre a Karl cuando entraba en ella por la mañana en su pequeño dormitorio. ¿Dónde estaría alojado ahora de haber llegado al país como un humilde y pobre emigrante? Sí, incluso era posible que le hubieran impedido entrar en Estados Unidos, cosa que el tío, buen conocedor de las leyes de inmigración, consideraba muy probable, enviándole de vuelta a casa sin preocuparse de que ya no tuviera patria. Allí no cabía esperar que fueran compasivos, y era muy cierto lo que Karl leyera al respecto sobre América; allí, entre los rostros indiferentes a su alrededor, solo los dichosos parecían disfrutar realmente de su felicidad.

Un estrecho balcón recorría toda la longitud de la habitación. Pero aquello que habría sido el mirador más alto en la ciudad natal de Karl, aquí apenas ofrecía la visión de una calle que discurría recta entre dos hileras de casas rectangulares y se perdía como un punto de fuga en la lejanía, donde entre la densa bruma, se elevaban las formas de una gigantesca catedral. Y tanto por la mañana, por la tarde, como entre los sueños nocturnos, circulaba un tráfico apresurado que, visto desde arriba, parecía una mezcla siempre confusa de figuras humanas desdibujadas, siempre diferentes, y techos de vehículos de todo tipo; y a partir de esa mezcla, se elevaba otra distinta de ruido, polvo y olores, multiplicada, más salvaje. Todo ello lo abarcaba y traspasaba una poderosa luz que la multitud de objetos dispersaba, traía y llevaba de nuevo, y que ante la mirada atónita del observador parecía tan corpórea como si un cristal que cubriera toda la calle se rompiera a cada instante con estruendo.

El tío, siempre cauteloso, aconsejó a Karl que por el momento no se dejara preocupar en serio por nada. Debía probarlo y mirarlo todo, pero sin dejarse apresar. Pues los primeros días de un europeo en América eran comparables a un nacimiento, aunque aquí era más fácil habituarse que cuando se entra en la vida humana desde el más allá. Karl no debería abrigar temores innecesarios, no había que perder de vista la fragilidad de los primeros juicios, no se debía, por tanto, dejar que estos se interfirieran en los juicios futuros, de gran ayuda para adaptarse a la vida aquí. Él mismo había conocido a recién llegados que, en lugar de regirse por este prudente principio, se pasaban el día entero asomados al balcón, mirando como ovejas descarriadas a la calle. ¡Era evidente que tal actitud podía volver loco a cualquiera! Semejante actividad solitaria, que se recrea en el laborioso día neoyorquino, podía permitirse, e incluso recomendarse, aunque no sin prevención, a un turista. Pero para alguien que va a quedarse era la perdición, en tal caso podía aplicarse sin miedo ese término, aunque pareciese una exageración. Y, en efecto, el tío contraía el rostro en una mueca de disgusto cuando en alguna de sus visitas, que acontecían una sola vez al día, en los momentos más inesperados, encontraba a Karl en el balcón. Este se apercibió pronto y, en consecuencia, renunció en lo posible al placer de asomarse a la calle.

Además, no era el único placer del que disfrutaba. En su habitación había un escritorio americano de la mejor calidad, como el que su padre deseaba poseer desde hacía años, y que había intentado adquirir por un precio asequible en las más diversas subastas sin que, con sus exiguos recursos, lo consiguiera jamás. Naturalmente, el escritorio no podía compararse con los supuestos escritorios americanos que se ofrecían en las subastas europeas. Este tenía, por ejemplo, cien compartimentos diferentes en la parte superior, y el mismo presidente de la Unión podría encontrar en él un sitio adecuado para cada uno de sus documentos. Además, tenía en un costado un regulador que, girando una manivela, permitía obtener las más diversas combinaciones de los compartimentos, según uno lo deseara o necesitara. Finos tabiques laterales descendían despacio para formar la base o la cubierta de una nueva combinación. Incluso, con un solo giro, la parte superior adquiría un aspecto por completo diferente y, según se girara la manivela, todo sucedía con lentitud o con absurda rapidez. Era un invento muy reciente, pero a Karl le recordaba muy vivamente los retablos navideños que en su tierra se mostraban durante las fiestas ante las asombradas miradas de los niños. También Karl, embutido en sus ropas de invierno, los había contemplado y comparaba siempre los giros de la manivela que movía un viejo con los efectos en el retablo: el avance a empellones de los tres Reyes Magos, la iluminación de las estrellas y la apacible vida en el establo. Y siempre le pareció como si la madre, en pie detrás de él, no siguiera con la suficiente atención los acontecimientos; él la atraía hasta sentirla a sus espaldas y le mostraba entre grandes exclamaciones los detalles más ocultos, quizá un conejito que daba volteretas en la hierba antes de echarse de nuevo a correr, hasta que la madre le hacía callar y se sumía, probablemente, en su anterior distracción. Claro que la mesa no estaba hecha para recordar tales cosas, pero en cada descubrimiento Karl establecía siempre una conexión semejante y oscura con sus recuerdos. A diferencia de Karl, el tío no aprobaba este escritorio. Le habría gustado comprar a su sobrino uno más adecuado, pero todos incluían esta innovación, cuya mayor ventaja consistía en que podía aplicarse sin grandes gastos a escritorios viejos. De todos modos, el tío no dejó de aconsejarle a Karl que, a ser posible, no utilizara el regulador. Para acentuar la fuerza de su consejo, el tío afirmaba que el mecanismo era muy delicado, fácil de estropear, y muy costosa la reparación. No era difícil comprender que tales observaciones eran solo pretextos, aunque también había que reconocer que el regulador era sencillo de bloquear y, sin embargo, el tío no lo había hecho.

En los primeros días, durante los cuales, como es natural, se sucedieron numerosas conversaciones entre Karl y el tío, Karl le explicó también que en casa le gustaba tocar el piano, aunque no sabía mucho, pues solo disponía de los conocimientos elementales enseñados por su madre. Era muy consciente de que tal relato implicaba la petición de un piano, pero ya había visto lo suficiente para saber que su tío no necesitaba ahorrar. A pesar de ello, el tío no accedió de inmediato al ruego, pero unos ocho días más tarde le dijo, como si hiciera una confesión en contra de su voluntad, que el piano acababa de llegar y podía supervisar el transporte si así lo deseaba. Se trataba de una tarea fácil, pero no más sencilla que el propio transporte, ya que en la casa había un montacargas en el que cabía sin dificultad todo un camión de mudanzas. Y en ese montacargas subió balanceándose el piano hasta la habitación de Karl. Él mismo habría podido subir en el propio montacargas con el piano y los mozos de cuerda pero, puesto que al lado había un ascensor, montó en este, se mantuvo mediante una palanca a la misma altura que el montacargas, y contempló fijamente a través de las cristaleras el hermoso instrumento ahora de su propiedad. Cuando lo tuvo en su habitación y tecleó las primeras notas, le acometió una alegría tan loca que, en lugar de seguir tocando, se levantó de un salto, y prefirió contemplarlo con arrobo desde una cierta distancia y con las manos en jarras. La acústica de la habitación era excelente y eso contribuyó a que desapareciera su inicial malestar por tener que vivir en una casa de hierro. De hecho, en la habitación no se notaba lo más mínimo la estructura metálica, a pesar de lo ferrugiento que parecía el edificio desde fuera, y nadie podría señalar el menor detalle en la instalación que rompiera su acogedor ambiente. Al principio, Karl esperaba mucho de sus prácticas de piano y no se avergonzaba de imaginar, por lo menos antes de dormir, que el estudio del piano le proporcionaría una posibilidad de alterar el ambiente americano. El sonido era maravilloso cuando, frente a las ventanas abiertas al aire lleno de ruidos, tocaba una vieja canción militar de su tierra que los soldados, al recostarse por las noches en las ventanas del cuartel y contemplar la oscuridad de la plaza, se cantan de ventana a ventana. Pero, si miraba luego a la calle, esta permanecía inalterable, era solo un pedacito de una gran arteria cuya circulación no podía detenerse por sí sola ignorando las fuerzas que actuaban en derredor.

El tío toleraba la práctica del piano, no decía nada en contra, máxime cuando Karl, según su advertencia, se entregaba raras veces al placer de tocar; incluso le llevó a Karl algunas partituras de marchas americanas y, cómo no, también el himno nacional. Pero no podía explicarse por el solo placer que le provocaba la música el que un día le preguntara a Karl sin bromear en absoluto si no quería aprender también a tocar el violín o la corneta.

Como es lógico, la obligación primordial y más importante de Karl era el aprendizaje del inglés. A las siete de la mañana, un joven maestro de una escuela superior de comercio aparecía en la habitación de Karl y le encontraba sentado a su escritorio, enfrascado en sus cuadernos, o paseando arriba y abajo por la habitación mientras memorizaba. Karl comprendía que era imprescindible aprender inglés cuanto antes y que además ello le brindaba la oportunidad de proporcionarle una extraordinaria alegría a su tío si hacía rápidos progresos. Y mientras al principio, en sus conversaciones con el tío, su inglés se limitaba a cruzar unas palabras de saludo, pronto consiguió traducir fragmentos de la conversación cada vez más largos, con lo cual empezaron a tratar de temas más íntimos. Con la primera poesía americana –la representación de un gran incendio– que Karl pudo recitarle una tarde a su tío, el semblante de este adquirió una expresión grave de profunda satisfacción. Se encontraban ambos de pie frente a una ventana de la habitación de Karl. El tío miraba afuera, donde la claridad del cielo había declinado ya, y seguía el ritmo de los versos con un movimiento de manos lento y regular. Mientras, Karl, erguido a su lado y con la mirada fija, desgranaba el difícil poema.

Cuanto más progresaba Karl con el inglés, mayor era el deseo que manifestaba el tío por presentarlo a sus conocidos, y ordenó para cada caso que en tales reuniones el pro-

fesor de inglés se mantuviera cerca de Karl. El primer conocido que le presentó una mañana era un hombre delgado,
joven, de increíble flexibilidad, al cual el tío introdujo entre
múltiples ceremonias en la habitación de Karl. Se trataba
sin duda de uno de esos muchos hijos de millonario, malo-
grado desde la perspectiva de los padres, cuya vida discurría
de tal modo que una persona común no podría seguir sin
dolor el transcurso de un día cualquiera en la vida de este
joven. Y como si este lo supiera o intuyera y tratara de evitarlo en la medida de sus posibilidades, una constante sonrisa de dicha le bailaba en torno a los labios y los ojos, como
destinada a sí mismo, a quien tuviera delante y al mundo
entero.

Con el previo y necesario consentimiento del tío, se
acordó con este joven, un tal señor Mack, ir a montar juntos a las cinco y media de la mañana, bien en la escuela de
equitación, bien al aire libre. Al principio Karl vaciló en
aceptar, pues no había montado nunca sobre un caballo y
prefería primero aprender un poco de equitación. Pero
como el tío y Mack le alentaron tanto y le hablaron de la
equitación como de una mera diversión y un ejercicio sano,
pero en absoluto como de un arte, finalmente se avino a la
propuesta. Así, tenía que levantarse a las cuatro y media,
cosa que a menudo le pesaba mucho, ya que andaba falto de
sueño a consecuencia probablemente de la constante atención que aplicaba durante el día. Pero una vez en su cuarto
de baño pronto olvidaba sus lamentos. A lo largo y ancho de
la bañera se expandía el tamiz de la ducha –¿qué condiscípulo allá en su tierra, por más rico que fuese, poseía algo
semejante y hasta para su uso exclusivo?–, y ahí se metía
Karl, en esa bañera donde podía estirar los brazos, y dejaba
correr el chorro de agua tibia, caliente, de nuevo tibia y al
final helada a lo largo de parte o todo su cuerpo según se le

antojara. Se encontraba allí como si prolongara un poco los placeres del sueño, y lo que más le gustaba era pescar con los párpados cerrados las últimas gotas que caían aisladas para abrirlos después y dejarlas fluir por todo el rostro.

En la escuela de equitación, donde le dejaba el automóvil de alta carrocería del tío, ya le esperaba el profesor de inglés, mientras Mack llegaba siempre más tarde. Pero bien podía presentarse sin preocupación con retraso, pues la auténtica lección de equitación no empezaba hasta que él llegaba. ¿Acaso cuando él entraba no se encabritaban los caballos despertando de su amodorramiento, no restallaba más fuerte el látigo en el espacio, no aparecían de repente en la galería algunas personas aisladas, espectadores, caballerizos, alumnos de equitación o lo que fueran? Sin embargo, Karl aprovechaba el tiempo antes de la llegada de Mack para practicar un poco, aunque solo fueran los ejercicios más sencillos de equitación. Había un hombre espigado, que llegaba al lomo del caballo más alto casi sin estirar el brazo, y que le impartía lecciones de apenas un cuarto de hora. Karl no hacía con ello grandes progresos, y aprendía muchas exclamaciones de queja en inglés que durante ese ejercicio le lanzaba sin aliento a su profesor de inglés, el cual siempre se apoyaba somnoliento en la jamba de la puerta. Pero casi toda su insatisfacción montando desaparecía cuando llegaba Mack. El hombre alto era despedido, y pronto no se oían más que los cascos galopantes de los caballos en la sala todavía en penumbra. Y no se veía más que el brazo alzado de Mack, con el que impartía órdenes a Karl. Al cabo de media hora de diversión que transcurría como en sueños, se detenían. Mack tenía mucha prisa, se despedía de Karl, le golpeaba cariñoso la mejilla cuando estaba especialmente satisfecho con su modo de montar, y desaparecía sin siquiera cruzar la puerta en compañía de Karl, tal era su prisa.

Entonces Karl se llevaba al profesor en el coche y volvía para la lección de inglés no sin dar grandes rodeos, pues por el camino a través de la aglomeración de la gran urbe, que en realidad conducía directo de la casa del tío a la escuela de equitación, hubieran perdido mucho tiempo. Por lo menos, el profesor de inglés dejó pronto de acompañarle, pues Karl, que se reprochaba el llevarse al cansado hombre inútilmente a la escuela de equitación, dado que el trato en inglés con Mack era muy sencillo, le pidió al tío que eximiera al profesor de esta obligación. Tras algunas cavilaciones, el tío accedió también a este ruego.

Pasó bastante tiempo hasta que el tío se decidió a permitirle a Karl echar siquiera un vistazo a su negocio, a pesar de los insistentes ruegos del joven. Se trataba de un tipo de negocio de comisión y expedición como no existía en Europa, por lo que Karl podía recordar. El comercio consistía en una especie de negocio de mediación, que sin embargo no gestionaba el envío de mercancías del productor al consumidor o los comerciantes, sino que se encargaba de la mediación en el abastecimiento de todas las mercancías y productos destinados a las grandes plantas industriales y del intercambio entre ellas. Era por tanto un negocio que abarcaba al mismo tiempo compras, depósitos, transportes y ventas en enormes proporciones y que debía mantener con sus clientes comunicaciones telefónicas y telegráficas incesantes y muy precisas. La sala de telégrafos no era más pequeña sino mayor que la oficina telegráfica de su ciudad natal, que Karl había visitado una vez de la mano de un condiscípulo conocido allí. En la sala de teléfonos, las puertas de las cabinas se abrían y cerraban dondequiera que se mirase y el repiqueteo constante del teléfono causaba aturdimiento. El tío abrió la más cercana de estas puertas y vieron allí, bajo la centelleante luz eléctrica, a un empleado indiferente a cualquier ruido de las puertas, la cabeza ceñida por una cinta de acero que oprimía los auriculares contra sus oídos. Su brazo derecho reposaba sobre una mesita como si fuera particularmente pesado, y solo los dedos, que sostenían el lápiz, se contraían con movimientos mecánicos, regulares y rápidos. Era muy parco en las palabras que decía ante el micrófono y a veces hasta se notaba que quizá tenía algo que objetar a su interlocutor o que deseaba ampliar algún detalle, pero ciertas palabras que escuchaba le obligaban, antes de poder llevar a cabo su intención, a bajar la vista y escribir.

Además, según le explicaba en voz baja el tío a Karl, no tenía por qué hablar, pues los mismos informes que este hombre tomaba, los anotaban al mismo tiempo dos empleados más, y luego los comparaban para evitar errores en la medida de lo posible. En el instante en que el tío y Karl pasaban por la puerta, se deslizó un ayudante y salió con los papeles anotados en el ínterin. En medio de la sala había un ajetreo constante de gente que, como si les persiguieran, corrían de un lado a otro. Ninguno saludaba —el saludo había sido eliminado—, cada uno se acoplaba a los pasos del que iba delante y miraba al suelo, sobre el cual deseaba avanzar lo más rápido posible, o cazaba al vuelo con la mirada palabras o números sueltos de los papeles que sostenía en la mano y revoloteaban a su paso ligero.

—Has llegado realmente lejos —le dijo en una ocasión Karl durante uno de los recorridos por el negocio, cuya visita completa requería muchos días, aun cuando solo se limitara a ver por encima cada departamento—.

—Pues debes saber que todo lo instalé yo mismo hace treinta años. Entonces poseía un pequeño comercio en el barrio del puerto. Cuando allí se descargaban cinco cajas en un día ya era mucho y yo volvía a casa henchido de satisfacción. Hoy soy dueño del tercer almacén del puerto en importancia, y aquel comercio es el comedor y depósito de material del grupo sesenta y cinco de mis peones.

—Eso raya ya lo milagroso –dijo Karl–.

—Aquí todos los cambios se producen con gran rapidez –repuso el tío, dando fin a la conversación–.

Un día, el tío llegó justo antes de la hora de comer, cuando Karl se disponía a hacerlo solo como siempre, y le instó a vestirse de etiqueta enseguida y acompañarle a comer con dos amigos de negocios. Mientras Karl se cambiaba en la habitación contigua, el tío se sentó al escritorio y repasó el ejercicio de inglés recién terminado, dio un golpe sobre la mesa y exclamó:

—¡Realmente extraordinario!

Sin lugar a duda, Karl se vistió con más esmero al oír este elogio, pero de todos modos estaba ya bastante seguro de sus conocimientos de inglés.

En el comedor del tío, cuyo recuerdo aún conservaba desde la primera noche de su llegada, se levantaron dos hombres altos y corpulentos para saludar, un tal Green el primero, un tal Pollunder el segundo, como salió a relucir durante la conversación. El tío solía pronunciar apenas una palabra fugaz sobre sus conocidos y dejaba que Karl descubriera lo necesario o interesante por sus propias observaciones. Durante la comida solo se habló de cuestiones de negocios, lo cual fue una buena lección de expresiones comerciales, y dejaron que Karl comiera en silencio como si se tratara de un niño que ante todo debía alimentarse adecuadamente. Pero después, el señor Green se inclinó hacia él y le preguntó, en un intento evidente por expresarse en un inglés lo más claro posible, respecto a sus primeras impresiones sobre América. En medio de un silencio sepulcral, con miradas de soslayo a su tío, Karl repuso con todo detalle e intentó congraciarse empleando un lenguaje teñido de expresiones neoyorquinas. Uno de los giros incluso provocó una carcajada en los tres hombres. Karl temió haber cometido un grave error, pero no fue así, al contrario, el señor Pollunder explicó que se había expresado con gran acierto. Al tal señor Pollunder pareció caerle simpático Karl, y mientras el tío y el señor Green reanudaban las conversaciones de negocios, el señor Pollunder arrimó la silla de Karl a la suya. Primero le preguntó muchas cosas sobre su nombre, su origen y su viaje, hasta que, para darle un respiro a Karl, entre risas, toses y a trompicones le habló de sí mismo y su hija, con la cual vivía en una pequeña quinta cerca de Nueva York, donde solo podía pasar las noches, pues era banquero y su profesión le retenía todo el día en Nueva York.

Karl recibió enseguida una amable invitación para visitar su quinta. Un americano tan flamante como él también tendría necesidad de reponerse de vez en cuando de Nueva York. Karl le pidió permiso al tío para aceptar esta invitación y este se lo dio al parecer de buen grado, pero sin fijar ni considerar siquiera una fecha concreta, como Karl y el señor Pollunder esperaban.

Al día siguiente, sin embargo, Karl fue llamado a una oficina (el tío tenía diez oficinas distintas solo en aquel edificio), donde encontró al tío y al señor Pollunder sentados en sendos sillones, bastante taciturnos.

—El señor Pollunder –dijo el tío, apenas reconocible en la penumbra de la habitación–, el señor Pollunder ha venido para llevarte consigo a su quinta, como convinimos ayer.

—No sabía que sería hoy –repuso Karl–, de lo contrario ya estaría dispuesto.

—Si no estás dispuesto, quizá sea mejor postergar la visita para otro día –opinó el tío–.

—¡Pero qué preparativos hay que hacer! –exclamó el señor Pollunder–. Un joven siempre está dispuesto.

—No es por él –dijo el tío, vuelto hacia su visitante–, pero debería subir a su habitación y le haría esperar.

—Dispongo de tiempo –dijo el señor Pollunder–, he previsto un retraso y he abandonado más temprano la oficina.

—Ya ves –dijo el tío– cuantas molestias causa ya tu visita.

—Lo lamento –dijo Karl–, pero estaré de vuelta enseguida –y quiso echar a correr–.

—No se apresure –dijo el señor Pollunder–. No me ocasiona la menor molestia, al contrario, su visita me complace mucho.

—Perderás tu lección de equitación mañana, ¿ya has avisado de que no irás?

—No –dijo Karl. Aquella visita que le hacía ilusión empezaba a resultarle una carga–. No sabía que…

—¿Y aun así quieres marcharte? –preguntó el tío–.

El señor Pollunder, hombre amable, acudió en su ayuda.

—Durante el viaje pararemos en la escuela de equitación y arreglaremos el asunto.

—Eso está bien –dijo el tío–. Pero Mack te esperará.

—No creo que me espere –dijo Karl–, pero irá de todos modos como cada día.

—¿Y entonces? –dijo el tío, como si la respuesta de Karl no implicara una justificación–.

De nuevo fue el señor Pollunder quien pronunció las palabras decisivas:

—Pero Klara –era la hija del señor Pollunder– también le espera, y esta noche ya. Y supongo que tendrá preferencia sobre Mack, ¿no?

—Por supuesto –dijo el tío–. Bien, corre a tu habitación –y como sin querer, golpeó varias veces el brazo del sillón–.

Karl estaba ya en la puerta cuando el tío le retuvo con otra pregunta:

—¿Estarás aquí mañana para la lección de inglés?

—Pero ¡bueno! –exclamó el señor Pollunder, y se volvió en su sillón, de puro asombro, en la medida en que su corpulencia se lo permitía–. ¿No puede ni siquiera pasar el día de mañana fuera? Yo le traería pasado mañana a primera hora.

—De ningún modo –repuso el tío–. No puedo permitir que sus estudios se desorganicen tanto. Más adelante, cuando haya logrado por sus propios esfuerzos un lugar destacable en la vida profesional, le permitiré con mucho gusto aceptar incluso por más tiempo una invitación tan amable y que tanto me honra.

«¡Qué contradictorio es todo esto!», pensó Karl.

El señor Pollunder no podía ocultar su tristeza.

—Por una tarde y una noche casi no vale la pena el viaje, realmente.

—Eso es lo que yo opino –dijo el tío–.

—Hay que tomar de buen grado lo que se recibe –dijo el señor Pollunder, de nuevo sonriente–. ¡Bien, le espero! –le dijo a Karl, el cual, al ver que su tío no decía nada más, salió deprisa–.

Cuando volvió poco después, dispuesto para el viaje, solo encontró al señor Pollunder en la oficina. El tío se había marchado. Feliz, el señor Pollunder estrechó ambas manos a Karl, como si quisiera cerciorarse lo mejor posible de que este le acompañaría. Karl aún estaba acalorado por las prisas y también estrechó las manos del señor Pollunder, contento de poder hacer la excursión.

—¿No se habrá disgustado el tío porque me vaya?

—¡Qué va! En realidad, no lo decía en serio. Lo que ocurre es que se toma muy a pecho su educación.

—¿Le ha comentado él mismo que no decía lo de antes en serio?

—¡Oh, sí! –dijo el señor Pollunder tenso, demostrando así que no sabía mentir–.

—Es extraño lo a disgusto que me dio el permiso para visitarle a pesar de ser usted su amigo.

Tampoco el señor Pollunder, aun sin reconocerlo abiertamente, pudo encontrar una explicación satisfactoria. Y ambos estuvieron reflexionando todavía mucho rato al respecto, mientras recorrían el cálido atardecer en el automóvil del señor Pollunder, aunque se pusieron a hablar de otras cosas enseguida.

Iban sentados muy juntos y, mientras hablaba, el señor Pollunder retenía la mano de Karl entre las suyas. Karl quería saber muchas cosas respecto a la señorita Klara, como si el largo viaje le impacientara y se hiciera la ilusión de que con ayuda de las narraciones podrían llegar antes.

Aunque era la primera vez que cruzaba las calles de Nueva York por la noche, y el alboroto inundaba aceras y calzada, cambiando a cada instante de dirección, como si se tratara de un torbellino, de un elemento extraño, y no de la agitación de la gente, Karl se concentró, únicamente en el chaleco oscuro del señor Pollunder, sobre el cual colgaba tranquila una cadena oscura, mientras escuchaba con atención sus palabras.

A través de las calles, donde la multitud se precipitaba hacia los teatros con manifiesto temor por llegar con retraso, apresurando el paso y en vehículos lanzados a toda velocidad, llegaron, cruzando barrios intermedios, a los suburbios. Allí, policías a caballo desviaron varias veces su coche hacia calles laterales, pues las grandes arterias las ocupaba una manifestación de obreros metalúrgicos en huelga, y por los cruces solo se permitía el tráfico de coches indispensables. Si, procedente de oscuras callejuelas donde el eco resonaba sordamente, el coche cruzaba una de esas calles tan anchas que parecían plazas, aparecían a ambos lados, en perspectivas que nadie podía ver hasta el final, las aceras llenas de una muchedumbre que avanzaba a pasos cortos, cuyo canto era más uniforme que el de una sola voz humana.

En cambio, en la calzada despejada se veían aquí y allá policías sobre monturas inmóviles o portadores de banderas o pancartas escritas tendidas a través de la calle, o un líder obrero rodeado de colaboradores y ordenanzas, o un vagón del tranvía que no había huido con suficiente rapidez y estaba parado, vacío y oscuro, mientras el conductor y el revisor esperaban en la plataforma. Pequeños grupos de curiosos se detenían lejos de los verdaderos manifestantes sin abandonar sus sitios, a pesar de no saber muy bien lo que estaba pasando.

Pero Karl se apoyaba contento en el brazo que el señor Pollunder le había echado por encima del hombro. La convicción de que muy pronto sería un huésped bienvenido en una quinta iluminada, rodeada de muros y vigilada por perros le arrullaba, y aunque a pesar de una cierta somnolencia no podía comprender correctamente o sin interrupciones todo lo que el señor Pollunder le decía, se incorporaba de vez en cuando y se frotaba los ojos. Así constataba por un momento si el señor Pollunder notaba que tenía sueño, pues quería evitarlo a toda costa.

Una quinta en las afueras de Nueva York

—Hemos llegado —dijo el señor Pollunder precisamente en uno de los momentos de abandono de Karl—.

El automóvil se había detenido delante de una quinta que, al estilo de las quintas de la gente rica que vivía en los alrededores de Nueva York, era más amplia y alta de lo habitual en una mansión destinada a alojar a una sola familia. Como solo estaba iluminada la parte inferior de la casa, no se podía apreciar su altura. Delante susurraban unos castaños, entre los cuales —la verja ya estaba abierta— una avenida corta conducía a la escalinata de la casa. A juzgar por el cansancio que Karl sintió al apearse, consideró que el viaje había sido bastante largo. En la oscuridad de la avenida de castaños escuchó una voz de muchacha que decía junto a él:

—Por fin está aquí el señor Jakob.

—Me llamo Rossmann —dijo Karl, y estrechó la mano que le tendía una muchacha cuyo perfil empezaba a distinguir ahora—.

—Es solo el sobrino de Jakob —aclaró el señor Pollunder—, y se llama Karl Rossmann.

—Eso no disminuye la alegría que sentimos por tenerle aquí —dijo la muchacha, a la cual le importaba poco el nombre—.

A pesar de ello, mientras caminaba hacia la casa entre el señor Pollunder y la muchacha, Karl preguntó:

—¿Es usted la señorita Klara?

—Sí —repuso ella, y la tenue luz procedente de la mansión iluminó algo su rostro, vuelto hacia el de Karl—, pero no quería presentarme con esta oscuridad.

«¿Es que nos esperaba en la verja?», pensó Karl, despertando poco a poco mientras andaba.

—Por cierto, esta noche contamos con otro huésped —dijo Klara—.

—¡No es posible! —exclamó Pollunder disgustado—.

—El señor Green —dijo Klara—.

—¿Cuándo llegó? —preguntó Karl, súbitamente acometido por un presentimiento—.

—Hace un momento. ¿No habéis oído su automóvil delante del vuestro?

Karl miró a Pollunder para comprobar el efecto que la noticia le causaba, pero este llevaba las manos en los bolsillos del pantalón y solo pisaba más fuerte al andar.

—No sirve de nada vivir en las afueras de Nueva York, uno no se libra de molestias. Tendremos que trasladar nuestra residencia más lejos todavía; aunque tenga que viajar la mitad de la noche para llegar a casa.

Se detuvieron al pie de la escalinata.

—Pero hacía mucho tiempo que el señor Green no nos visitaba —dijo Klara, a todas luces de acuerdo con su padre pero con intención de tranquilizarle—.

—¿Por qué tendrá que venir precisamente esta noche? —dijo Pollunder, y sus palabras resbalaban con furia por el grueso labio inferior, que empezó a temblar como un trozo de carne flácida y pesada—.

—¡Qué le vamos a hacer! —dijo Klara—.

—Quizá se marche pronto —comentó Karl, y se sorprendió al comprobar que se confabulaba con gente que el día anterior todavía eran unos extraños para él—.

—¡Oh, no! –dijo Klara–, tiene un negocio muy importante que discutir con papá, lo cual le llevará probablemente mucho tiempo, pues ya me ha amenazado en broma, que si quiero ser una anfitriona atenta, deberé escuchar hasta mañana.

—¡Y para colmo esto! ¡Entonces pasará aquí la noche! –exclamó Pollunder, como si ello significara el peor de los males–. Tendría mucho gusto –dijo, volviéndose más amable ante la nueva idea–, tendría auténtico gusto, señor Rossmann, en meterle de nuevo en el coche y llevarle con su tío. La velada de esta noche está echada a perder de antemano, y quién sabe cuándo su tío nos lo confiará de nuevo. Pero si le devuelvo esta misma noche, no podrá negarnos una próxima visita. Y ya tomaba a Karl de la mano para llevar a cabo su plan. Pero Karl no se movió y Klara pidió que le dejara quedarse, así por lo menos ella y Karl no serían molestados por el señor Green. Finalmente, el mismo Pollunder se dio cuenta de que su decisión no era la más acertada. Por otra parte –y quizá eso fuera lo decisivo–, se oyó de repente al señor Green que gritó hacia el jardín desde el último escalón:

—Pero ¿dónde están?

—Vamos –dijo Pollunder, y se encaminó hacia la escalinata–.

Detrás de él iban Karl y Klara, estudiándose uno a otro bajo la claridad de la luz.

«¡Qué labios tan rojos tiene!», se dijo Karl, y pensó en los labios del señor Pollunder y lo hermosos que resultaban en su hija.

—Después de la cena –dijo ella–, si usted no tiene inconveniente, nos iremos enseguida a mi habitación, para que por lo menos nosotros nos veamos libres del tal señor Green, ya que papá tiene que ocuparse de él. Y usted será tan amable de tocar el piano, pues papá ya me había explicado lo bien que lo hace. Yo en cambio, por desgracia, soy del todo incapaz de ejecutar una pieza y me mantengo apartada del piano a pesar de lo mucho que me gusta la música.

Karl estuvo totalmente de acuerdo con la propuesta de Klara, aunque le hubiera gustado que el señor Pollunder les acompañara. Sin embargo, frente a la gigantesca figura de Green –Karl ya se había habituado a la estatura de Pollunder–, que se destacaba poco a poco mientras ascendían la escalinata, Karl perdió toda esperanza de poder alejar al señor Pollunder de aquel hombre.

El señor Green les recibió con mucha prisa, como si tuvieran mucho tiempo que recuperar. Tomó al señor Pollunder del brazo y envió por delante a Karl y Klara al comedor, que tenía un aspecto muy festivo, sobre todo por las flores que adornaban la mesa, destacando entre las guirnaldas de follaje fresco, y hacían lamentar el doble la incómoda presencia del señor Green. Y cuando Karl, que esperaba en la mesa a que los demás se sentaran, se alegraba de que la gran puerta cristalera que daba al jardín permaneciera abierta, pues a través de ella penetraba un intenso perfume como si estuvieran en un cenador, precisamente el señor Green, entre resuellos, fue a cerrar aquella puerta. Se agachó hasta el pasador inferior, se estiró para alcanzar el superior, todo con una rapidez tan juvenil que el criado, que ya se acercaba presuroso, nada pudo hacer.

Las primeras palabras del señor Green en la mesa fueron expresiones de asombro porque Karl hubiera obtenido el permiso del tío para aquella visita. Llevándose a la boca una cucharada colmada de sopa tras otra, explicó, volviéndose a la derecha hacia Klara y luego a la izquierda hacia el señor Pollunder, el porqué de su asombro y cómo vigilaba el tío sus estudios y que el amor del tío por Karl era excesivo, hasta el punto de que ya no podía denominarse amor de tío.

«No contento con entrometerse aquí innecesariamente, se entromete además entre el tío y yo», pensó Karl, sin poder tragar ni un sorbo de aquella sopa rubia.

Pero como no quería manifestar su incomodidad, empezó a sorber la sopa en silencio. La cena discurrió lenta como una plaga. Solo el señor Green y, en cierta medida, Klara mostraban cierta animación y encontraron alguna que otra ocasión para reírse brevemente. El señor Pollunder intervino solo algunas veces en la conversación, cuando el señor Green empezaba a hablar de negocios. Pero se retiraba pronto de tales charlas y el señor Green tenía que sorprenderle de nuevo al cabo de un rato. Por otra parte, hizo hincapié en que en principio no había tenido intención de realizar aquella visita imprevista. Y en ese momento fue cuando Klara tuvo que advertirle a Karl, que escuchaba con atención como si aquellas palabras encerraran alguna amenaza, que tenía delante el asado y se encontraba en una cena. Pues si bien el negocio del que todavía tenían que hablar era muy urgente, lo más importante se hubiera podido discutir en la ciudad y postergar los detalles para el día siguiente o más adelante. Y además había ido a ver al señor Pollunder mucho antes de la hora de cierre de los comercios, pero no habiéndole encontrado se vio obligado a telefonear a casa para avisar de que pasaría la noche fuera y salir de la ciudad.

—Entonces debo disculparme –dijo Karl en voz alta antes de que nadie tuviera tiempo de responder–, pues soy el culpable de que el señor Pollunder saliera hoy más temprano de la oficina. Lo siento mucho.

El señor Pollunder se cubrió la mayor parte del rostro con la servilleta, mientras Klara sonreía a Karl, pero su sonrisa no era cómplice, sino una sonrisa que parecía querer influirle de algún modo.

—No necesita disculparse –dijo el señor Green, trinchando una paloma con fuerza–, al contrario, estoy encantado de pasar la velada en tan agradable compañía en lugar de cenar solo en casa, donde me sirve mi vieja ama de llaves, tan vieja que incluso le cuesta un esfuerzo recorrer la distancia de la puerta del comedor a mi mesa. Así que allí puedo recostarme largo rato en mi sillón si quiero contemplar su actividad. Hace poco tiempo he dispuesto que el criado traiga las comidas hasta la puerta del comedor, pero el camino de la puerta a mi mesa le corresponde a ella, según alcanzo a entender.

—¡Dios mío! –exclamó Klara–. ¡Qué fidelidad!

—Sí, aún queda fidelidad en este mundo –dijo el señor Green, que se llevó un mordisco a la boca, donde la lengua, como observó casualmente Karl, pescó la comida al vuelo. El verlo, casi le produjo náuseas, y se levantó. Casi simultáneamente, el señor Pollunder y Klara le cogieron las manos–.

—No se levante todavía –dijo Klara. Y cuando se hubo sentado de nuevo, le susurró–: Pronto desapareceremos juntos. Tenga paciencia.

Mientras tanto, el señor Green volvía a enfrascarse en la comida, como si fuera el deber natural del señor Pollunder y Klara tranquilizar a Karl si él le provocaba náuseas.

La cena se hacía interminable, en especial por el esmero con que el señor Green atacaba cada plato. Siempre dispuesto a atacar cada nuevo plato sin cansancio, realmente parecía querer resarcirse a fondo de su vieja ama de llaves. De vez en cuando elogiaba el arte de la señorita Klara para llevar el gobierno de la casa, lo cual la halagaba a todas luces, mientras Karl sentía deseos de rechazarle como si la atacara. Pero el señor Green, no contento con ocuparse de ella, lamentó varias veces, sin levantar la vista del plato, la evidente falta de apetito de Karl. El señor Pollunder defendió el apetito de Karl, aun cuando como anfitrión debería haberle alentado para que comiera. Y bajo la presión a la que se vio sometido durante toda la cena, Karl acabó por sentirse tan susceptible que interpretó el comentario del señor Pollunder como una descortesía. Y solo a su estado se debía que de pronto comiera demasiado y a una velocidad inconveniente para luego, cansado, abandonar largo rato el tenedor y el cuchillo, siendo el más pasivo de la reunión, con lo cual el criado que servía la comida a menudo no sabía qué hacer.

—Mañana ya le explicaré al señor senador cómo ha ofendido usted a la señorita Klara por no comer –dijo el señor Green, y se limitó a expresar la burlona intención de estas palabras por cierta forma de manejar los cubiertos–.

»Mire lo triste que está la joven –continuó, y tomó a Klara por la barbilla. Ella le dejó hacer y cerró los ojos–.

»¡Pequeño encanto! –exclamó, se recostó y se echó a reír, con el rostro arrebolado y la fuerza del saciado–.

Karl intentó en vano explicarse el comportamiento del señor Pollunder. Este permanecía con la mirada fija en su plato, como si allí aconteciera lo realmente importante. No acercó a la suya la silla de Karl, y cuando hablaba se dirigía a todos, pues no tenía nada especial que decirle a Karl. Por el contrario, toleraba que Green, ese viejo y experimentado solterón neoyorquino, tocara intencionadamente a Klara, ofendiera a Karl, huésped de Pollunder, o cuando menos le tratara como a un niño, y cobrara ánimos quién sabe con qué intención.

Tras abandonar la mesa –cuando Green notó el estado de ánimo general fue el primero en incorporarse e inducir a los demás a que le siguieran–, Karl se encaminó solo a uno de los ventanales, dividido por delgados listones blancos, que conducía a la terraza y que, en realidad, como advirtió al acercarse, eran auténticas puertas. ¿Qué quedaba del rechazo hacia el señor Green que manifestaran al principio el señor Pollunder y su hija, y que a Karl le pareció un tanto incomprensible? Ahora rodeaban a Green y asentían a todo lo que este decía. El humo del cigarro del señor Green –un regalo de Pollunder de aquel grosor del que su padre solía hablar de vez en cuando como de una realidad que seguramente él nunca había visto con sus propios ojos– se extendía por la sala y llevaba la presencia de Green a rincones y esquinas que personalmente no pisaría jamás. A pesar de lo lejos que estaba Karl, notaba un constante cosquilleo en la nariz a causa del humo. El comportamiento del señor Green, al cual solo echó una fugaz ojeada desde su sitio, le pareció infame. Ahora ya no excluía que el tío le hubiera negado el permiso para realizar aquella visita porque conocía el débil carácter del señor Pollunder y, en consecuencia, si bien no previera exactamente que Karl pudiera recibir una ofensa durante esta, sí lo considerara posible. Tampoco la muchacha americana le gustaba, aunque no se la hubiera podido imaginar más bonita. Desde que el señor Green le prestaba atención, incluso le sorprendía la belleza que era capaz de expresar su rostro, y sobre todo el brillo de sus ojos de indómita viveza. Nunca había visto una falda que como la suya ciñera tanto un cuerpo. Pequeños pliegues en la tela amarillenta, delicada y resistente, revelaban la fuerza de la tensión. Y, no obstante, Karl no sentía nada por ella, y habría renunciado con gusto a que le condujeran a su habitación si en lugar de ello pudiera abrir la puerta sobre cuyo picaporte descansaban sus manos y pudiera subir al coche, o si el chófer estuviera ya dormido, ir caminando solo hasta Nueva York. La noche clara, con la luna llena mirándole, estaba al alcance de todos, y a Karl le pareció ridículo sentir miedo a la noche.

Se imaginó –y por primera vez se sintió a gusto en aquella sala– cómo sorprendería al tío por la mañana; más temprano no podía llegar a casa yendo a pie. No había estado nunca en su dormitorio, ni siquiera sabía dónde se encontraba, pero ya lo averiguaría. Luego llamaría a la puerta y tras escuchar el convencional «¡Adelante!» entraría en la habitación y sorprendería al querido tío, al cual había visto hasta el momento siempre abotonado de pies a cabeza, en camisón, incorporado en la cama, mirando con asombro hacia la puerta. De hecho, eso no significaba mucho por sí solo, pero había que imaginar las consecuencias que tendría. Quizá desayunaría por primera vez en compañía del tío, este en la cama, él en una silla, el desayuno en una mesita entre los dos. Quizá ese desayuno en común se convirtiera en una costumbre. Tal vez a consecuencia de aquel desayuno, que incluso parecía inevitable, se reunirían más de una vez al día como hasta ahora venían haciendo, y naturalmente sus conversaciones adquirirían un tono más confidencial. Al fin y al cabo, si ese día había sido algo desobediente o, mejor dicho, tozudo con su tío, se debía solo a esa ausencia de sincera comunicación. Y aunque tuviera que pernoctar allí –y por desgracia así parecía, a pesar de que le habían dejado solo en la ventana para que se distrajera por su cuenta–, quizá esa desafortunada visita fuera el punto de partida para mejorar las relaciones con el tío; quizá el tío tuviera esta noche en su dormitorio pensamientos similares.

Algo consolado, se volvió. Klara estaba delante suyo y dijo:

—¿No le gusta estar con nosotros? ¿No quiere sentirse un poco como en casa? Venga, quiero hacer un último intento.

Le condujo a través de la sala hasta la puerta. A una mesa del rincón se sentaban ambos señores con sendos vasos altos llenos de una bebida espumosa que Karl desconocía y hubiera deseado probar. El señor Green se apoyaba con un codo en la mesa y su rostro estaba lo más próximo posible del señor Pollunder. Si uno no conociera al señor Pollunder, cabría suponer muy bien que se dedicaban a conspirar en lugar de hablar de negocios. Mientras el señor Pollunder siguió con mirada amable a Karl hasta la puerta, el señor Green no volvió la vista hacia él, a pesar de que instintivamente suele seguirse la mirada del interlocutor. Tal conducta parecía expresar una especie de convencimiento por parte de Green de que cada uno, Karl por su lado y él por el suyo, debía defenderse con sus propias facultades. La necesaria relación entre ellos ya se establecería con el tiempo a través de la victoria o la derrota de uno de los dos.

«Si esto es lo que se propone –se dijo Karl–, está loco. Realmente no pretendo nada de él, y él debería también dejarme en paz».

Apenas se encontró en el pasillo, cayó en la cuenta de que probablemente había sido descortés, pues con los ojos fijos en Green había dejado que Klara le arrastrara fuera de la sala. Y por ello ahora caminaba tanto más solícito a su lado. De camino por los pasillos, al principio no daba crédito a sus ojos cuando cada veinte pasos veía a un sirviente de lujosa librea con un candelabro, cuyo grueso mango sostenía con ambas manos.

—Hasta ahora solo hay instalaciones eléctricas en el comedor –aclaró Klara–. Hace poco que compramos esta casa y la estamos reformando en la medida en que lo permite una casa antigua, con su propio estilo arquitectónico.

—Así que en América también existen casas antiguas –dijo Karl–.

—Naturalmente –dijo Klara sonriendo y continuó arrastrándole–, tiene usted ideas curiosas sobre América.

—No se burle de mí –dijo él disgustado. Al fin y al cabo, él ya conocía Europa y América, pero ella solo América–.

Al pasar por delante, con la mano ligeramente extendida, Klara abrió una puerta y dijo sin pararse:

—Usted dormirá aquí.

Karl quiso ver la habitación enseguida, pero Klara explicó impaciente y casi a voz en grito que ya dispondría de tiempo para ello y que primero la acompañara. Forcejearon un poco en el pasillo y al final Karl decidió que no tenía por qué obedecer en todo a Klara, se desasió con cierta brusquedad y entró en la habitación. La sorprendente oscuridad frente a la ventana se debía a la copa de un árbol que se mecía allí en todo su esplendor. Se oía el canto de los pájaros. En la habitación, que la luna llena todavía no iluminaba, apenas se distinguía nada. Karl lamentó no llevar consigo la linterna que el tío le había regalado. En aquella casa, una linterna era imprescindible. Si dispusieran de un par de linternas de esas, podrían enviar a la servidumbre a dormir. Se sentó en el alféizar de la ventana y miró y escuchó lo que ocurría fuera. Un pájaro sorprendido parecía avanzar entre el follaje del viejo árbol. El silbido de un tren de los arrabales de Nueva York sonó en alguna parte en la campiña. Por lo demás, reinaba el silencio.

Pero no por mucho tiempo, pues Klara entró apresurada. Con visible enojo y palmeándose la falda, exclamó:

—¿Qué significa esto?

Karl no quería responderle hasta que se mostrara más amable. Pero ella se dirigió hacia él a grandes zancadas y exclamó:

—Bueno, ¿quiere venir conmigo o no? –y le golpeó de tal modo en el pecho, con intención o por pura excitación, que se hubiera caído por la ventana si en el último momento, deslizándose desde el alféizar, no hubiera alcanzado el suelo de la habitación–.

—Por poco me caigo –le dijo en tono de reproche–.

—Lástima que no haya sucedido. ¡Es usted tan antipático! Le empujaré otra vez.

Y en verdad le cogió y le arrastró con su cuerpo cincelado por el deporte casi hasta la ventana, mientras él, estupefacto al principio, olvidaba oponer resistencia. Pero una vez allí, volvió en sí, se libró con un movimiento de caderas y la abrazó.

—¡Ay, me hace daño! –exclamó ella enseguida–.

Pero Karl pensó que ya no podría soltarla. Le dejó libertad para dar los pasos que quisiera, pero siguió sin soltarla. ¡Era tan fácil estrecharla con aquel vestido tan ceñido que llevaba!

—Déjeme –susurró ella, el rostro acalorado tan cerca del suyo que tenía que esforzarse para verla–. Déjeme, le daré algo muy bonito.

«¿Por qué suspira así? –pensó Karl–, esto no puede dolerle, apenas hago fuerza», y continuó sin soltarla. Pero de repente, tras un instante de reposo, callado y distraído, notó de nuevo que la fuerza renacía en el cuerpo de la muchacha. Se liberó de él, le agarró con un movimiento hábil, rechazó sus piernas con una llave de pies empleando una extraña técnica de lucha, y le arrinconó contra la pared, respirando con gran regularidad para recuperar el aliento. Pero allí había un sofá donde recostó a Karl y dijo, sin inclinarse demasiado hacia él:

—Ahora muévete si puedes.

—Gata, gata rabiosa –acertó a exclamar Karl en aquel tumulto de rabia y vergüenza que sentía–. ¡Estás loca, gata rabiosa!

—Mide tus palabras –dijo ella, y deslizó una mano hacia su cuerpo, que empezó a estrangular con tal fuerza, que Karl fue totalmente incapaz de hacer otra cosa más que jadear en busca de aire–.

Mientras tanto, con la otra mano recorría su mejilla, la palpaba como si quisiera cerciorarse de algo, la levantaba luego cada vez más en el aire como si en cualquier momento le fuera a dar un bofetón.

—¿Qué te parece —preguntó mientras tanto— si como castigo por tu comportamiento hacia una dama te enviara a casa con una buena paliza? Quizá te fuera útil para tu vida futura, aunque no te dejara un buen recuerdo. Pero me das lástima y eres un joven bastante apuesto, y si hubieras aprendido jiu-jitsu, probablemente hubieras podido conmigo. Y, sin embargo, sin embargo… me atrae enormemente la idea de abofetearte, tal como estás ahora. Es probable que luego lo lamentara. Pero si lo hiciera, quiero que sepas ahora que lo haré casi en contra de mi propia voluntad. Y como es natural, no me daré por satisfecha con un solo bofetón, sino que pegaré a derecha e izquierda, hasta que se te hinchen las mejillas. Tal vez seas un hombre de honor —casi estoy convencida de ello— y después de los bofetones no quieras vivir más y te elimines de este mundo. Pero ¿por qué has sido tan agresivo conmigo? ¿Acaso no te gusto? ¿No vale la pena ir a mi habitación? ¡Cuidado! Ahora casi te hubiera soltado el bofetón sin querer. Si hoy te libraras, compórtate con más educación en adelante. Yo no soy tu tío con quien puedes mostrarte terco. Además, quiero advertirte de que, si te suelto sin abofetearte, tu actual situación y un abofeteamiento real, desde el punto de vista del honor, son lo mismo. Si creyeras lo contrario, yo preferiría abofetearte de verdad. ¿Qué dirá Mack cuando se lo cuente?

Al recordar a Mack soltó a Karl y en los oscuros pensamientos de este, Mack le pareció un libertador. Notaba aún la presión de la mano de Klara en su cuello, por lo que se volvió y luego se quedó quieto y callado.

Ella le instó a levantarse, pero él no respondió ni se movió. Klara encendió una vela, la habitación se iluminó tenuemente, un dibujo zigzagueante azul apareció en el techo. Pero Karl yacía con la cabeza apoyada en el almohadón del sofá tal como Klara le había dejado y permaneció inmóvil. Klara anduvo por el cuarto, su falda susurraba en torno a sus piernas, y se detuvo largo rato seguramente junto a la ventana.

—¿Se te pasó ya el enfado? –le preguntó luego–.

A Karl le resultaba penoso no poder disfrutar de tranquilidad en la habitación que el señor Pollunder le había destinado para pasar la noche. Pero esa muchacha no dejaba de deambular, pararse y hablar, y él estaba harto de ella hasta lo indecible. Su único deseo era dormirse pronto y marcharse cuanto antes. Ya ni siquiera quería acostarse en la cama, sino tan solo quedarse en el sofá. Esperaba solo a que ella se marchara para correr a la puerta, echar el cerrojo y luego tenderse de nuevo en el sofá. Tenía gran necesidad de desperezarse y bostezar, pero no quería hacerlo en presencia de Klara. Así que se quedó echado, mirando al techo, notando cómo su rostro se volvía pétreo y una mosca que volaba en círculo revoloteó ante sus ojos, sin que supiera a ciencia cierta de qué se trataba.

Klara volvió a acercarse a él, se inclinó en la dirección de sus miradas, y si él no hubiera hecho un esfuerzo, habría tenido que mirarla.

—Ahora me voy –dijo–. Tal vez más tarde tengas ganas de ir a verme. La puerta de mi habitación es la cuarta a partir de esta puerta, a este lado del pasillo. Pasas por delante de tres puertas más y la siguiente es la mía. Ya no bajaré al salón, sino que me quedaré en mi cuarto. Me has cansado mucho, así que no voy a esperarte precisamente, pero si quieres ir, ve. No olvides que me prometiste tocar el piano para mí. Quizá te haya extenuado y no te puedas mover. Si es así, quédate aquí y duerme. De momento no le diré nada de nuestra riña a mi padre. Te lo digo por si la cuestión te preocupa.

Y a continuación, a pesar de su supuesta fatiga, abandonó la habitación en un par de saltos.

Karl se incorporó de inmediato. Se le había hecho insoportable continuar echado. Para moverse un poco, se dirigió a la puerta y se asomó al pasillo. ¡Qué oscuridad reinaba allí! Se puso contento cuando echó el pestillo a la puerta y se encontró de nuevo junto a la mesa al resplandor de las velas. Resolvió no quedarse ni un minuto más en aquella casa, sino ir a ver al señor Pollunder, decirle francamente cómo le había tratado Klara –no le importaba reconocer su derrota– y, con tal motivo, pedirle permiso para marcharse a casa en coche o a pie.

Si el señor Pollunder pusiera alguna objeción a ese inmediato regreso, entonces Karl le pediría que por lo menos un criado le condujera al hotel más próximo. No se procedía de esa manera con un anfitrión amable, tal como Karl lo proyectaba, pero todavía era más extraño tratar a un huésped como lo había hecho Klara. Ella incluso había considerado como una gentileza la promesa de no decir nada de su riña al señor Pollunder, lo cual clamaba al cielo. ¿Acaso había invitado a Karl a un combate de lucha libre, de forma que pudiera resultar vergonzoso para él ser derrotado por una muchacha que seguramente había pasado la mayor parte de su vida aprendiendo técnicas de lucha? Para colmo quizá fuera Mack quien le diera lecciones. Que se lo explicara todo; este seguro que era muy comprensivo, Karl lo sabía a pesar de no haber tenido nunca ocasión de comprobarlo en concreto. Pero Karl también sabía que si Mack le impartiera lecciones, haría muchos más progresos que Klara. Entonces volvería algún día allí, con toda seguridad sin ser invitado, investigaría naturalmente primero el terreno, cuyo conocimiento exacto le había dado muchas ventajas a Klara, cogería luego a la misma Klara y sacudiría con ella el mismo sofá donde le había arrojado aquella noche.

Ahora solo se trataba de encontrar el camino de regreso a la sala, donde seguramente con la distracción inicial habría abandonado su sombrero en algún sitio inconveniente. Como es lógico, se llevaría consigo la vela, pero incluso con luz no sería fácil orientarse. Ni siquiera sabía, por ejemplo, si aquella habitación se encontraba en la misma planta que la sala. En el recorrido hacia el cuarto, Klara le había arrastrado de tal manera que ni siquiera había podido mirar a su alrededor. El señor Green y los criados portadores de candelabros también le habían distraído. En pocas palabras: ahora ni siquiera sabía si habían pasado por una, dos o ninguna escalera. A juzgar por la vista que ofrecía, podía decirse que su aposento estaba bastante alto, y por eso imaginó que había recorrido escaleras. Pero ya para llegar a la puerta principal habían pasado por una escalera, ¿por qué pues no podía estar esta parte de la mansión también elevada? Pero ¡si por lo menos en el pasillo se vislumbrara la menor claridad a través de la rendija de alguna puerta o se oyera, por apagada que fuera, una lejana voz!

Su reloj de bolsillo, un regalo del tío; señalaba las once. Tomó la vela y salió al pasillo. Dejó la puerta abierta, para que en caso de que su búsqueda resultara infructuosa, por lo menos pudiera encontrar de nuevo su habitación y luego, en caso de extrema necesidad, la puerta de la habitación de Klara. Para mayor seguridad, apoyó una silla en la puerta de modo que no se cerrara sola.

En el pasillo surgió el inconveniente de que en dirección a Karl –naturalmente se dirigió hacia la izquierda, alejándose de la puerta de Klara– soplaba una corriente de aire que, aunque muy débil, hubiera podido apagar la vela fácilmente, de manera que Karl tuvo que proteger la llama con la mano, deteniéndose a menudo para que la llama vacilante se recobrara. Avanzaba despacio, por lo que el camino parecía el doble de largo. Karl había recorrido ya grandes trechos de paredes sin puertas, y no podía imaginar lo que había detrás. Luego se sucedían las puertas una tras otra. Intentó abrir varias, pero estaban cerradas y aparentemente se trataba de habitaciones deshabitadas. Era un derroche tal de espacio que Karl pensó en los barrios al este de Nueva York, que el tío prometió enseñarle, donde en una pequeña habitación se alojaban varias familias, y donde el rincón de la habitación constituía el hogar de una familia, donde los niños se agolpaban en torno a sus padres. Allí había tantas habitaciones vacías y solo servían para sonar a hueco cuando se golpeaban sus puertas. A Karl le pareció que el señor Pollunder había perdido la razón a causa de sus falsas amistades, estaba loco por su hija y se había echado a perder por este motivo. Sin duda el tío le había juzgado con acierto y solo su principio de no influenciar las opiniones que las personas le merecieran a Karl era la causa de aquella visita y aquellas andanzas por los pasillos. Karl quería explicárselo sin más al tío al día siguiente, pues de acuerdo con sus principios, el tío escucharía con agrado e interés el juicio del sobrino sobre él mismo. Por lo demás, este principio era quizá lo único que a Karl le disgustaba de su tío, e incluso ese desagrado no era absoluto.

De repente la pared de un lado del pasillo terminaba y en su lugar había una balaustrada de mármol fría como el hielo. Karl depositó la vela a su lado y se asomó con cautela. Un oscuro vacío le salió al encuentro. Si aquello era la sala principal de la casa –en el fulgor de la vela apareció un trozo de techo abovedado–, ¿por qué no habían entrado por aquella sala? ¿Para qué servía aquel recinto grande y profundo? Allí arriba se estaba como en la galería de una iglesia. Karl casi lamentó no poderse quedar hasta el día siguiente en aquella mansión. Le hubiera gustado que, a la luz del día, el señor Pollunder se la mostrara y le diera explicaciones de todo.

Por lo demás, la balaustrada no era larga, y Karl se encontró pronto de nuevo en el pasillo cerrado. En un inesperado recodo del pasillo, Karl fue a dar con el peso de todo su cuerpo contra la pared, y solo el celo con el que sostuvo convulsivamente la vela la protegió de caer y apagarse. Puesto que el pasillo parecía no tener fin, no había ninguna ventana que permitiera ver, ni arriba ni abajo se movía nada, Karl empezó a pensar que caminaba siempre en el mismo círculo y esperó encontrar tal vez la puerta abierta de su habitación, pero ni esta ni la balaustrada volvieron a aparecer. Hasta entonces, Karl se había abstenido de llamar en voz alta, pues no quería hacer ruido en una casa ajena a tan altas horas de la noche. Pero comprendió que en aquella mansión sin iluminar no era injustificado y ya se disponía a exclamar un fuerte «¡Hola!» hacia ambos lados del pasillo, cuando en la dirección de la que venía percibió una lucecita que se aproximaba. Por primera vez pudo apreciar la longitud del recto pasillo; la mansión era una fortaleza, no una quinta. La alegría de Karl al descubrir aquella luz salvadora fue tan grande que olvidó toda precaución y echó a correr hacia ella. Al dar los primeros pasos su vela se apagó. Pero no le dio importancia, pues ya no la necesitaba, ahí venía a su encuentro un viejo criado con un farol que le mostraría el camino correcto.

—¿Quién es usted? –preguntó el criado, y enfocó el rostro de Karl con el candil, con lo cual iluminó al mismo tiempo el suyo–.

Su rostro parecía algo rígido debido a una gran barba blanca que en el pecho se abría en sedosos rizos.

«Tiene que ser un criado fiel cuando le permiten llevar una barba como esta», pensó Karl, y contempló con descaro aquella barba en toda su extensión sin sentirse cohibido porque a su vez fuera observado. Además, repuso enseguida que era el huésped del señor Pollunder, que quería ir al comedor y no podía encontrarlo.

—Claro –dijo el criado–, es que aún no hemos instalado la luz eléctrica.

—Lo sé –dijo Karl–.

—¿No quiere encender su vela con mi farol? –preguntó el criado–.

—Gracias –dijo Karl, y lo hizo–.

—Hay tanta corriente de aire en los pasillos –dijo el criado– que la vela se apaga con facilidad, por eso llevo un farol.

—Sí, un farol resulta mucho más práctico –dijo Karl–.

—Está usted lleno de salpicaduras de la vela –dijo el criado e iluminó el traje de Karl con la vela–.

—¡No lo había notado! –exclamó Karl, y lo lamentó mucho, pues se trataba de un traje negro del cual el tío había dicho que era el que mejor le sentaba–.

Luego recordó que la riña con Klara tampoco habría sido muy beneficiosa para el traje. El criado era tan servicial como para limpiar el traje en la medida en que la prisa lo permitía. Una y otra vez, Karl se daba la vuelta delante suyo y le mostraba aquí y allá alguna mancha más que el criado frotaba obediente.

—¿Por qué hay tanta corriente aquí? –preguntó Karl una vez emprendieron la marcha–.

—Porque aún falta mucho por edificar –dijo el criado–. Ya se han iniciado las obras de reconstrucción, pero van muy lentas. Además, los obreros de la construcción están en huelga como tal vez sepa usted. Unas obras como estas dan muchos problemas. Ahora se han abierto un par de brechas grandes que nadie cierra y la corriente de aire circula por toda la casa. Si no tuviera los oídos llenos de algodón, no podría sobrevivir.

—¿Debo entonces hablar más alto? –preguntó Karl–.

—No, tiene usted una voz muy clara –dijo el criado–. Pero volviendo a esa obra: especialmente cerca de la capilla, que más adelante se tendrá que separar sin falta del resto de la casa, la corriente de aire resulta insoportable.

—¿La balaustrada por la que se llega a este pasillo da a una capilla entonces?

—Sí.

—Ya me lo imaginaba yo –dijo Karl–.

—Es muy digna de ver –dijo el criado–, si no hubiera existido, el señor Mack seguramente no habría decidido comprar la casa.

—¿El señor Mack? –preguntó Karl–. Pensaba que la casa pertenecía al señor Pollunder,

—Así es –dijo el criado–, pero el señor Mack dio la opinión decisiva para esta compra. ¿No conoce usted al señor Mack?

—¡Oh, sí! –dijo Karl–. Pero ¿qué relación tiene con el señor Pollunder?

—Es el prometido de la señorita –dijo el criado–.

—No lo sabía –dijo Karl, y se detuvo–.

—¿Tanto le asombra? –preguntó el criado–.

—No, solo trato de hacerme una composición de lugar. Cuando se ignoran tales relaciones se pueden cometer los mayores errores –repuso Karl–.

—Pues me sorprende que no le hayan dicho nada –dijo el criado–.

—Sí, realmente –dijo Karl avergonzado–.

—Sin duda pensaron que ya lo sabía –dijo el criado–, pues no se trata de ninguna novedad. Bien, ya hemos llegado –y abrió una puerta tras la cual se veía una escalera que conducía vertical a la puerta trasera del comedor tan bien iluminado como en el momento de su llegada–.

Antes de que Karl entrara en el comedor donde se oían las invariables voces del señor Pollunder y el señor Green, como hacía dos horas, dijo el criado:

—Si quiere le espero aquí y le acompaño luego a su habitación. Orientarse en esta casa la primera noche siempre resulta difícil.

—No volveré a mi habitación –dijo Karl, y no supo por qué tal afirmación le entristeció–.

—No será para tanto –dijo el criado, sonriendo con cierta superioridad, y le dio una palmada en el brazo. Seguramente interpretó las palabras de Karl como si este abrigara la intención de quedarse toda la noche en el comedor, conversando con los caballeros y bebiendo en su compañía–.

Karl no quería dar explicaciones en aquel momento, además pensó que aquel criado, que le caía mejor que los demás de la casa, le podía mostrar el camino a Nueva York, y dijo:

—Si quiere esperar aquí, será una amabilidad por su parte, y se la agradezco. De todos modos, dentro de poco saldré y entonces le diré lo que voy a hacer. Pienso que realmente necesitaré su ayuda.

—Bien –dijo el criado, depositó el candil en el suelo y se sentó en un pedestal bajo, cuyo espacio vacío debía estar relacionado también con las reformas de la casa–. Esperaré aquí. La vela también puede dejármela si quiere –añadió, cuando Karl se disponía a entrar en la sala con la vela encendida–.

—¡Qué distraído soy! –dijo Karl, y le alcanzó la vela al criado, el cual solo asintió, sin que se supiera si lo hacía in-

tencionadamente o si era una consecuencia de que estaba
acariciándose la barba con la mano–.

Karl abrió la puerta, que chirrió sin que pudiera evitarlo,
pues consistía en una sola hoja de vidrio que casi se doblaba
cuando se abría con rapidez, agarrándola solo por el pomo.
Karl soltó la puerta asustado, pues había querido entrar con
especial sigilo. Sin volverse más, advirtió cómo detrás suyo
el criado, que al parecer había bajado del pedestal, cerró la
puerta con cautela y sin hacer el menor ruido.

—Perdonen que les moleste –dijo, dirigiéndose a ambos
caballeros, quienes le miraron con sus amplios rostros sorprendidos–.

Al mismo tiempo, recorrió de una ojeada toda la sala,
por si encontraba rápidamente su sombrero. Sin embargo,
este no se veía por ninguna parte. La mesa donde habían
cenado estaba recogida y quizá desafortunadamente el sombrero hubiera ido a parar a la cocina.

—¿Dónde ha dejado a Klara? –preguntó el señor Pollunder, al cual la interrupción no pareció desagradarle, pues enseguida cambió de postura en su sillón y le dio la cara a Karl–.

El señor Green se hizo el desentendido, sacó una cartera,
que en cuanto a tamaño y grosor era una barbaridad en
comparación con las de su clase, y pareció buscar un bolsillo
determinado entre sus múltiples subdivisiones, pero mientras buscaba leía también otros papeles que le venían a las
manos.

—Deseo pedirle un favor y no quisiera que lo interpretara mal –dijo Karl; se dirigió presuroso al señor Pollunder
y apoyó la mano en el brazo de su butaca para estar lo más
cerca posible de él–.

—¿Cuál es el favor que quiere pedirme? –preguntó el
señor Pollunder, y observó a Karl con una mirada sincera y
confiada–. Naturalmente, delo por hecho.

Y rodeó a Karl con el brazo atrayéndole hacia sí y colocándole entre sus piernas. Karl lo aceptó gustoso a pesar de que se sentía excesivamente adulto para semejante trato. Además, así resultaba naturalmente más difícil pronunciar su deseo.

—¿Qué tal se encuentra entre nosotros? –preguntó el señor Pollunder–. ¿No le parece a usted también que, por así decirlo, uno se siente más libre en el campo cuando viene de la ciudad? En general –y dirigió una mirada de soslayo al señor Green, que quedaba algo oculta para Karl y cuya intencionalidad no podía dar lugar a equívocos–, en general tengo siempre esta sensación, cada noche.

«Habla –pensó Karl– como si no supiera nada del enorme caserón, de los interminables pasillos, de la capilla, de las habitaciones vacías, de la oscuridad que reina en todas partes».

—Bien –dijo el señor Pollunder–, ¡adelante con la petición! –y sacudió amistoso a Karl, que permanecía mudo–.

—Le ruego –dijo Karl, y a pesar de que bajó la voz, no pudo evitar que el señor, sentado al lado, lo escuchara todo, ya que Karl hubiera deseado no formular su ruego delante de él, un ruego que posiblemente el señor Pollunder podía interpretar como una ofensa–, se lo ruego, déjeme marchar ahora, esta noche, a casa.

Y puesto que ya había soltado lo peor, todo lo demás salió aún más rápido. Dijo, sin recurrir a ninguna mentira, cosas en las que antes ni siquiera había pensado.

—Lo que más deseo en este momento es regresar a casa. Con gusto volveré, pues allí donde usted se encuentre, señor Pollunder, me siento a gusto yo también. Solo que hoy no puedo quedarme. Usted sabe que el tío no me dio de buen grado el permiso para esta visita. Seguro que tuvo sus buenas razones, como en todo lo que hace, y yo me empeñé, en contra de su mejor criterio, en conseguir formalmente su permiso. Sencillamente he abusado de su cariño por mí. Las consideraciones que tuviera en contra de esta visita no importan ahora. Solo sé con toda seguridad que no había nada en tales consideraciones que pudiera disgustarle a usted, señor Pollunder, pues es usted el mejor amigo de mi tío. Ningún otro puede compararse ni remotamente con usted en lo relativo a la amistad que mi tío le profesa. Esta es la única disculpa para mi desobediencia, y aun así no es disculpa suficiente.

»Tal vez usted no tenga una visión detallada de la relación entre mi tío y yo, por eso solo le explicaré lo más esclarecedor. Hasta que no haya terminado mis estudios de inglés y no conozca lo suficiente el negocio, dependo totalmente de la generosidad de mi tío, de la cual puedo disfrutar en calidad de pariente consanguíneo. No debe creer que yo podría ganarme ya ahora el pan honradamente —y de cualquier otra cosa líbreme Dios—. Para ello, por desgracia, mi educación es demasiado teórica. Aprobé cuatro cursos de un instituto de enseñanza media europeo como un alumno mediocre, y esto para ganar dinero es poco menos que nada, pues nuestros institutos de enseñanza media tienen planes de estudio muy desfasados. Se reiría usted si le explicara lo que he aprendido. Si se continúa estudiando, se termina la enseñanza media, se va a la universidad, entonces todo se equilibra más o menos, y al final se adquiere una cultura adecuada que tiene cierta utilidad y que le confiere a uno el aplomo suficiente para ganar dinero. Sin embargo, yo, por desgracia, fui arrancado de esos estudios. A veces creo que no sé nada, y de todos modos todo lo que pudiera saber sería siempre poco para los americanos. Ahora, en mi país, empiezan a introducirse escuelas reformadas donde se aprenden idiomas modernos y tal vez también comercio. Cuando salí de la escuela elemental, eso todavía no existía. Mi padre quería que tomara lecciones de inglés, pero, en primer lugar, yo no podía sospechar entonces la desgracia que me acaecería y lo mucho que necesitaría el inglés, y, en segundo lugar, tenía que estudiar para el instituto y no disponía de tiempo para dedicarme a otras actividades.

»Menciono todo esto para demostrarle lo mucho que dependo de mi tío y, por consiguiente, lo obligado que estoy para con él. Usted comprenderá sin duda que en tal situación no puedo permitirme hacer ni lo más mínimo contra su voluntad. Y para corregir, aunque solo sea a medias, la falta que he cometido, debo volver a casa de inmediato.

Durante esta larga explicación de Karl, el señor Pollunder escuchó con atención, a menudo, especialmente cuando mencionaba al tío, apretaba contra sí a Karl de modo imperceptible, y había mirado algunas veces, grave y con expectación, hacia el señor Green, que continuaba ocupado con su cartera. Pero Karl, a medida que con su relato veía más clara su situación respecto al tío, se inquietaba cada vez más, e intentó, inconscientemente, soltarse del brazo de Pollunder. Allí todo le oprimía. El camino hasta el tío a través de la puerta vidriera, las escaleras, la avenida, las carreteras vecinales, los suburbios hasta la calle principal que desembocaba en la casa del tío le pareció algo estrechamente ligado, que estaba a su disposición, fácil, llano, y le llamaba con voz potente. La bondad del señor Pollunder y la repugnancia del señor Green se disolvieron, y lo único que deseaba de aquella habitación llena de humo era el permiso para despedirse. Si bien sentía que todo había terminado con el señor Pollunder, estaba dispuesto a enfrentarse al señor Green; sin embargo, le acechaba un temor indefinible cuyos accesos enturbiaban sus ojos.

Retrocedió un paso y quedó a la misma distancia del señor Pollunder que del señor Green.

—¿No querría decirle algo? –preguntó el señor Pollunder al señor Green, y tomó suplicante su mano–.

—No sabría qué decirle –repuso el señor Green, que por fin había extraído una carta de su cartera y la colocó en la mesa delante suyo–.

»Es muy loable que quiera regresar con su tío, y de acuerdo con toda previsión humana sería de creer que con ello le procuraría una gran alegría. Aunque también es posible que con su desobediencia hubiera puesto furioso en exceso al tío. Entonces, sin duda sería mejor que se quedara. Es difícil decir algo concreto. Nosotros somos ambos amigos del tío y costaría un gran esfuerzo reconocer diferencias de grado entre mi amistad y la del señor Pollunder, pero no podemos leer en el corazón de su tío, y mucho menos a través de los muchos kilómetros que nos separan de Nueva York.

—Por favor, señor Green –dijo Karl, y se acercó a él venciendo su antipatía–. Por sus palabras creo entender que usted también considera que lo mejor para mí sería regresar enseguida.

—Yo no he dicho eso –comentó el señor Green, y se sumergió en la contemplación de la carta, cuyos márgenes recorría con dos dedos. Parecía querer insinuar así que el señor Pollunder le había formulado una pregunta, él había respondido, pero nada tenía que ver con Karl–.

Entretanto, el señor Pollunder se había acercado a Karl y alejándole suavemente del señor Green, le condujo hasta uno de los ventanales.

—Querido señor Rossmann –dijo al oído de Karl, y preparándose se pasó el pañuelo por el rostro, deteniéndose en la nariz para sonarse–, no vaya usted a creer que quiero retenerle aquí contra su voluntad. De eso ni hablar. Pero no puedo poner a su disposición el automóvil, pues se encuentra lejos, en un garaje público, ya que todavía no he dispuesto de tiempo para instalar aquí un garaje propio, tal como está proyectado. Por otra parte, el chófer no duerme en la casa, sino en las proximidades del garaje, ni yo mismo sé exactamente dónde. Y, además, ni siquiera es su deber estar ahora en casa, su deber es solo presentarse aquí a tiempo, por la mañana temprano, con el coche. Sin embargo, todo eso no serían obstáculos para su inmediato regreso, pues si insiste, le acompañaré enseguida hasta la próxima estación de tren, que de todas formas está lejos, así que no llegaría mucho más temprano a casa que si quisiera venir conmigo en mi automóvil mañana temprano.

—Entonces, señor Pollunder, preferiría irme en tren –dijo Karl–. Ni siquiera se me había ocurrido pensar en esa posibilidad. Usted mismo afirma que llegaré antes con el tren que por la mañana en el automóvil.

—Pero la diferencia es insignificante.

—Aun así, señor Pollunder, aun así –dijo Karl–. En recuerdo de su amabilidad volveré siempre con gusto, presuponiendo naturalmente que a pesar de mi comportamiento de hoy quiera invitarme otra vez. Y quizá la próxima vez sabré expresar mejor por qué hoy cada minuto que pueda ganar para ver antes a mi tío es tan importante para mí –y como si ya hubiera obtenido el permiso para marcharse, añadió–: pero en ningún caso debe usted acompañarme. Es de todo punto innecesario. Afuera hay un criado que me acompañará gustoso hasta la estación. Ahora solo me resta encontrar mi sombrero.

—¿No le serviría también una gorra? –dijo el señor Green, y sacó una gorra del bolsillo–. Quizá casualmente sea de su talla.

Estupefacto, Karl se detuvo y dijo:

—No voy a quitarle su gorra. Puedo ir perfectamente con la cabeza descubierta. No necesito nada.

—Esta gorra no es mía. ¡Tómela!

—Se lo agradezco entonces –dijo Karl, para no entretenerse, y tomó la gorra–.

Se la puso y al primer momento se echó a reír, pues se ajustaba perfectamente. Luego la tomó otra vez entre las manos y la contempló, pero no pudo encontrar lo particular que buscaba en ella. Era una gorra completamente nueva.

—¡Qué bien me queda! –exclamó–.

—¡Así que le queda bien! –exclamó el señor Green y dio un golpe en la mesa–.

Karl se dirigía ya a la puerta en busca del criado, cuando el señor Green se levantó, se desperezó tras la abundante cena y el largo descanso, se golpeó con fuerza en el pecho y dijo en un tono entre autoritario y persuasivo:

—Antes de marcharse, debe despedirse de la señorita Klara.

—Así es –le secundó el señor Pollunder, que también se levantó–.

Pero por el tono empleado se advertía que sus palabras no eran sinceras. Débilmente dejó caer las manos a lo largo de la costura del pantalón y se abotonaba y desabrochaba una y otra vez su chaqueta, que según la moda imperante era muy corta y no le llegaba apenas a las caderas, lo cual a personas tan obesas como el señor Pollunder les sentaba mal. Por otra parte, cuando se le veía junto al señor Green, se tenía la clara impresión de que la obesidad del señor Pollunder no era sana; la espalda estaba encorvada, el vientre tenía un aspecto blando y flácido, era una auténtica carga, y mostraba un semblante pálido y atormentado. Por el contrario, el señor Green, quizás algo más grueso que el señor Pollunder, tenía una obesidad proporcionada, equilibrada, con los pies juntos en actitud militar, la cabeza erguida y oscilante, parecía un gran gimnasta, un gimnasta de primera.

—Así que primero vaya a ver a la señorita Klara –continuó el señor Green–. Seguro que será un placer para usted y además encaja perfectamente en mi horario. Tengo algo interesante que decirle antes de que se vaya, algo que puede ser también decisivo para su regreso. Pero, lamentablemente, una orden superior me obliga a no revelarle nada antes de medianoche. Ya podrá imaginar que incluso yo lo lamento ya que perturba mi reposo nocturno, pero me mantengo fiel a mi encargo. Ahora son las once y cuarto, así que puedo discutir mis negocios con el señor Pollunder, para lo cual su presencia sería un enojo, y usted aún puede pasar un rato agradable con la señorita Klara. A las doce en punto preséntese aquí, donde se enterará de lo necesario.

¿Podía Karl rechazar semejante propuesta, que por su parte solo exigiría un mínimo de cortesía y agradecimiento para con el señor Pollunder, y que además le formulaba un hombre duro y ajeno al asunto, mientras el señor Pollunder, quien en realidad estaba implicado, se mantenía al margen tanto en palabras como en miradas? ¿Y qué sería aquello interesante de lo que no podía enterarse hasta medianoche? Si el asunto no iba a apresurar luego su regreso en los tres cuartos de hora con los que se retrasaba, le interesaba poco. Pero su mayor duda radicaba en si podía ir a ver a Klara, que era su enemiga. ¡Si por lo menos llevara consigo la punterola que su tío le regaló como pisapapeles! La habitación de Klara podía resultar una gruta harto peligrosa. Pero era del todo imposible decir allí algo en contra de Klara: era la hija de Pollunder y, para colmo, como acababa de enterarse, la prometida de Mack. Si ella se hubiera comportado con él de otro modo, aunque solo fuera por un detalle, gracias a sus relaciones la habría admirado francamente. Todavía reflexionaba al respecto cuando notó que no se esperaban cavilaciones por su parte, pues el señor Green abrió la puerta y le dijo al criado, que saltó del pedestal:

—Conduzca a este joven a los aposentos de la señorita Klara.

«Así se imparten órdenes», pensó Karl cuando el criado, casi corriendo, jadeante por debilidad senil, le condujo a la habitación de Klara por un camino más corto. Al pasar por delante de su habitación, cuya puerta continuaba abierta, Karl quiso entrar para tranquilizarse. Pero el criado no se lo permitió.

—No —dijo—, debe ir a los aposentos de la señorita Klara. Usted mismo lo ha oído.

—Solo me quedaría un momento —dijo Karl, y pensó estirarse en el sofá, para variar un poco, a fin de que el tiempo hasta las doce transcurriera más rápido—.

—No haga más difícil el cumplimiento de mi deber —dijo el criado—.

«Parece considerar un castigo que tenga que ir a la habitación de Klara», pensó Karl, y dio un par de pasos, pero luego se detuvo de nuevo por pura obstinación.

—Vamos, acompáñeme, joven —dijo el criado—, ya que está aquí. Sé que quería marcharse esta misma noche, pero no todo sucede como uno desea, ya le dije enseguida que no sería posible.

—Sí, quiero marcharme y voy a hacerlo —dijo Karl—. Ahora solo quiero despedirme de la señorita Klara.

—¿Ah, sí? —dijo el criado, y Karl pudo leer en su semblante que no creía ni una palabra—. ¿Entonces por qué vacila en despedirse? Venga ya.

—¿Quién anda por el pasillo? —sonó la voz de Klara, y se la vio asomarse por una puerta cercana, con una gran lámpara de pantalla roja en la mano—.

El criado se apresuró hacia ella y satisfizo su curiosidad. Karl le siguió despacio.

—Llega usted tarde —dijo Klara—.

Sin responderle, Karl le dijo al criado en voz baja, pero puesto que ya conocía su carácter, en tono de severa autoridad:

—¡Usted espéreme delante de esta puerta!

—Ya iba a acostarme –dijo Klara, y colocó la lámpara sobre la mesa. Como abajo en el comedor, el criado cerró la puerta con cautela desde fuera–. Ya son más de las once y media.

—¿Más de las once y media? –repitió Karl interrogante, como asustado por la hora–. Entonces debo despedirme de inmediato. A las doce en punto debo estar en el comedor.

—¡Qué negocios tan urgentes tiene usted! –dijo Klara, y ordenó distraída los pliegues de su camisón de dormir–.

Su rostro resplandecía y sonrió. Karl creyó reconocer que no había peligro de volver a entablar una pelea con Klara.

—¿No puede tocar un poco el piano, tal como me prometió ayer papá y hoy usted mismo?

—Pero ¿no cree que ya es demasiado tarde? –preguntó Karl–.

Le hubiera gustado complacerla, pues su actitud era totalmente diferente, como si de alguna manera hubiera accedido a la esfera de Pollunder y, más allá aún, a la de Mack.

—Sí, es tarde ya –dijo, y pareció perder la ilusión por escuchar música–. Además, aquí cada sonido resuena en toda la casa, y estoy convencida de que si toca, hasta la servidumbre que duerme arriba, en el desván, se despertará.

—Pues entonces no tocaré. Además, espero volver otra vez. Y, por otra parte, si no es una molestia para usted, visite alguna vez a mi tío y si puede acuda también a mi habitación. Tengo un piano magnífico. El tío me lo regaló. Entonces tocaré, si le place, todas las piezas que sé. Por desgracia no son muchas y no son adecuadas para un instrumento tan grande, que solo deberían tocar los virtuosos. Pero también

podrá disfrutar de este placer si me comunica con anticipa-
ción su visita. El tío quiere contratar pronto a un maestro
famoso para mí, ya puede imaginar la ilusión que me hace,
y podrá escuchar su interpretación si me visita durante la
lección. Para ser sincero, estoy contento de que ya sea tarde
para tocar, pues apenas sé nada. Se asombraría de lo poco
que sé. Y ahora permítame que me despida, al fin y al cabo
es hora de acostarse –y como Klara le miraba bondadosa y
no parecía guardarle rencor por la riña, añadió sonriente,
mientras le tendía la mano–: En mi país suele decirse:
«Duerme bien y ten felices sueños».

—Espere –dijo ella, sin tomar su mano–, quizá sí debiera tocar. –Y desapareció por una puertecilla lateral junto a la
cual estaba el piano–.

«¿Qué hago ahora? –pensó Karl–. No puedo esperar mucho tiempo por encantadora que sea».

Se oyeron unos golpes en la puerta del pasillo y el criado,
sin atreverse a abrir del todo, susurró a través de una pequeña ranura:

—Perdone usted, me ordenan bajar y no puedo esperar
más.

—Váyase entonces –dijo Karl, que se atrevía a buscar
solo el camino del comedor–. Pero déjeme el candil delante
de la puerta. ¿Qué hora es?

—Casi las doce menos cuarto –dijo el criado–.

—¡Qué despacio pasa el tiempo! –dijo Karl–.

El criado se disponía a cerrar ya las puertas cuando Karl
recordó que todavía no le había dado propina. Sacó un che-
lín del bolsillo del pantalón –ahora siempre llevaba, según la
costumbre americana, monedas sueltas en el bolsillo del pantalón y en cambio guardaba los billetes en el bolsillo del
chaleco– y se lo alcanzó al criado con estas palabras:

—Por sus buenos servicios.

Klara ya había vuelto a entrar, con las manos retocándose el peinado, cuando Karl pensó que no debía haber despedido al criado. ¿Quién le conduciría ahora a la estación de tren? En fin, el señor Pollunder ya pondría a su disposición algún otro criado. Y quizá, por otra parte, el que le acompañó solo había sido llamado al comedor y luego estaría disponible.

—Le ruego que toque un poco. Es tan raro escuchar música aquí, que no se puede desperdiciar ninguna oportunidad.

—Entonces no perdamos tiempo –dijo Karl, y sin reflexionar más se sentó al piano–.

—¿Quiere alguna partitura? –preguntó Klara–.

—No gracias, apenas si sé leer las notas –repuso Karl empezando a tocar–.

Se trataba de una cancioncilla que, como Karl sabía, debía interpretarse con bastante lentitud, especialmente si se dedicaba a extraños, pero la despachó farfullándola a rápido tiempo de marcha. Al finalizar, el silencio perturbado de la casa ocupó de nuevo su sitio apresuradamente. Ellos permanecieron sentados, cohibidos, sin moverse.

—Muy bonito –dijo Klara, pero no había cumplido capaz de halagar a Karl tras semejante interpretación–.

—¿Qué hora es? –preguntó–.

—Las doce menos cuarto.

—Entonces aún me queda algo de tiempo –dijo él, y pensó para sí: «Ahora o nunca. No tengo por qué tocar las diez canciones que sé, pero una puedo tocarla bien dentro de mis posibilidades»–.

Y empezó su amada canción militar con tal lentitud que la ansiedad del oyente se prolongaba hacia la siguiente nota, que Karl retenía y dejaba fluir solo a duras penas. Antes de cada canción debía buscar las teclas necesarias con los ojos, pero además sentía surgir en él una congoja que más allá del final de la canción buscaba otro sin poder encontrarlo.

—No sé tocar –dijo Karl al concluir la canción, y miró a Klara con lágrimas en los ojos–.

Entonces se oyó un fuerte aplauso procedente de la habitación contigua.

—¡Alguien más escucha! –exclamó Karl agitado–.

—Mack –dijo Klara en voz baja–.

Y ya se oyó exclamar a Mack:

—¡Karl Rossmann, Karl Rossmann!

Karl saltó con ambos pies al tiempo por encima de la banqueta del piano y abrió la puerta. Allí vio a Mack medio acostado en una amplia cama con dosel, la colcha suelta echada sobre las piernas. El baldaquín de seda azul era el único lujo algo exquisito de la cama, por lo demás sencilla, angulosa, de pesada madera.

En la mesita de noche ardía una sola vela, pero las sábanas y la camisa de Mack eran tan blancas, que reflejaban la luz de la vela con un resplandor casi cegador. También el baldaquín resplandecía, por lo menos en los bordes, con una seda acolchada y no del todo tensa. Pero lo que había detrás de Mack se perdía en la más profunda oscuridad. Klara se apoyó en un barrote de la cama y ya solo tuvo ojos para Mack.

—Hola –dijo Mack, y le tendió la mano a Karl–. Toca usted bastante bien, hasta ahora solo conocía su destreza montando.

—Hago tan mal una cosa como la otra –dijo Karl–. De haber sabido que escuchaba, seguro que no hubiera tocado. Pero su señorita –se interrumpió, vacilaba en decir «prometida», puesto que Mack y Klara evidentemente ya dormían juntos–.

—Ya lo intuía yo –dijo Mack–, por esto Klara tuvo que atraerle desde Nueva York, de lo contrario no hubiera podido escucharle. Es por cierto la interpretación de un principiante, e incluso en estas canciones que ha practicado y cuya composición es muy elemental, ha cometido algunas faltas, pero aun así me ha gustado, independientemente de que no desprecio la interpretación de nadie. Pero ¿no quiere sentarse y quedarse un ratito más con nosotros? Klara, acércale una silla.

—Muchas gracias –dijo Karl cortante–. No puedo quedarme, aunque me gustaría. Demasiado tarde me entero de que hay habitaciones tan acogedoras en esta casa.

—Estoy reconstruyendo toda la casa en este estilo –dijo Mack–.

En aquel momento sonaron doce campanadas una tras otra, con breves intervalos, cayendo el golpe de una en la resonancia de la anterior. Karl notó el soplo de los agotados movimientos de aquellas campanas en las mejillas. ¡Qué pueblo debía ser para tener semejantes campanas!

—Es tardísimo –dijo Karl, extendió las manos hacia Mack y Klara sin estrechárselas, y corrió al pasillo–.

Allí no encontró el candil y lamentó haber dado la propina al criado con tanta precipitación.

Se disponía a ir a tientas hasta la puerta abierta de su habitación, palpando la pared, pero apenas había recorrido la mitad del trayecto cuando vio acercarse presuroso y tambaleante al señor Green sosteniendo en alto una vela. En la misma mano que sujetaba la vela llevaba una carta.

—Pero ¿por qué no viene, Rossmann? ¿Por qué me hace esperar? ¿Qué hacía con la señorita Klara?

«¡Demasiadas preguntas! –pensó Karl–, y además me está aplastando contra la pared». En efecto, el otro estaba muy cerca de Karl, que apoyaba la espalda contra la pared. En aquel pasillo, la figura de Green resultaba francamente grotesca, y en broma, Karl se preguntó si no habría devorado al bueno del señor Pollunder.

—No es usted un hombre de palabra. Promete bajar a las doce y en lugar de eso ronda la puerta de la señorita Klara. Yo en cambio le prometí algo interesante para las doce de la noche y ya estoy aquí.

Y diciendo esto, entregó a Karl una carta. En el sobre decía: «A Karl Rossmann para entregar personalmente a medianoche dondequiera que se encuentre».

—Al fin y al cabo –dijo el señor Green mientras Karl abría la carta–, creo que es de agradecer que a causa suya haya venido de Nueva York, por lo que me parece un abuso que además me haga correr detrás de usted por estos pasillos.

—¡Del tío! –dijo Karl, apenas hubo echado una ojeada a la carta–. Ya lo esperaba –dijo, dirigiéndose al señor Green–.

—Si lo esperaba o no me importa bien poco. Pero lea de una vez –dijo este, y acercó la vela a Karl–.

A la luz de esta, Karl leyó:

> Querido sobrino:
>
> Como ya habrás podido advertir a lo largo de nuestra por desgracia corta convivencia, soy un hombre de principios. Esto no solo resulta muy desagradable y triste para quienes me rodean, sino también para mí. Pero a mis principios debo todo lo que soy y nadie puede exigirme que reniegue de mi lugar en la tierra, nadie, ni siquiera tú, mi querido sobrino. Aunque tú serías el primero en la lista si alguna vez se me ocurriera tolerar semejante ataque general contra mí. Entonces sería precisamente a ti a quien más me gustaría recoger y levantar en alto con estas dos manos con las que ahora sostengo el papel y escribo. Pero como de momento nada indica que esto vaya a suceder, tras el incidente de hoy debo alejarte enseguida de mí, y te ruego encarecidamente que ni me visites ni intentes ponerte en contacto conmigo por escrito o a través de intermediarios.

Te has decidido, en contra de mi voluntad, a alejarte de mi lado esta noche, así que sé consecuente con esta decisión toda tu vida, solo entonces habrá sido una decisión madura. Elegí como portador de esta noticia al señor Green, mi mejor amigo, que con seguridad encontrará suficientes palabras consoladoras, palabras que a mí, en este momento, no se me ocurren. Es un hombre influyente y, aunque solo sea por el cariño que me dispensa, te apoyará moral y materialmente en tus primeros pasos independientes. Para comprender nuestra separación, que al finalizar la carta me parece de nuevo inconcebible, debo repetirme una y otra vez: «De tu familia, Karl, nada bueno puede esperarse». Si el señor Green olvidara entregarte tu maleta y tu paraguas, recuérdaselo.

Con mis mejores deseos para tu futuro bienestar, tu fiel tío,

Jakob

—¿Has terminado? –preguntó Green–.

—Sí –dijo Karl–. ¿Me ha traído la maleta y el paraguas?

—Aquí está –dijo Green, y colocó la vieja maleta, que hasta entonces había ocultado a su espalda con la mano izquierda, en el suelo junto a Karl–.

—¿Y el paraguas? –preguntó de nuevo Karl–.

—Todo está aquí –dijo Green, y sacó también el paraguas, que había colgado de uno de los bolsillos de su pantalón–. Las cosas las trajo un tal Schubal, un jefe de maquinistas de la Hamburg-Amerika-Linie; afirmó haberlas encontrado en el barco. Se lo puede agradecer si tiene ocasión.

—Ahora por lo menos vuelvo a tener mis viejas cosas –dijo Karl, y colocó el paraguas sobre la maleta–.

—Sí, pero en el futuro debería tener más cuidado, me encarga decirle el señor senador –observó el señor Green y luego preguntó, por curiosidad particular–: ¿Qué extraña maleta es esta?

—Es la maleta que llevan los soldados en mi país cuando van al servicio militar –repuso Karl–, es la vieja maleta de campaña de mi padre. Por lo demás es muy práctica –añadió sonriendo–, siempre y cuando no se deje abandonada en cualquier parte, claro.

—Al fin y al cabo, ya está usted bastante escarmentado –dijo el señor Green–, y seguramente no tiene otro tío en América. Aquí le entrego además un billete de tercera clase a San Francisco. He decidido este viaje para usted, en primer lugar, porque en el este tendrá muchas más posibilidades de ganar dinero y, en segundo lugar, porque aquí, en todas las cosas que podrían convenirle, tiene que ver su tío y hay que evitar a toda costa un encuentro. En Frisco podrá trabajar sin que nadie le moleste. Empiece tranquilamente por abajo e intente progresar poco a poco.

Karl no podía percibir malicia alguna en aquellas palabras. La mala noticia, que durante toda la noche el señor Green había tenido que guardar para sí, había salido a la luz y, a partir de aquel momento, Green pareció un hombre inofensivo, con el cual quizá se podría hablar más sinceramente que con cualquier otro. El mejor de los hombres, elegido sin culpa propia como mensajero de una decisión tan secreta y torturante, parecerá sospechoso por fuerza mientras guarde el secreto.

Esperando la aprobación de un hombre con experiencia, Karl dijo:

—Abandonaré de inmediato esta casa, pues me acogen solo porque soy el sobrino de mi tío, mientras que siendo un extraño nada tengo que hacer aquí. ¿Sería tan amable de mostrarme la salida y luego indicarme un camino que conduzca a la fonda más próxima?

—De inmediato –dijo Green–. Ya me ha causado suficientes molestias.

A la vista del gran paso que el señor Green dio enseguida, Karl se detuvo, pues le parecía una prisa un tanto sospechosa. Cogió a Green por el bajo de la chaqueta, comprendiendo de pronto la auténtica situación, y le dijo:

—Todavía tiene que aclararme un punto: en el sobre de la carta que debía entregarme, solo pone que debo recibirla a medianoche dondequiera que me encuentre. ¿Por qué, con motivo de esta carta, me retuvo cuando quise marcharme de aquí a las once y cuarto? Con ello abusó de las facultades que se le habían otorgado.

Green inició su respuesta con un ademán que expresaba exageradamente la futilidad de la observación de Karl, y dijo:

—¿Acaso dice en el sobre que por su causa deba correr hasta morir, y acaso del contenido de la carta se desprende que el encargo deba interpretarse así? Si no le hubiera retenido, tendría que haberle entregado la carta a medianoche en la carretera.

—No –dijo Karl resuelto–, no es del todo así. En el sobre dice: «Para ser entregado después de medianoche». Si estaba demasiado cansado tal vez no hubiera podido seguirme, o quizás a medianoche ya estaría en casa de mi tío, cosa que incluso el señor Pollunder ha ocultado; o habría sido su obligación llevarme en su automóvil del cual repentinamente dejó de hablarse, junto a mi tío, puesto que yo tanto lo pedía. ¿Acaso la nota no dice bien claro que la medianoche era mi última oportunidad? Y usted tiene la culpa de que la haya perdido.

Karl miró con ojos penetrantes al señor Green y comprobó cómo pugnaba en él la vergüenza por haber sido desenmascarado con la alegría que le deparaba el éxito de su intención. Por fin se recobró y dijo en un tono como si interrumpiera las palabras de Karl, cuando este llevaba largo rato callado:

—¡No se hable más! —y empujó a Karl, la maleta y el paraguas, que había cogido de nuevo, a través de una puertecita situada delante de él que abrió de un golpe.

Con sorpresa, Karl comprobó que se encontraba al aire libre. Una escalera sin barandilla adosada a la casa conducía al jardín. Solo tenía que descender y girar un poco a la derecha para llegar a la avenida que conducía a la carretera. A la clara luz de la luna no podía extraviarse. Abajo en el jardín oyó los múltiples ladridos de perros que corrían sueltos en torno a las sombras de los árboles. En el silencio que reinaba por lo demás se oía perfectamente como tras dar grandes saltos caían sobre la hierba.

Sin que estos perros le molestaran, Karl salió feliz del jardín. No pudo determinar con exactitud en qué dirección se encontraba Nueva York. Durante el viaje había prestado poca atención a los detalles que ahora le habrían podido ser útiles. Finalmente, se dijo que no tenía que ir necesariamente a Nueva York, donde nadie le esperaba e incluso había uno que no le esperaba con toda seguridad. Así que eligió una dirección cualquiera y emprendió la marcha.

Camino a Ramses

En la pequeña fonda a la que llegó Karl después de una breve caminata, una simple estación terminal de carruajes de Nueva York, apenas utilizable para hospedaje, solicitó la cama más barata que fuera posible; pensaba que debía comenzar a economizar de forma inmediata. A la vista de su petición, fue despachado por el dueño de la fonda escaleras arriba como si se tratara de uno de sus empleados; una vez arriba, le recibió una mujer vieja, desastrada y disgustada por haber sido interrumpido su sueño que, casi sin escucharle, le condujo exhortándole constantemente para que no hiciera ruido al andar, hasta un cuarto cuya puerta cerró no sin antes haberle lanzado el aliento a la cara con un «chist».

A primera vista Karl no era capaz de saber si las cortinas de la ventana estaban bajadas o si no había ventanas en el cuarto, debido a la oscuridad reinante; por fin, vio una pequeña claraboya cubierta con un paño; lo quitó y consiguió que entrara algo de luz. El cuarto tenía dos camas, pero ambas estaban ya ocupadas. Karl vio allí a dos hombres jóvenes sumidos en un pesado sueño y, en apariencia, poco dignos de confianza, sobre todo porque, sin razón aparente, los dos dormían vestidos; uno, incluso, llevaba las botas puestas.

Al tiempo que Karl destapaba la claraboya, uno de los durmientes levantó ligeramente los brazos y las piernas, ofreciendo tal espectáculo que Karl, pese a sus preocupaciones, no pudo evitar reírse para sus adentros.

Enseguida se dio cuenta de que esa noche se iba a quedar sin dormir, no solo porque no hubiera allí ninguna cama más, ni un sofá ni diván alguno, sino porque no podía exponer tampoco la maleta recién recuperada y el dinero que llevaba encima. Pero no se atrevía a marcharse, porque le daba reparo pasar por delante de la criada y el dueño de la fonda, lo que sería inevitable para poder abandonar la casa en aquel momento. Al fin y al cabo, quién sabía si el peligro era mayor allí que en la carretera.

Era ciertamente llamativo que no se pudiera descubrir ni una sola pieza de equipaje en la semipenumbra del cuarto. Tal vez los dos hombres fueran los criados, obligados a levantarse muy temprano para servir a los huéspedes, y por ello dormían vestidos. Si eso era así, no era muy honroso dormir con ellos; pero en ese caso tampoco había ningún peligro. Por eso, no podría acostarse, de ninguna manera, hasta haber salido de dudas.

Debajo de la cama había una vela y fósforos, y Karl se acercó a recogerlos con paso sigiloso. No le preocupaba encender la luz, ya que el cuarto, según el propio dueño de la fonda, le correspondía a él tanto como a los otros dos que, por otra parte, habían disfrutado ya del sueño durante la mitad de la noche y tenían una incomparable ventaja sobre él, ya que se hallaban en posesión de las camas. Sin embargo, actuó, como es natural, con mucha cautela al moverse y manejar los objetos para no despertarles.

Antes que nada, deseaba echarle un vistazo a su maleta, para hacer un recuento de sus cosas, que solo recordaba vagamente y de las que, con seguridad, se habrían perdido las más valiosas. Si aquel Schubal ponía su mano sobre algo, había pocas esperanzas de recuperarlo intacto. Aunque también era posible que esperara una buena propina del tío; pero, al propio tiempo, en caso de faltar algunas cosas, bien podía echarle la culpa a quien había cuidado realmente de la maleta, el señor Butterbaum.

Al abrir la maleta, Karl se quedó realmente horrorizado ante lo que se ofrecía a su vista. ¡Cuántas horas había dedicado durante la travesía a ordenar y volver a ordenar la maleta, y ahora estaba todo amontonado de una forma tan salvaje que se abrió por sí sola al desbloquear la cerradura!

Pero Karl advirtió enseguida con alegría que el desorden se debía solamente a la circunstancia de que, después, habían metido el traje que usara durante el viaje, para el que la maleta ya no tenía capacidad suficiente. No faltaba absolutamente nada. En el bolsillo secreto de la chaqueta no solo estaba el pasaporte, sino también el dinero que había traído de su casa: de modo que, si sumaba este dinero al que llevaba consigo, disponía del suficiente por el momento. Estaba también allí la ropa blanca que llevaba puesta a su llegada, bien lavada y planchada. Sin perder tiempo, puso el reloj y el dinero en el útil bolsillo secreto. Lo único lamentable era que el salami veronés, que tampoco faltaba, hubiera contagiado su olor al resto de las cosas. A no ser que encontrara un remedio para subsanarlo, Karl tenía ante sí la perspectiva de verse envuelto en ese olor durante meses.

Al sacar algunos objetos que se encontraban en el fondo de la maleta –una Biblia de bolsillo, papel de carta y las fotografías de los padres–, se le cayó la gorra de la cabeza dentro de la maleta. Entre todos aquellos objetos viejos y familiares que le rodeaban, la reconoció: era su gorra, la gorra que le había dado su madre para que la usara durante el viaje. Sin embargo, había decidido no usarla a bordo, ya que sabía que en América la gente usaba, por lo general, gorra en lugar de sombrero, y no quería estropearla antes de llegar. Y he aquí que el señor Green la había tomado como pretexto para divertirse a costa suya. ¿Le habría encargado su tío que hiciera también eso? Y con un movimiento furioso e involuntario, empujó la tapa de la maleta, que se cerró con estrépito.

El mal ya estaba hecho: había despertado a los dos durmientes. Primero, uno de ellos se desperezó y bostezó, y luego le imitó el otro. Casi todo el contenido de la maleta se hallaba desparramado por la mesa; si eran ladrones, no tenían más que acercarse y escoger. Con la intención no solo de adelantarse a esa posibilidad, sino también de poner las cosas en claro, Karl se acercó, con la vela en la mano, hacia las camas y comenzó a explicar las razones de su presencia. Sin embargo, los otros dos no parecían estar interesados en la explicación; aún demasiado dormidos para poder hablar, no hacían más que mirarle sin el menor asombro. Ambos eran muy jóvenes, pero el trabajo duro o el hambre les habían afilado los huesos de la cara prematuramente; las barbas caían en desorden de sus mentones; el desgreñado pelo, sin cortar desde hacía mucho tiempo, enmarcaba sus rostros; y ahora se frotaban los ojos hundidos de tanto sueño.

Karl, decidido a aprovecharse de su momentáneo estado de debilidad, dijo:

—Me llamo Karl Rossmann y soy alemán. Ya que tenemos una habitación en común, les ruego que cada uno de ustedes me diga también su nombre y su nacionalidad. Quiero aclararles desde el principio que no pretendo conseguir ninguna cama, ya que he venido tan tarde y que, además, no tengo intención de dormir. Por otra parte, no se fíen ustedes de mi elegante traje, soy completamente pobre y sin perspectiva alguna.

El más bajo de los dos –el que llevaba las botas– indicó con los brazos, las piernas y gestos diversos que todo aquello no le interesaba nada y que no era hora para discursos; se tumbó de nuevo y se durmió de inmediato. El otro hombre, de tez oscura, también volvió a acostarse, pero antes de dormirse, con la mano extendida en un gesto negligente, dijo:

—Este se llama Robinson y es irlandés; yo me llamo Delamarche y soy francés; y ahora, guarde silencio, ¡se lo ruego!

Apenas pronunciadas esas palabras, apagó la vela de Karl con un enérgico soplido, y se dejó caer de nuevo sobre la almohada.

«Bien, el peligro ha desaparecido por el momento», se dijo Karl, y volvió a la mesa.

Si el sueño que aparentaban no era solo un pretexto, todo iba bien. Lo único desagradable era que uno de ellos fuera irlandés. Karl no recordaba ya con exactitud en qué libro había leído una vez en su casa que en América del Norte había que cuidarse de los irlandeses. Claro que, durante la estancia en casa de su tío, habría tenido oportunidad de investigar a fondo en qué consistía lo peligroso de los irlandeses; pero no lo había hecho, había dejado pasar por completo la oportunidad, porque allí se creía ya para siempre en puerto seguro. Ahora, al menos, podría contemplar desde muy cerca a ese irlandés a la luz de la vela que había vuelto a encender; lo hizo así, y su aspecto le pareció más tolerable que el del francés. El irlandés conservaba al menos un resto de mejillas redondeadas y sonreía afable durante el sueño, al menos por lo que podía ver Karl de puntillas desde una cierta distancia.

Por fin, decidido pese a todo a no dormir, Karl se sentó en la única silla del cuarto, dejando por el momento la tarea de ordenar la maleta, ya que disponía de casi toda la noche para hacerlo, y ojeó por encima la Biblia sin leerla. Luego tomó la fotografía de sus padres en la que el padre, que era de baja estatura, aparecía muy erguido, mientras que la madre, sentada en un sillón delante de él, posaba levemente encogida. El padre dejaba reposar una de sus manos sobre el respaldo del sillón; la otra, se apoyaba con el puño cerrado sobre un libro ilustrado que estaba abierto, colocado sobre una frágil mesita de adorno. Había, además, otra fotografía en la que se veía a Karl junto a sus padres. El padre y la madre le miraban fijamente, mientras él, por orden del fotógrafo, se veía obligado a clavar la mirada en la máquina. Pero esa fotografía no se la habían dado para el viaje.

Se quedó mirando la fotografía que tenía delante con gran detenimiento, e intentó desde distintos ángulos recuperar la mirada del padre. Pero este no quiso cobrar vida, por más que Karl modificara la visión cambiando la situación de la vela; además, su bigote recto y poblado no se parecía en nada a la realidad; no era un buen retrato. Su madre, por el contrario, había salido mejor retratada; en su boca se insinuaba un gesto como si le hubieran hecho algún daño y se esforzara por sonreír. A Karl se le antojaba que esto debía llamar tan fuertemente la atención a cualquiera que mirase el retrato que, pasado el primer momento, la impresión tenía que resultar demasiado fuerte, casi absurda. ¡Cómo era posible que un simple retrato reflejara con tal nitidez un sentimiento velado del retratado! Y luego, apartó la vista del retrato por un instante.

Cuando volvió a mirarlo, le llamó la atención la mano de la madre que colgaba del brazo del sillón, tan cerca que sintió deseos de besarla. Pensó que quizá debiera, a pesar de todo, escribir a los padres, tal como se lo habían pedido ambos (y, luego, de forma muy severa, su padre en Hamburgo). Era cierto que, aquella terrible noche en que la madre, colocada junto a la ventana, le había anunciado el viaje a América, él había hecho el juramento de no escribir jamás; pero ¿qué valor tenía aquí y ahora, en circunstancias tan nuevas, el juramento de un muchacho sin experiencia? De igual manera podría haber jurado en aquel momento que a los dos meses de su llegada a América sería general del Ejército americano, cuando la realidad era que se encontraba allí junto a dos vagabundos en el desván de una fonda en las afueras de Nueva York, en el sitio que –tenía que admitirlo– realmente le correspondía. Y sonriendo escrutó los rostros de los padres, como si en ellos se pudiera leer si aún deseaban recibir noticias de su hijo.

Mientras contemplaba el retrato se dio cuenta de que, a pesar de todo, estaba muy cansado y le sería muy difícil pasar la noche en vela. El retrato se le cayó de las manos; luego, apoyó la cara sobre él, gozando del contacto fresco de este con su mejilla, y se quedó dormido plácidamente.

Un cosquilleo bajo las axilas le despertó temprano. Era el francés quien se permitía semejante impertinencia. Pero también el irlandés estaba ya apostado ante la mesa de Karl y ambos le observaban con no menor interés que el que había mostrado por ellos Karl la noche anterior. Karl no se sorprendió porque no le hubieran despertado al levantarse. No tenían por qué andarse con especial sigilo por mala intención, pues él había caído en un profundo sueño y por otra parte vestirse y evidentemente asearse no les había costado demasiado trabajo.

Se saludaron como es debido, con cierta formalidad y Karl se enteró de que ambos eran mecánicos que desde hacía tiempo estaban sin trabajo en Nueva York y que, debido a ello, se encontraban en una situación bastante miserable. Para demostrarlo, Robinson se abrió la chaqueta y se pudo ver que no llevaba camisa, lo que de todos modos ya se hubiera podido deducir por el cuello suelto que llevaba cosido por detrás a la chaqueta. Ambos tenían intención de dirigirse a la pequeña ciudad de Butterford, a dos días de marcha de Nueva York, donde al parecer había puestos de trabajo. No tenían nada que oponer a que Karl les acompañara y le prometieron primero cargar a ratos con su maleta, y segundo, en caso de encontrar trabajo, conseguirle un empleo de aprendiz, lo cual sería pan comido. Apenas tuvo tiempo Karl de dar su consentimiento cuando ya le aconsejaron amistosamente que se quitara el elegante traje que llevaba, puesto que sería un inconveniente dondequiera que se presentase solicitando empleo. Precisamente aquella casa le ofrecía una buena oportunidad de deshacerse del traje, pues la criada tenía una tienda de ropa. Ayudaron a Karl, que tampoco estaba muy decidido con respecto al traje, a quitárselo y se lo llevaron. Cuando Karl se vestía con lentitud su viejo traje, solo y todavía somnoliento, se reprochó por vender el traje, pues quizá sería un obstáculo para obtener un empleo de aprendiz, pero podría serle útil para conseguir un puesto mejor. Abrió la puerta para gritarles que volvieran, pero apenas lo hizo se topó con ellos que ya volvían. Dejaron medio dólar sobre la mesa, producto de la venta, y sus rostros expresaban tal alegría que resultaba imposible no convencerse de que habían sacado un beneficio de la venta, y un beneficio escandalosamente grande.

Por otra parte, no había tiempo para discutir al respecto: la criada entró en aquel momento y tan dormida como por la noche, les empujó a los tres al pasillo con la aclaración de que la habitación debía ser arreglada para recibir nuevos huéspedes. Eso no era cierto y obraba así solo por malicia. Karl, que se disponía a ordenar su maleta, tuvo que asistir al espectáculo de la mujer que agarraba sus cosas con ambas manos y las echaba en la maleta con tal violencia como si se tratara de alguna clase de bichos a los que hubiera que domar. Los dos mecánicos trataban de entretenerla, le estiraban de la falda, le daban golpecitos en la espalda, pero si su intención era ayudar con ello a Karl, fracasaron en el intento. Cuando la mujer hubo cerrado la maleta, se la colgó a Karl de la mano por el asa y los echó a los tres de la habitación con la amenaza de que si no la obedecían no les serviría el café. La mujer debía haber olvidado por completo que Karl no había tenido la menor relación con los mecánicos al principio pues los trataba como una sola pandilla. De todos modos, los mecánicos le habían vendido el traje de Karl demostrando así la existencia de una cierta intimidad.

En el pasillo tuvieron que deambular durante mucho tiempo y en especial el francés, que se había colgado del brazo de Karl, lanzaba improperios sin interrupción, amenazaba con acabar a puñetazos con el dueño de la fonda si osaba aparecer y parecía entrenarse para ello frotándose con rapidez los puños cerrados uno contra el otro. Al fin se presentó un inocente chiquillo que tuvo que ponerse de puntillas para alcanzarle la cafetera al francés. Desgraciadamente había solo una cafetera y no se le pudo hacer entender al muchachito que hacían falta vasos. De modo que solo podía beber uno mientras los otros dos esperaban de pie delante suyo. Karl no tenía ganas de beber, pero para no ofender a los otros, cuando le tocaba el turno se quedaba sin sorber nada con la cafetera en los labios.

En señal de despedida, el irlandés arrojó la cafetera contra el piso de baldosas. Sin ser vistos, abandonaron la casa y se adentraron en la densa y amarillenta niebla matutina. Caminaban en silencio uno junto al otro por el borde de la carretera. Karl tenía que llevar su maleta. Seguramente los otros no le relevarían hasta que no se lo pidiera. De vez en cuando, un automóvil surgía entre la niebla y los tres volvían la cabeza hacia los coches generalmente enormes, tan llamativos en su construcción y tan fugaces en su aparición, hasta el punto de no tener tiempo de apreciar siquiera la existencia de ocupantes. Más tarde empezaron a circular las caravanas de vehículos que llevaban víveres a Nueva York, y que avanzaban en columnas de cinco que ocupaban todo el ancho de la carretera, de forma tan ininterrumpida que nadie hubiera podido cruzarla. De tanto en tanto, la carretera desembocaba en una plaza en cuyo centro, sobre una elevación en forma de torre, un policía caminaba arriba y abajo para poder verlo todo y ordenar el tráfico con un bastoncillo, tanto el de la carretera principal como el procedente de las calles laterales que allí desembocaban. El tráfico continuaba luego sin vigilancia hasta la próxima plaza, pero los silenciosos y atentos cocheros y conductores mantenían voluntariamente el orden suficiente. Lo que más sorprendía a Karl era la tranquilidad general que reinaba. De no ser por el griterío de las reses destinadas al matadero, quizá no se hubiera escuchado más que el trepidar de los cascos de los caballos y el sibilante zumbido de los parachoques. Y, sin embargo, la velocidad no era siempre la misma. Si en alguna de las plazas, debido a una aglomeración excesiva procedente de las carreteras laterales, era necesario ejecutar grandes cambios, las columnas enteras se paraban y avanzaban paso a paso, pero luego podía ocurrir que por un momento todo se moviera a la velocidad del rayo hasta que, como regido por un freno único, volvía a tranquilizarse. Con todo, no se levantaba la menor polvareda en el camino, todo se movía en medio del aire más limpio. No había peatones, aquí no había verduleros que se dirigieran a la ciudad como en el país de Karl, pero de vez en cuando aparecían grandes automóviles planos sobre los cuales iban unas veinte mujeres con cestos a la espalda, acaso verduleras, estirando el cuello para otear el tráfico y hacerse con la esperanza de un viaje más rápido. Luego se veían otros vehículos similares sobre los cuales se paseaban algunos hombres con las manos en los bolsillos del pantalón. En uno de estos vehículos, que llevaban diversas inscripciones, leyó Karl, lanzando una pequeña exclamación: «Se aceptan obreros portuarios para la Compañía de Transportes Jakob». El vehículo avanzaba despacio y un hombrecillo encogido y vivaz, apostado en la escalera, invitó a los tres caminantes a subir. Karl se refugió tras los mecánicos como si en el coche pudiera estar el tío y verle. Se alegró de que también los otros rechazaran la invitación, aunque le molestó en cierto modo la expresión de soberbia con que lo hicieron. En ninguna medida debían creer que eran demasiado buenos para entrar al servicio del tío. De inmediato se lo dio a entender, aunque no de forma manifiesta. En respuesta, Delamarche le rogó que no se entrometiera en asuntos que no comprendía; aquel modo de emplear gente era un engaño vergonzoso y la empresa Jakob tenía muy mala fama en todo el territorio de Estados Unidos. Karl no contestó, pero a partir de entonces comenzó a confiar más en el irlandés y le pidió también que le llevara un rato la maleta, lo cual hizo después de que Karl le repitiera varias veces su ruego. Pero se quejaba incesantemente de lo pesada que era, hasta que se puso de manifiesto que solo tenía intención de aligerar el peso de la maleta sacando el salami veronés, que al parecer ya le había llamado agradablemente la atención en el hotel. Karl tuvo que sacarlo y desenvolverlo, el francés lo tomó para cortarlo con su cuchillo, parecido a un machete, y casi se lo comió entero. Robinson solo recibió de vez en cuando algunos trozos. Por el contrario, Karl, que tenía que cargar de nuevo con la maleta si no quería dejarla abandonada en la carretera, no recibió nada como si ya hubiera tomado su parte con antelación. Le pareció mezquino mendigar un pedacito, pero se le revolvió la bilis.

La niebla ya se había disipado por completo; a lo lejos refulgía una alta cordillera cuyos picos ondulados apuntaban hacia una nube más lejana atravesada por los rayos de sol. A la vera del camino había tierras mal labradas que rodeaban grandes fábricas que, oscurecidas por el humo, se levantaban en campo abierto. En las casas de alquiler aisladas y diseminadas sin orden ni concierto, las numerosas ventanas titilaban con los movimientos e iluminación más diversos, y en todos los pequeños y endebles balcones se afanaban mujeres y niños en múltiples quehaceres mientras a su alrededor, ora ocultándolos, ora descubriéndolos, ondeaban, movidos por la brisa matinal, paños y prendas de vestir colgados o tendidos. Si la mirada se desviaba de las casas, se veían alondras volando en lo alto del cielo y, más abajo, no muy por encima de las cabezas de los viajeros, golondrinas.

Muchas cosas le recordaron a Karl su patria y no supo si hacía bien abandonando Nueva York para dirigirse al interior del país. En Nueva York estaba el mar y en todo momento la posibilidad de regresar a su patria. Así que se detuvo y les dijo a sus acompañantes que sentía de nuevo deseo de quedarse en Nueva York. Y cuando Delamarche pretendió sencillamente empujarle, no se dejó y dijo que todavía tenía derecho a decidir sobre sí mismo. El irlandés tuvo primero que mediar y explicarle que Butterford era mucho más hermoso que Nueva York, y ambos tuvieron que rogarle mucho antes de que emprendiera de nuevo la marcha. E incluso así quizá no hubiera continuado si no se hubiera dicho que tal vez fuera mejor para él buscar un lugar donde la posibilidad de regresar a la patria no fuera tan fácil. Seguro que allí trabajaría mejor y progresaría, sin que se lo impidieran pensamientos inútiles.

Y entonces fue él quien arrastró a los otros dos, y se alegraron tanto de su entusiasmo que sin que se lo pidiera, se turnaron para llevar su maleta, sin que Karl comprendiera muy bien cuál era la causa de la alegría de aquellos dos hombres. Llegaron a un paraje ascendente y, si se detenían de vez en cuando, podían contemplar a sus espaldas el panorama de Nueva York y su puerto ampliándose cada vez más. El puente que une Nueva York con Brooklyn, pendía con delicadeza sobre el East River, y se estremecía si se entrecerraban los ojos. Parecía desierto y por debajo se extendía la cinta de agua lisa, inanimada. Todas las cosas, en ambas gigantescas ciudades, parecían colocadas sin sentido ni utilidad. En las casas no había diferencia alguna entre las grandes y las pequeñas. En la invisible profundidad de las calles seguramente la vida continuaba a su aire, pero por encima no se veía más que un ligero vapor que no se movía pero parecía susceptible de ser espantado sin gran esfuerzo. Incluso en el puerto, el mayor del mundo, reinaba la tranquilidad y solo de vez en cuando, influido sin duda por el recuerdo de una anterior visión de cerca, se creía ver un barco avanzando un corto trecho. Pero no se le podía seguir durante mucho tiempo, se escapaba a la vista y era imposible volverlo a encontrar.

Pero al parecer Delamarche y Robinson veían mucho más, señalaban a derecha e izquierda y abarcaban con las manos extendidas plazas y jardines que llamaban por sus nombres. No podían entender que Karl hubiera estado más de dos meses en Nueva York y apenas hubiera visto otra cosa de la ciudad que una calle. Y le prometieron que cuando hubieran ganado suficiente en Butterford irían con él a Nueva York para mostrarle todas las curiosidades y en especial aquellos lugares donde uno se divierte hasta alcanzar la dicha suprema. Y a continuación, Robinson empezó a cantar una canción a pleno pulmón que Delamarche acompañaba haciendo palmas y que Karl reconoció como la melodía de una opereta de su patria que aquí, con el texto inglés, le gustaba mucho más de lo que le había gustado jamás en su hogar. Así se produjo una pequeña representación al aire libre en la que todos participaron; solo la ciudad, allá abajo, que parecía divertirse con esta melodía, se mantenía ajena.

En una ocasión, Karl preguntó dónde se encontraba la Compañía de Transportes Jakob, y de inmediato vio los índices extendidos de Delamarche y Robinson, tal vez indicando el mismo punto, tal vez dos puntos a millas de distancia entre sí. Cuando continuaron, Karl preguntó cuándo habrían ganado lo suficiente para regresar a Nueva York. Delamarche dijo que muy bien podría ser al cabo de un mes, pues en Butterford faltaba mano de obra y los salarios eran altos. Naturalmente harían caja común de su dinero para que las posibles diferencias en los sueldos las igualaran entre ellos como camaradas. A Karl no le gustó la idea de tener la caja en común, a pesar de que él como aprendiz naturalmente ganaría menos que un obrero cualificado. Por lo demás, Robinson dijo que si no encontraban trabajo en Butterford, naturalmente deberían seguir camino o bien para colocarse en alguna parte como peones en el campo o quizá para dirigirse a California a los lavaderos de oro, lo que según los prolijos relatos de Robinson, se deducía que era su plan predilecto.

—¿Por qué se ha hecho mecánico si ahora quiere ir a los lavaderos de oro? —preguntó Karl, que escuchaba con desagrado la necesidad de hacer semejante largo e inseguro viaje—.

—¿Que por qué me hice mecánico? —dijo Robinson—. Con certeza no para que el hijo de mi madre se muera de hambre. En los lavaderos de oro las ganancias son buenas.

—Lo fueron en otro tiempo —dijo Delamarche—.

—Y continúan siéndolo —dijo Robinson, y se puso a explicar de numerosos conocidos que se habían hecho ricos así, que continuaban allí, naturalmente ya no movían ni un dedo, pero que en nombre de su vieja amistad le ayudarían a él y también a ellos a alcanzar la riqueza–.

—Ya encontraremos trabajo en Butterford –dijo Delamarche, expresando así los deseos más íntimos de Karl, aunque no era una forma muy optimista de expresarse–.

Durante el día solo hicieron un alto en una fonda y comieron al aire libre, en una mesa de hierro, carne casi cruda, o así se lo pareció a Karl, que no se podía cortar con tenedor y cuchillo sino solo desgarrar. El pan tenía forma de cilindro y cada barra tenía un largo cuchillo clavado. Esa comida se acompañaba de un líquido oscuro que ardía en la garganta. Pero a Delamarche y a Robinson les gustó, brindaron a menudo porque se cumplieran diversos deseos alzando sus vasos y sosteniéndolos un rato en alto uno contra otro.

En la mesa de al lado estaban sentados unos obreros que llevaban camisas salpicadas de cal y todos bebían el mismo líquido. Los numerosos automóviles que pasaban, salpicaban de polvo las mesas. Circulaban grandes hojas de periódicos, se hablaba con excitación de la huelga de los obreros de la construcción, se oía a menudo el nombre de Mack. Karl preguntó por él y se enteró de que era el padre del Mack que conocía y uno de los empresarios de la construcción más importante de Nueva York. La huelga le estaba costando millones y quizás amenazara su posición comercial. Karl no creyó una sola palabra de la cháchara de aquella gente mal informada y malintencionada.

Otra cosa que le amargaba a Karl la comida era la incertidumbre sobre cómo se pagaría. Lo natural hubiera sido que cada uno pagara su parte, pero tanto Delamarche como Robinson habían mencionado ocasionalmente que habían gastado sus últimos ahorros en pagar el albergue de la noche anterior. Ninguno de ellos llevaba un reloj, un anillo o cual-

quier otra cosa visible. Y Karl no podía reprocharles que
hubieran ganado algo en la venta de su traje, eso hubiera
sido una ofensa y la definitiva separación. Lo sorprendente
era que ni Delamarche ni Robinson mostraban preocupación alguna por la factura. Al contrario, tenían humor suficiente para con la mayor frecuencia posible, trabar relaciones con la camarera, que se movía orgullosa y a paso lento
entre las mesas. El pelo le caía algo suelto sobre la frente y
las mejillas, y se lo apartaba una y otra vez peinándoselo con
los dedos. Finalmente, cuando quizá esperaban una primera
palabra amable por su parte, se acercó a la mesa, apoyó ambas manos en ella y preguntó:

—¿Quién paga?

Nunca se habían movido las manos de manera tan veloz
como ahora las de Delamarche y Robinson señalando a
Karl. Karl no se sorprendió, lo había previsto, y no le parecía mal que los compañeros, de los cuales también esperaba
sacar ventajas, le dejaran pagar algunas cosas, aunque hubiera sido más correcto discutir el asunto antes del momento decisivo. Lo único penoso era que debía extraer en aquel
momento el dinero del bolsillo secreto. Su intención inicial
había sido guardar el dinero para un caso de necesidad extrema y de momento situarse en el mismo plano que sus
camaradas. La ventaja que obtenía con respecto a sus camaradas gracias a ese dinero y sobre todo al silenciar su existencia, estos la compensaban ampliamente por el hecho de estar en América desde su infancia, tener conocimientos y
experiencia para ganar dinero y, por ende, no estar acostum-
brados a mejores condiciones de vida que las actuales. Las
intenciones que hasta el momento había abrigado Karl con
respecto a su dinero no tenían por qué cambiar a causa de
este pago, pues podía prescindir de un cuarto de dólar y por
tanto colocar una pieza de un cuarto de dólar sobre la mesa

y explicar que eso era lo único que poseía y estaba dispuesto
a sacrificarlo por el viaje en común a Butterford. Para viajar
a pie, tal cantidad resultaría más que suficiente. Pero ignoraba si tenía suficientes monedas y además, aquel dinero
junto con los billetes se encontraba en el fondo del bolsillo
secreto. Y la forma más fácil de encontrar algo allí era vaciar
todo el contenido sobre la mesa. Por otra parte, era del todo
innecesario que los camaradas supieran lo más mínimo sobre la existencia de aquel bolsillo secreto. Pero por suerte
parecía que los camaradas se interesaban mucho más por la
camarera que por el modo en que Karl reuniría el dinero
para pagar. Delamarche atrajo a la camarera pidiéndole que
hiciera la cuenta y la obligó a colocarse entre él y Robinson.
Ella solo pudo repeler las insolencias de ambos apartando
ora a uno ora al otro empujándoles con la mano en el rostro. Entretanto Karl reunió el dinero, congestionado por el
esfuerzo, debajo de la mesa, poniéndolo en una mano mientras con la otra buscaba y rebuscaba cada pieza en el bolsillo
secreto. Por fin creyó, a pesar de no conocer todavía bien el
dinero americano, haber acumulado, por lo menos según la
cantidad de monedas, una suma suficiente, y la colocó sobre
la mesa. El sonido del dinero interrumpió de inmediato las
bromas. Para disgusto de Karl y sorpresa general, vieron que
allí había casi un dólar. Si bien nadie preguntó por qué Karl
no había mencionado nada de ese dinero, suficiente para un
cómodo viaje en tren hasta Butterford, este se sentía abo-
chornado. Lentamente, después de pagar la comida, volvió
a guardar el dinero. Delamarche alcanzó a quitarle de la
mano una moneda para dar propina a la camarera, a la cual
abrazó estrechamente contra sí para alcanzarle luego la moneda desde el otro lado.

Karl les estuvo agradecido ya que al proseguir la marcha
no hicieron alusión alguna al dinero y, durante un rato, has-

ta pensó confesarles a cuánto ascendía su fortuna, pero, al no presentarse una ocasión, propicia no lo hizo. Hacia el atardecer llegaron a un paraje más rural, más fértil. Alrededor aparecían campos sin dividir y se extendían con su tierno verdor sobre suaves colinas. Ricas quintas rurales bordeaban el camino, y durante horas y horas anduvieron entre las doradas rejas de los jardines, cruzaron varias veces el mismo río de lenta corriente y muchas veces, por encima de sus cabezas, escucharon el tronar de los trenes que pasaban por los elevados viaductos.

El sol ya se ponía sobre el horizonte recto de lejanos bosques cuando se echaron sobre la hierba en medio de una pequeña arboleda situada sobre una elevación del terreno, para descansar de las fatigas del día. Estirados allí, Delamarche y Robinson se desperezaron a su gusto. Karl se sentó erguido y contempló el camino que corría unos metros más abajo y donde circulaban continuamente, veloces, los automóviles uno junto a otro, rozándose casi, como durante todo el día, y como si los enviaran en número exacto desde la lejanía y los esperaran, en igual número, en la otra lejanía. Durante todo el día, desde tempranas horas de la mañana, Karl no había visto detenerse ni un solo automóvil ni apearse a un solo pasajero.

Robinson propuso pasar allí la noche, ya que todos estaban bastante cansados, y desde aquel lugar podrían volver a emprender la marcha mucho más temprano y por otra parte sería difícil hallar un albergue más barato y mejor situado antes de que oscureciera del todo. Delamarche se mostró de acuerdo y solo Karl se creyó en la obligación de observar que él disponía de dinero suficiente para pagar a todos las camas, aunque fuese en un hotel. Delamarche dijo que ya necesitarían ese dinero y que lo guardara bien. Delamarche no ocultó el hecho de que ya contaban, desde luego, con el dinero de Karl. Ya que su primera propuesta fue aceptada, Robinson afirmó a continuación que antes de dormir y para acumular fuerzas para el día siguiente, era necesario que comiesen algo nutritivo, y que uno de ellos debía ir a buscar la comida para todos a aquel hotel que había muy cerca de allí, cuyo cartel luminoso de Hotel Occidental se veía en la carretera. Siendo el más joven y ya que ninguno se mostraba dispuesto, Karl no vaciló en ofrecerse para esa diligencia. Después de recibir el encargo de traer tocino, pan y cerveza, se dirigió al hotel.

Debía haber una gran ciudad en las proximidades, pues ya el primer salón del hotel al que Karl entró se hallaba atestado de una ruidosa multitud. Por el mostrador que ocupaba uno de los muros principales y dos paredes laterales, corrían sin cesar múltiples camareros con el pecho cubierto por blancos delantales, sin poder, a pesar de todo, satisfacer a los impacientes huéspedes, ya que, procedente de los más diversos lugares, se oían una y otra vez maldiciones y el ruido de puños que golpeaban las mesas. Nadie reparó en Karl. En el salón mismo no había servicio y los clientes, sentados en torno a diminutas mesas que desaparecían en cuanto las ocupaban tres comensales, se dirigían al mostrador y retiraban de allí todo lo que deseaban. En cada mesita había un recipiente grande con aceite, vinagre o algo semejante, y todas las viandas recogidas en el mostrador eran regadas con el líquido de esos recipientes antes de ingerirlas. Si Karl quería llegar hasta el mostrador, donde seguramente comenzarían sus dificultades, sobre todo por la extensión de su comanda, debería abrirse paso entre muchas mesas. Y eso, aunque procediera con el mayor cuidado, no podía hacerlo sin molestar groseramente a los huéspedes, quienes lo soportaban todo como si fuesen insensibles. Incluso toleraron, sin dar muestras de enojo, que Karl fuera empujado contra una de las mesitas por uno de los huéspedes, y casi la tumbara. Se disculpó, pero evidentemente no le entendían, ni tampoco entendió él nada de lo que le gritaban.

Con dificultad, logró encontrar un reducido espacio libre en el mostrador, cuya visión le impidieron durante un buen rato los codos de sus vecinos. Parecía una costumbre del lugar acodarse y descansar la cabeza en el puño. Karl recordó cómo su profesor de latín, el doctor Krumpal, odiaba precisamente esa postura, y cómo se acercaba siempre sigiloso y sin ser visto y, con una regla que aparecía de pronto, barría los codos de las mesas con un empujón jocoso.

Karl estaba muy apretado contra el mostrador, ya que apenas hubo ocupado aquel sitio, habían colocado una mesa detrás de él y uno de los clientes que en ella tomaron asiento rozaba pesadamente con su gran sombrero la espalda de Karl por poco que se inclinase hacia atrás al hablar. Por otra parte, la posibilidad de obtener algo del camarero era ínfima, incluso después de haberse ido satisfechos los dos toscos vecinos. Varias veces, por encima de la mesa, Karl había asido del delantal a uno de los camareros, pero este se había zafado siempre con una mueca. No se podía retener a ninguno, solo corrían y corrían. Si por lo menos cerca de Karl hubiera habido algo para comer y beber, lo habría tomado, se hubiera informado del precio, y después de pagar se hubiera marchado contento. Pero precisamente delante de él no había más que fuentes de pescado, una especie de arenques cuyas escamas negras adquirían tonalidades doradas en los brillantes bordes. Este podía ser muy caro y seguramente no saciaría a nadie. Además, había a su alcance jarritas de ron, pero no quería llevarles ron a sus camaradas, los cuales parecían ya por naturaleza apasionarse a la menor ocasión por las bebidas fuertes, y no quería contribuir a aquella inclinación.

Por lo tanto, Karl no tuvo más remedio que buscarse otro sitio y volver a comenzar sus tentativas. Pero la hora ya era muy avanzada. En el otro extremo del salón, el reloj, cuyas agujas apenas podían distinguirse a través del humo ni aun mirándolo fijamente, señalaba las nueve pasadas. Y en cualquier otra parte del mostrador el gentío aún era mayor que en el lugar, un tanto apartado, que había abandonado. Por otra parte, cuanto más tarde se hacía, más se llenaba el salón. Por el portal entraban de continuo nuevos huéspedes, en medio de una gran algarabía. En distintos lugares, los parroquianos, con ademán soberano, sacaban las cosas de encima del mostrador, se sentaban en él y brindaban entre sí. Estos eran los mejores asientos y desde allí se abarcaba todo el salón con la mirada.

Karl continuó abriéndose paso, pero ya había perdido la esperanza de conseguir algo. Se reprochó por haberse ofrecido para este recado cuando desconocía las condiciones del lugar. Sus camaradas le reñirían con razón y además pensarían que no había llevado nada para ahorrar dinero. Y de pronto, se encontró en una zona donde en las mesitas a su alrededor, la gente comía platos de carne caliente con hermosas patatas amarillas. Le resultaba incomprensible cómo podían haber conseguido aquello.

Entonces vio, unos pasos más adelante, a una mujer vieja que evidentemente formaba parte del personal del hotel, la cual, riéndose, conversaba con uno de los clientes. Al mismo tiempo no paraba de retocarse el peinado con una horquilla. De inmediato Karl se sintió inclinado a comunicar su pedido a aquella mujer, ya porque al ser la única mujer del salón, significaba una excepción en medio del barullo general, ya por la sencilla razón de que era la única empleada del hotel a la que podía llegarse, suponiendo, claro está, que no se alejara corriendo, ocupada en sus asuntos, al dirigirle la primera palabra. Pero ocurrió todo lo contrario. Karl todavía no le había dirigido la palabra, tan solo la había observado un poco, cuando ella, desviando la mirada como suele hacerse a veces durante una conversación, le miró e, interrumpiendo su charla, le preguntó amablemente en un inglés claro como la gramática, si buscaba algo.

—Así es –dijo Karl–, aquí no consigo obtener nada.

—Entonces acompáñeme, jovencito –dijo, se despidió de su conocido que se sacó el sombrero, lo cual parecía aquí asombrosamente cortés, tomó a Karl de la mano, se dirigió al mostrador, apartó a un huésped, abrió una puerta batiente del mostrador, cruzó el pasillo que había detrás del mostrador, donde había que protegerse de los camareros que corrían incansables, abrió una puerta disimulada en la pared empapelada, y se encontraron en una enorme y fresca despensa.

«Sin duda hay que conocer el mecanismo», se dijo Karl.

—Bien, ¿qué desea? –preguntó la mujer y se inclinó servicial hacia él–.

Era muy gorda, su cuerpo se balanceaba, pero su semblante, en relación con el resto, tenía unos rasgos casi delicados. Karl estuvo tentado, a la vista de los numerosos comestibles dispuestos con cuidado sobre estantes y mesas, de pedir una cena más refinada, sobre todo porque podía esperar que aquella influyente mujer se la diera más barata. Pero por fin repitió de nuevo, al no ocurrírsele nada mejor, que quería tocino, pan y cerveza.

—¿Nada más? –preguntó la mujer–.

—No, gracias –dijo Karl–. Pero que sea para tres personas.

Cuando la mujer le preguntó por los otros dos, Karl le explicó en pocas palabras cosas referentes a sus camaradas. Le hacía ilusión que le interrogaran un poco.

—Pero si esto es una comida para presidiarios –dijo la mujer, esperando que Karl expresara más deseos. Pero este temió que ella le obsequiara y no quisiera aceptar dinero, por lo cual se mantuvo callado–. Pronto lo habremos reunido todo –dijo la mujer, y se dirigió con una agilidad admirable para su peso a una de las mesas–.

Con un cuchillo largo, fino y dentado cortó un buen pedazo de tocino veteado con mucha carne, tomó de un estante una hogaza de pan, cogió del suelo tres botellas de cerveza y lo colocó todo en un ligero cesto de mimbre que alcanzó a Karl. Mientras tanto, le explicó a Karl que le había llevado allí porque fuera, en el mostrador, los comestibles a causa del humo y las muchas emanaciones perdían pronto la frescura a pesar del rápido consumo. Pero para la gente de fuera todo era suficientemente bueno. Karl ya no dijo nada más, pues no sabía a qué se debía que le dispensara un trato tan privilegiado. Pensó en sus camaradas, que quizá, por buenos conocedores de América que fueran, no habrían llegado hasta aquella despensa y hubieran tenido que contentarse con los comestibles pasados del mostrador. Allí no se oía el menor ruido procedente de la sala, los muros debían ser muy gruesos para conservar suficientemente frescas aquellas bóvedas. Hacía ya un rato que Karl tenía el cesto en la mano, pero no pensó en pagar ni tampoco se movió. Solo cuando la mujer quiso meter en el cesto otra botella parecida a las que había en las mesas de fuera, le dio las gracias con un estremecimiento.

—¿Tiene que andar mucho todavía? –preguntó la mujer–.

—Hasta Butterford –repuso Karl–.

—Está muy lejos –dijo la mujer–.

—A un día de viaje –dijo Karl–.

—¿No es más? –preguntó la mujer–.

—Oh, no –dijo Karl–.

La mujer ordenó algunas cosas sobre las mesas, un camarero entró, miró en derredor buscando algo, la mujer le indicó una gran bandeja en la que había montones de sardinas espolvoreadas con un poco de perejil, y se llevó aquella bandeja con los brazos en alto a la sala.

—¿Por qué quiere pernoctar al aire libre? –preguntó mujer–. Aquí tenemos sitio suficiente. Duerma en el hotel.

La proposición le resultaba muy atractiva a Karl, sobre todo después de haber pasado tan mal la noche anterior.

—Tengo mi equipaje fuera –dijo vacilante y no sin cierta altivez–.

—Pues tráigalo –dijo la mujer–, eso no es un obstáculo.

—¡Pero mis compañeros! –dijo Karl y se dio cuenta enseguida de que ellos sí eran un obstáculo–.

—Naturalmente, también pueden pernoctar aquí –dijo la mujer–. ¡Vamos, no se haga rogar tanto!

—Mis compañeros son por lo demás buena gente –dijo Karl–, pero no son limpios.

—¿Acaso no ha visto la suciedad de la sala? –preguntó la mujer contrayendo el rostro–. Aquí puede venir realmente el peor. Así que haré preparar de inmediato tres camas. Pero tendrá que ser en la buhardilla, pues el hotel está lleno. Yo me he trasladado allí, y en todo caso siempre será mejor que al aire libre.

—Es que no puedo traer a mis compañeros –dijo Karl–.

Se imaginó el alboroto que ambos armarían por los pasillos de aquel elegante hotel; Robinson lo ensuciaría todo y Delamarche sin duda molestaría incluso a aquella mujer.

—No sé por qué ha de ser imposible –dijo la mujer–, pero si así lo desea, entonces deje fuera a sus compañeros y venga solo.

—No puede ser, no puede ser –dijo Karl–. Son mis compañeros y debo quedarme con ellos.

—Es usted tozudo –dijo la mujer, apartando la vista de él–. Tengo buenas intenciones para con usted, deseo serle útil, y usted se rebela con todas sus fuerzas.

Karl lo comprendía todo, pero no veía solución, así que solo añadió:

—Muchas gracias por su amabilidad.

Entonces recordó que todavía no había pagado y preguntó lo que le debía.

—Págueme cuando me devuelva el cesto –dijo la mujer–. Como máximo debo tenerlo mañana temprano.

—Gracias –repuso Karl–.

Ella abrió una puerta que conducía directamente al exterior y aún dijo mientras él salía inclinándose:

—Buenas noches, pero no actúa usted bien.

Ya se había alejado algunos pasos cuando le gritó:

—¡Hasta mañana!

Apenas se encontró fuera, volvió a oír el estrépito procedente de la sala, con el que se mezclaban ahora los sonidos de una orquestina. Se alegró de no haber tenido que cruzar por la sala. Ahora estaban iluminadas las cinco plantas del hotel, y alumbraban la calle en toda su amplitud. Aunque en sucesión intermitente, fuera continuaban circulando automóviles, acercándose de la lejanía a más velocidad que por la mañana, con los rayos blandos de sus faros rastreaban la calzada, con las luces empalidecidas cruzaban la zona iluminada del hotel y se perdían alumbrando la oscuridad que reinaba más allá.

Karl encontró a sus compañeros sumidos en un profundo sueño, pero es que él también había estado demasiado tiempo ausente. Precisamente se disponía a extender sobre papeles que encontró en el cesto lo que había traído para que resultara más apetitoso y no despertar así a sus compañeros hasta que estuviera todo dispuesto, cuando descubrió con espanto su maleta, que había dejado cerrada y cuya llave llevaba en el bolsillo, totalmente abierta y con la mitad del contenido disperso por la hierba.

—¡Levantaos! –gritó. Mientras dormíais han venido ladrones–.

—¿Falta algo? –preguntó Delamarche. Robinson todavía no se había despertado del todo y ya se abalanzaba sobre la cerveza–.

—No lo sé –exclamó Karl–, pero la maleta está abierta. Es una imprudencia echarse a dormir y dejar la maleta a la vista.

Delamarche y Robinson se echaron a reír, y el primero dijo:

—La próxima vez no debe usted ausentarse tanto tiempo. El hotel está a diez pasos y para ir y volver necesita usted tres horas. Teníamos hambre y pensamos que podría haber algo comestible en la maleta. Así que hemos arañado la cerradura hasta que ha saltado. Por lo demás no había nada dentro, así que puede volver a recogerlo todo tranquilamente.

—¡Vaya! –dijo Karl, la mirada fija en el cesto que se vaciaba con rapidez, y escuchó el extraño ruido que hacía Robinson al beber. El líquido le entraba profundamente en la garganta, pero luego, con una especie de silbido, lo regurgitaba para dejarlo fluir a continuación hacia el fondo como una catarata–.

—¿Han terminado de comer? –preguntó cuando ambos hicieron una corta pausa para tomar aliento–.

—¿No ha comido ya en el hotel? –preguntó Delamarche creyendo que Karl reclamaba su parte–.

—Si quieren comer más, ¡apresúrense! –dijo Karl y se acercó a su maleta–.

—Este parece veleidoso –le dijo Delamarche a Robinson–.

—No soy veleidoso –dijo Karl–, pero ¿acaso es justo forzar mi maleta en mi ausencia y tirar fuera mis cosas? Ya sé que entre compañeros hay que tolerar ciertas cosas, y también me he dispuesto para ello, pero esto me parece excesivo. Pernoctaré en el hotel y no iré a Butterford. Apresúrense a comer, tengo que devolver el cesto.

—¿Ves, Robinson? Así se habla –dijo Delamarche–, estas son las buenas maneras. Sin duda es alemán. Tú me previniste enseguida contra él, pero he sido un necio y, a pesar de todo, le he aceptado. Le hemos otorgado nuestra confianza, le hemos arrastrado con nosotros durante un día, perdiendo así media jornada por lo menos, y ahora, porque allí en el hotel alguien le ha seducido, se despide, sencillamente se despide. Pero como es un alemán falso, no lo hace abiertamente, sino que se escuda en la excusa de la maleta. Y como es un alemán tosco, no puede marcharse sin ofender nuestro honor y sin llamarnos ladrones, porque le hemos gastado una pequeña broma con su maleta.

Karl, que recogía sus cosas, dijo sin volverse:

—Continúe hablando así cuanto quiera y facilíteme todavía más la marcha. Sé muy bien lo que es la camaradería. En Europa también tenía amigos, y ninguno puede reprocharme que me haya comportado mal o fuera grosero con él. Naturalmente ahora no estamos en contacto, pero si alguna vez volviera a Europa, todos me recibirían bien y me aceptarían de inmediato como su amigo. Y a usted, Delamarche, y a usted Robinson, ¿les delataría después de que, y eso no lo voy a ocultar nunca, han sido tan amables de aceptarme y ofrecerme la posibilidad de un empleo de aprendiz en Butterford? Pero se trata de otra cosa. Ustedes no poseen nada, y esto no les rebaja lo más mínimo a mis ojos, pero envidian mi pequeña fortuna y por eso intentan humillarme, y eso no puedo soportarlo. Y ahora, después de haber abierto mi maleta, en lugar de disculparse, me insultan e insultan de paso a mis compatriotas. De este modo, me quitan toda posibilidad de quedarme con ustedes. Por lo demás, esto no va por usted, Robinson. De su carácter solo tengo que objetar que depende en exceso de Delamarche.

—Eso ya lo veremos –dijo Delamarche, mientras se acercaba a Karl y le daba un ligero empujón–, ya veremos cómo se las apaña. Durante todo el día ha ido detrás mío, agarrado a mi chaqueta, imitando cada uno de mis movimientos, y callado como un muerto. Pero ahora que nota cierto apoyo en el hotel, empieza a largar grandes discursos. Es un pequeño pícaro y aún no sé si lo aceptaremos tan tranquilos, si no le exigiremos un pago por lo que ha aprendido de nosotros durante el día. Tú, Robinson, dice que le envidiamos por su fortuna. Un día de trabajo de Butterford –no hay ni qué hablar de California– y tendremos diez veces más de lo que nos ha mostrado y de lo que ha escondido en el forro de su chaqueta. ¡Así que cuidado con lo que dice!

Karl se había levantado de la maleta y vio acercarse también a Robinson, somnoliento pero algo animado por la cerveza.

—Si continúo mucho tiempo aquí –dijo–, quizás aún me lleve más sorpresas. Parecen tener ganas de darme una paliza.

—Toda paciencia tiene un límite –dijo Robinson–.

—Mejor que se calle, Robinson –dijo Karl sin quitarle ojo a Delamarche–, en el fondo me da la razón, pero no quiere reconocerlo delante de Delamarche.

—¿Acaso quieres sobornarle? –preguntó Delamarche–.

—En absoluto –dijo Karl–: Estoy contento de marcharme y no quiero tener nada que ver con ninguno de los dos. Tan solo deseo añadir una cosa: me han reprochado que poseo dinero y se lo he ocultado. Suponiendo que sea cierto, ¿acaso no era una actuación correcta con gente que hacía apenas un par de horas que conocía, y no confirman con su actual comportamiento lo acertado de tal actuación?

—Estate quieto –le dijo Delamarche a Robinson, a pesar de que este no se movía–.

Luego preguntó a Karl:

—Puesto que es tan desvergonzadamente sincero, y estamos tan a gusto juntos, lleve su franqueza todavía más lejos y confiese por qué quiere ir al hotel.

Karl tuvo que dar un paso por encima de la maleta, tanto se le había acercado Delamarche. Pero Delamarche no se dejó confundir, apartó la maleta, avanzó un paso con lo que puso un pie sobre una pechera blanca abandonada sobre la hierba y repitió la pregunta.

Como respuesta, un hombre ascendió desde la carretera hasta el grupo con un potente candil en la mano. Era un camarero del hotel. Apenas vislumbro a Karl, dijo:

—Hace casi media hora que le busco. Ya he registrado todos los terraplenes a ambos lados de la carretera. La señora cocinera mayor me manda decirle que necesita con urgencia el cesto que le ha prestado.

—Aquí está –dijo Karl con voz vacilante por la excitación–.

Delamarche y Robinson se habían apartado con aparente discreción, como hacían siempre ante personas extrañas de cierta categoría. El camarero cogió el cesto y dijo:

—Además, la señora cocinera mayor me envía para preguntarle si no ha reflexionado y prefiere pernoctar en el hotel. También los otros dos caballeros serían bienvenidos si quiere que le acompañen. Las camas ya están preparadas. Hoy la noche es cálida, pero aquí en la ladera no deja de ser peligroso dormir, pues a menudo hay serpientes.

—Ya que la señora cocinera mayor es tan gentil, aceptaré su invitación –dijo Karl y esperó a que sus compañeros hablaran–.

Pero Robinson permanecía mudo y Delamarche, con las manos en el bolsillo del pantalón, contemplaba las estrellas. Al parecer, ambos esperaban que Karl los llevara consigo sin más.

—En tal caso –dijo el camarero–, tengo el encargo de conducirle al hotel y llevar su equipaje.

—Entonces le ruego que espere un momento –dijo Karl y se agachó para meter en la maleta las cosas que aún estaban esparcidas por ahí–.

De repente se enderezó. Faltaba la fotografía. Había estado en la parte superior de la maleta y no la encontraba por ningún lado. Todo estaba en orden, solo faltaba el retrato.

—No encuentro la fotografía –le dijo a Delamarche en tono lastimero–.

—¿Qué fotografía? –preguntó este–.

—La de mis padres –dijo Karl–.

—No hemos visto ninguna fotografía –dijo Delamarche–.

—No había ninguna fotografía ahí dentro, señor Rossmann –constató por su parte Robinson–.

—Pero eso es imposible –dijo Karl, y su mirada en busca de ayuda atrajeron al camarero–. Estaba encima y ahora ha desaparecido. ¡Ojalá no hubieran bromeado con la maleta!

—Está excluida toda posibilidad de error –dijo Delamarche–, en la maleta no había retrato alguno.

—Era más importante que todo lo demás que tengo en la maleta –le dijo Karl al camarero que paseaba en torno y buscaba entre la hierba–. Es insustituible, no conseguiré otra.

Y cuando el camarero se dio por vencido en la infructuosa búsqueda, aún repitió:

—Era la única fotografía de mis padres que poseía.

A lo que respondió el camarero en voz alta, sin rubor alguno:

—Tal vez podríamos registrar los bolsillos de los señores.

—Sí –dijo Karl de inmediato–, debo encontrar la fotografía. Pero antes de registrarles los bolsillos, quiero decir que quien entregue el retrato voluntariamente, recibirá a cambio la maleta con todo su contenido –tras un momento de silencio general, Karl le dijo al camarero—: Al parecer mis compañeros quieren que les registremos. Pero incluso ahora prometo la maleta a aquel en cuyo bolsillo se halle el retrato. Más no puedo hacer.

El camarero se puso de inmediato a registrar a Delamarche, que le parecía más difícil de manejar que Robinson, al cual dejó en manos de Karl. Le indicó a Karl que debían ser registrados ambos a la par, ya que de lo contrario uno de ellos podría ocultar inadvertidamente la fotografía. Ya al primer contacto, Karl encontró en el bolsillo de Robinson una corbata de su propiedad, pero no la cogió y le gritó al camarero:

—Todo lo que le pueda encontrar a Delamarche, déjeselo, por favor. No quiero más que la fotografía, solo la fotografía.

Al registrar los bolsillos superiores, Karl rozó con la mano el cálido y grasiento pecho de Robinson, y por un momento tuvo la conciencia de que tal vez cometía una gran injusticia con sus compañeros. A partir de aquel instante, se apresuró todo lo posible. Por lo demás, todo fue inútil. No encontraron el retrato ni a Robinson ni a Delamarche.

—No sirve de nada –dijo el camarero–.

—Seguro que han roto la fotografía y han tirado los pedazos –dijo Karl–. Pensaba que eran amigos, pero en el fondo solo deseaban perjudicarme. No propiamente Robinson, a ese no se le hubiera ocurrido que el retrato pueda tener tanto valor para mí. Más bien sería cosa de Delamarche.

Karl vio al camarero delante suyo. Su candil iluminaba un pequeño círculo, mientras todo lo demás, incluso Delamarche y Robinson, permanecía en la más absoluta oscuridad.

Naturalmente, ya no se planteó la cuestión de si aquellos dos podían ser llevados al hotel. El camarero se cargó la maleta al hombro, Karl tomó el cesto, y emprendieron la marcha. Ya se encontraban en la carretera, cuando Karl, interrumpiendo el curso de sus pensamientos, se detuvo y gritó hacia la oscuridad:

—¡Escúchenme! Si uno de ustedes tiene la fotografía y me la quiere traer al hotel, insisto en que recibirá a cambio la maleta y no le denunciaré, lo juro.

En realidad, no hubo respuesta, solo se oyó una palabra rota, el inicio de una exclamación de Robinson al que al parecer Delamarche cayó la boca de inmediato. Karl esperó aún un buen rato, por si arriba decidían otra cosa. Con intervalos gritó dos veces:

—¡Continúo aquí!

No llegó ningún sonido de respuesta. Solo en una ocasión rodó un guijarro por la colina. Tal vez fue por casualidad, tal vez fue un tiro errado.

Hotel Occidental

Una vez en el hotel, Karl fue conducido enseguida a una especie de despacho en el cual la cocinera mayor, con una agenda de notas en la mano, le dictaba una carta a una mecanógrafa. El dictado, enormemente preciso, el dominio y elasticidad de las teclas, sobrepasaba el tic-tac solo en ocasiones perceptible del reloj de pared, que señalaba casi las once y media.

—¡Vaya! –dijo la cocinera mayor, y cerró la agenda; la mecanógrafa se levantó de un salto y cubrió la máquina con la tapa de madera sin apartar la mirada de Karl, mientras realizaba esta tarea mecánica. Todavía conservaba el aspecto de una colegiala. Llevaba el delantal planchado con pulcritud, fruncido por los hombros, el cabello recogido en lo alto y sorprendía un poco cuando, entre estos detalles, se descubría su serio semblante. Después de varias inclinaciones, primero ante la cocinera mayor y después ante Karl, se alejó, y este miró interrogante a la cocinera mayor–.

—Es muy agradable que haya venido –dijo la cocinera mayor–. ¿Y sus compañeros?

—No los he traído –dijo Karl–.

—Sin duda emprenderán la marcha muy temprano –dijo la cocinera mayor como para explicarse el asunto–.

«¿No debería pensar que yo también voy con ellos?», se preguntó Karl y dijo para excluir toda duda:

—Hemos reñido y nos hemos separado.

La cocinera mayor pareció considerarlo una buena noticia.

—Así, ¿está libre? –preguntó–.

—Sí, estoy libre –dijo Karl, y nada le pareció más insignificante–.

—¿Y no le gustaría aceptar un empleo aquí en el hotel? –preguntó la cocinera mayor–.

—Con mucho gusto –dijo Karl–, pero carezco de los conocimientos más elementales. Ni siquiera sé escribir a máquina, por ejemplo.

—Eso no es lo más importante –dijo la cocinera mayor–. Al principio, tendría un empleo insignificante y debería intentar ascender con aplicación y celo. De todos modos, creo que sería mejor y más adecuado para usted establecerse en algún sitio en lugar de deambular por el mundo. No me parece hecho para una vida así.

«Eso lo suscribiría también el tío», se dijo Karl y asintió. Al mismo tiempo, recordó que todavía no se había presentado, cuando tanto interés mostraban por él.

—Perdone que todavía no me haya presentado –dijo–, me llamo Karl Rossmann.

—¿Es usted alemán, no es cierto?

—Sí –dijo Karl–, no hace mucho que estoy en América.

—¿De dónde es usted?

—De Praga, en Bohemia –dijo Karl–.

—¡Mire por dónde! –exclamó la cocinera mayor en un alemán con fuerte acento inglés y casi levantó los brazos–, entonces somos compatriotas. Me llamo Grete Mitzelbach, y soy de Viena. Conozco muy bien Praga; estuve empleada medio año en El Ganso Dorado, en la Wenzelsplatz. Imagínese.

—¿Cuándo fue eso? –preguntó Karl–.

—Hace ya muchos, muchos años.

—El viejo Ganso Dorado –dijo Karl– fue derribado hace dos años.

—Claro –dijo la cocinera mayor con el pensamiento vuelto hacia el pasado–.

Pero recuperando la vivacidad de golpe, exclamó tomando las manos de Karl:

—Ahora que sabemos que es mi compatriota, no puede marcharse de aquí bajo ningún concepto. No me puede hacer eso. ¿Le gustaría ser ascensorista, por ejemplo? Solo tiene que decir sí y el empleo es suyo. Si ha viajado un poco, sabrá que no es muy fácil conseguir tales empleos, pues son el mejor inicio imaginable. Está en contacto con todos los huéspedes, siempre a la vista, se le hacen pequeños encargos; en pocas palabras, cada día tiene la oportunidad de conseguir algo mejor. De todo lo demás, ya me encargo yo.

—Me gustaría mucho ser ascensorista –dijo Karl tras una corta pausa–.

Hubiera sido una gran estupidez mostrar reticencias al puesto de ascensorista considerando sus cinco cursos de enseñanza superior. Allí en América, aquellos cinco cursos serían más bien motivo de vergüenza. Por lo demás, a Karl siempre le habían gustado los ascensoristas, pues le parecían como los ornamentos de un hotel.

—¿No se exigen idiomas? –preguntó–.

—Habla alemán y un buen inglés, eso es más que suficiente.

—El inglés lo aprendí en América en dos meses y medio –dijo Karl. Creía que no debía callar su único mérito–.

—Eso ya dice suficiente en su favor –dijo la cocinera mayor–. Cuando pienso en las dificultades que he tenido con el inglés… De eso hace ya treinta años. Precisamente ayer hablé de ello. Ayer cumplí cincuenta años.

Y sonriente intentó leer en el semblante de Karl la impresión que le causaba la dignidad de esa edad.

—Entonces le deseo mucha felicidad.

—Eso siempre se necesita –dijo ella, estrechó la mano de Karl, y de nuevo se entristeció algo a causa de esa vieja expresión de su patria que había empleado al hablar en alemán–. Pero le estoy reteniendo –exclamó–. Y seguro que está muy cansado y podemos hablar mucho mejor de todo durante el día. La alegría por haber encontrado a un compatriota le vuelve a una distraída. Acompáñeme, le llevaré a su habitación.

—Tengo un ruego que hacerle todavía, señora cocinera mayor –dijo Karl a la vista del teléfono sobre la mesa–. Es posible que mañana, tal vez muy temprano, mis antiguos compañeros me traigan una fotografía que necesito imperiosamente. ¿Sería tan amable de telefonear al portero para que me envíe a esa gente o me vaya a buscar?

—Claro –dijo la cocinera mayor–, pero ¿no será suficiente con que recoja la fotografía? ¿De qué fotografía se trata, si puedo preguntarlo?

—Es el retrato de mis padres –dijo Karl–. No, debo hablar personalmente con esa gente.

La cocinera mayor no hizo más comentario, y por teléfono dio la orden oportuna a la portería, señalando el número 536 como el de la habitación de Karl.

Luego cruzaron por una puerta situada enfrente de la entrada y salieron a un pequeño pasillo, donde apoyado en la balaustrada junto a un ascensor dormía un joven ascensorista.

—Nos serviremos nosotros mismos –dijo la cocinera mayor en voz baja, y dejó entrar a Karl en el ascensor–. Una jornada de diez a doce horas es evidentemente excesiva para un jovencito así –añadió luego, mientras subían–. Pero es habitual en América. Ahí está ese joven, por ejemplo. Él también hace solo medio año que llegó aquí con sus padres. Es italiano. Ahora, por su aspecto, parece imposible que pueda aguantar el trabajo. Tiene el rostro demacrado, se duerme durante el servicio a pesar de que, por naturaleza, es muy diligente. Pero solo tiene que trabajar medio año más aquí o en cualquier otro lugar de América y lo soportará todo con ligereza. Y dentro de cinco años será un hombre robusto. De tales ejemplos podría contarle durante horas. Y con ello no pienso en usted, pues es un joven fuerte; usted tiene diecisiete años, ¿no?

—El mes que viene cumpliré dieciséis –repuso Karl–.

—¡Tan solo dieciséis! –dijo la cocinera mayor–. ¡Ánimo pues!

Arriba, condujo a Karl a un cuarto abuhardillado con una pared inclinada pero que, por lo demás, a la luz de dos bombillas, parecía muy acogedor.

—No se asuste usted por la decoración –dijo la cocinera mayor–, no se trata de una habitación del hotel, sino de un cuarto de mi vivienda, compuesta de tres piezas, por lo que no me molestará en absoluto. Cerraré la puerta de comunicación para que nadie le importune. Mañana, en calidad de nuevo empleado del hotel, naturalmente, le darán su propia habitación. Si hubiera venido con sus compañeros, les habría instalado en el dormitorio común de los criados. Pero, puesto que está solo, pienso que se sentirá más a gusto aquí, aunque tenga que dormir en un sofá. Y ahora, duerma bien, y recupere fuerzas para el trabajo. Mañana todavía no será muy duro.

—Le agradezco mucho su amabilidad.

—Espere –dijo deteniéndose en el rellano–, aquí le despertarán temprano. –Y se dirigió a una puerta lateral de la habitación a la cual llamó mientras exclamaba–: ¡Therese!

—Diga, señora cocinera mayor –contestó la voz de la joven mecanógrafa–.

—Cuando me despiertes por la mañana, debes pasar por el pasillo. En la habitación duerme un huésped. Está muerto de cansancio –sonrió a Karl mientras decía esto–. ¿Has entendido?

—Sí, señora cocinera mayor.

—Entonces, buenas noches.

—Buenas noches.

Y la cocinera explicó:

—Es que desde hace algunos años duermo muy mal. Ahora puedo estar satisfecha por mi empleo y no tengo motivos para preocuparme, pero la causa de este insomnio debe radicar en mis anteriores problemas. Si me duermo a las tres de la madrugada, ya puedo darme por satisfecha. Pero como a las cinco, máximo a las cinco y media, debo ocupar de nuevo mi puesto, y me tienen que llamar, por cierto, con especial delicadeza, para que no me ponga más nerviosa de lo que ya estoy. Por eso me despierta Therese. Bien, ahora ya lo sabe todo y aún continúo aquí. ¡Buenas noches!

Y a pesar de su corpulencia, casi salió a escape de la habitación.

A Karl le ilusionaba la idea de dormir tras una jornada tan agotadora. Y no podía desear un entorno más acogedor para un largo y tranquilo sueño. El cuarto no estaba destinado para dormitorio, más bien se trataba de una sala de estar o, mejor dicho, de un gabinete de visita de la cocinera mayor, y le habían traído un lavatorio para aquella noche. Pero, a pesar de ello, Karl no se sentía un intruso, sino todavía mejor atendido. La maleta estaba a buen resguardo y más segura de lo que había estado en mucho tiempo. En una cómoda con cajones, cubierta con una gruesa manta de lana, había varias fotografías enmarcadas y con cristal; Karl se detuvo en la contemplación del cuarto y las miró. La mayoría eran retratos viejos y representaban a jovencitas con trajes incómodos y anticuados, con sombreros diminutos pero llamativos, colocados con soltura, la mano derecha apoyada en una sombrilla, vueltas hacia el observador, pero con la mirada desviada, sin embargo. Entre los retratos masculinos, a Karl le llamó especialmente la atención el de un joven soldado que se había quitado el quepis; apuesto con sus cabellos negros, destacaba en él una amplia sonrisa, altiva pero contenida. Los botones de su uniforme habían sido dorados posteriormente sobre la fotografía. Todos los retratos procedían todavía de Europa. Eso seguramente se hubiera podido averiguar mirando el reverso, pero Karl no quería tocarlas. Tal como estaban allí aquellas fotografías, así le hubiera gustado a él también colocar el retrato de sus padres en su futura habitación.

Justo cuando se disponía a un aseo de todo el cuerpo, que a causa de su vecina intentaba llevar a cabo con el mayor sigilo posible, como un placer previo al sueño, creyó oír unos ligeros golpes en su puerta. No se podía establecer de inmediato a qué puerta llamaban. También podría tratarse de un ruido casual. Tampoco se repitió enseguida y Karl casi dormía cuando se produjo de nuevo. Ya no cabía duda de que se trataba de alguien que llamaba y que procedía de la puerta de la mecanógrafa. Karl corrió de puntillas a la puerta y preguntó tan bajo que, si a pesar de todo durmieran al lado, no había despertado a nadie:

—¿Desea algo?

De inmediato y en el mismo tono discreto llegó la respuesta.

—¿No desea abrir la puerta? La llave está en su lado.

—Claro –dijo Karl–, pero primero debo vestirme. Se produjo una corta pausa, luego se oyó:

—No es necesario. Abra y métase en la cama. Yo esperaré un poco.

—Bien –dijo Karl, y lo hizo así, pero además encendió la luz–. Ya estoy en la cama –dijo luego más alto–.

En el mismo instante, entró procedente de su oscura habitación la pequeña mecanógrafa, con el mismo vestido que llevaba en la oficina. Durante todo aquel tiempo no había tenido intención de acostarse.

—Mil disculpas –dijo, y permaneció algo inclinada sobre la cama de Karl–, y por favor no me delate. Tampoco quiero robarle mucho tiempo, sé que está muerto de cansancio.

—No importa –dijo Karl–, pero tal vez habría sido mejor que me vistiera.

Tenía que mantenerse estirado por completo para poderse cubrir hasta el cuello, ya que no poseía ningún camisón.

—Solo me quedaré un momento –dijo ella, y tomó una silla–. ¿Puedo sentarme junto al canapé?

Karl asintió. Entonces ella se acomodó tan cerca del canapé que Karl tuvo que retroceder hacia la pared para poder mirarla. Su rostro era redondo, de rasgos regulares. Solo destacaba la frente, demasiado alta. Pero eso podía deberse tal vez al peinado, que no la favorecía. Su aspecto era aseado y pulcro. Con la mano izquierda estrujaba un pañuelo.

—¿Se quedará mucho tiempo aquí? –preguntó–.

—No estoy seguro aún –repuso Karl–, pero creo que me quedaré.

—Eso estaría muy bien –dijo ella y se enjugó el rostro con el pañuelo– … estoy tan sola aquí.

—Me sorprende –dijo Karl–. La señora cocinera mayor es muy amable con usted. No la trata como a una empleada. Incluso pensaba que eran parientes.

—¡Oh, no! –exclamó ella–, me llamo Therese Berchtold y soy de Pomerania.

Karl se presentó a su vez. Tras lo cual ella le miró por primera vez de pies a cabeza, como si al decirle su nombre se hubiera vuelto un poco más extraño. Guardaron silencio durante un rato. Luego dijo ella:

—No crea que soy una desagradecida. Sin la cocinera mayor, mi situación sería mucho peor. Antes era ayudante de cocina en este mismo hotel y corría el riesgo de ser despedida porque no podía aguantar un trabajo tan duro. Aquí se exige mucho. Hace un mes, una ayudante de cocina se desmayó por agotamiento y estuvo quince días en el hospital. Y yo no soy muy fuerte, pasé muchas penurias por lo que me he quedado algo retrasada en mi desarrollo; nadie diría que ya tengo dieciocho años. Pero ahora ya me voy robusteciendo.

—El trabajo aquí debe ser en verdad muy duro —dijo Karl—. Acabo de ver abajo a un ascensorista durmiendo de pie.

—Y eso que los ascensoristas son los que disfrutan de mejores condiciones —dijo ella—. Ganan bastante dinero con las propinas y no tienen que esforzarse ni con mucho tanto como la gente de la cocina. Pero en eso, por una vez, tuve realmente suerte. En una ocasión la cocinera mayor necesitó a una muchacha que dispusiera la vajilla para un banquete y envió a buscar a una cualquiera de las cincuenta que hay en la cocina. Precisamente yo estaba a mano y se sintió muy satisfecha conmigo, ya que siempre he sabido montar mesas. Y así, a partir de entonces, me conservó a su lado y poco a poco me convirtió en su secretaria. Con ello he aprendido mucho.

—¿Hay tanto que escribir aquí? —preguntó Karl—.

—¡Oh, muchísimo! —repuso ella—, no puede ni imaginarlo. Ya ha visto que hoy he trabajado hasta las once y media, y hoy no era un día especial. Por otra parte, no siempre escribo. También me encargo muchas veces de hacer recados en la ciudad.

—¿Cómo se llama la ciudad? –preguntó Karl–.

—¿No lo sabe? –dijo ella–. Ramses.

—¿Es una ciudad grande? –preguntó Karl–.

—Muy grande –repuso ella–, a mí no me gusta ir. Pero ¿no quiere dormir ya?

—No, no –dijo Karl–, todavía no sé por qué ha venido.

—Porque no puedo hablar con nadie. No soy quejosa, pero, cuando realmente no se tiene a nadie, uno se siente feliz al disponer de alguien que le escuche. Ya le vi abajo en la sala, precisamente iba en busca de la cocinera mayor cuando ella se lo llevó a la despensa.

—Esa sala es horrible –dijo Karl–.

—Yo ya ni siquiera lo percibo –repuso ella–. Pero con respecto a la cocinera mayor, le quería decir que es tan buena conmigo como solo lo fue mi madre. Sin embargo, hay una diferencia excesiva de rango entre nosotras para que pudiera hablar libremente con ella. Antes contaba con buenas amigas entre las muchachas de la cocina, pero hace tiempo que se marcharon, y a las nuevas apenas las conozco. A veces creo que mi trabajo actual me exige más que el anterior, que ni siquiera lo desempeño tan bien como aquel, y que la cocinera mayor me mantiene en el empleo solo por compasión. Al fin y al cabo, se necesita poseer una mejor formación para ser secretaria. Es un pecado decirlo, pero a menudo temo volverme loca. Pero, por Dios –dijo de repente con mayor vehemencia y oprimió fugazmente el hombro de Karl dado que este mantenía las manos bajo la manta–, no debe decirle ni una palabra de esto a la cocinera mayor, de lo contrario estaré realmente perdida. Si además de las complicaciones que le traigo con mi trabajo le procurara sufrimientos, ya sería excesivo.

—Es evidente que no le diré nada –repuso Karl–.

—Entonces está bien –dijo ella–, y quédese aquí. Me alegraría que lo hiciera y, si le parece bien, podríamos ayudarnos mutuamente. En cuanto le vi por primera vez, confié en usted, y, a pesar de ello, vea cuán indigna soy, temí que la cocinera mayor pudiera colocarle de secretario en mi lugar y despedirme. Luego, cuando me quedé largo tiempo sentada mientras usted estaba abajo en la oficina, llegué a pensar que incluso sería bueno si se hiciera cargo de mi trabajo, pues seguro que lo entendería mucho mejor. Y que si no quisiera hacer los recados en la ciudad, yo podría conservar ese trabajo. Y que en caso contrario seguro que sería mucho más útil en la cocina, sobre todo ahora que estoy mucho más fuerte.

—El asunto ya está solucionado –dijo Karl–, yo seré ascensorista y usted continuará de secretaria. Pero si le hace la menor insinuación sobre sus planes a la cocinera mayor, revelaría todo lo que me ha dicho hoy por mucho que lo lamentara.

El tono que empleó inquietó tanto a Therese que esta se arrojó a la cama y hundió el rostro en la colcha gimiendo.

—No revelaré nada –dijo Karl–, pero usted tampoco debe hacerlo.

Ya no podía refugiarse del todo bajo la manta. Acarició ligeramente su brazo sin encontrar nada adecuado que decirle y solo pensó que la vida allí era amarga. Por fin, Therese se tranquilizó lo suficiente para no avergonzarse por su llanto, miró agradecida a Karl. Le convenció para que durmiera hasta tarde al día siguiente, y le prometió subir a despertarle a las ocho si disponía de tiempo.

—Me gustaría. Despierta usted con tanta habilidad… –dijo Karl–.

—Sí, algunas cosas sé hacerlas –dijo ella, acarició suavemente la colcha con la mano a modo de despedida y corrió a su habitación–.

Al día siguiente, Karl insistió en incorporarse a su puesto de inmediato, a pesar de que la cocinera mayor le quería dar el día libre para que visitara Ramses. Pero Karl le dijo con franqueza que ya tendría ocasión para ello; ahora lo más importante para él era trabajar. Ya en Europa había interrumpido sin provecho un trabajo de otro tipo; y ahora empezaba como ascensorista a una edad en la que, por lo menos los jóvenes espabilados, ya estaban en condiciones de obtener un trabajo mejor siguiendo las reglas del juego. Era del todo acertado que empezara como ascensorista, pero también lo era que debía esforzarse especialmente. En tales condiciones, la visita a la ciudad no le procuraría ningún placer. Ni siquiera fue capaz de decidirse a dar un corto paseo al que Therese le invitó. Continuamente le rondaba la idea de que, si no era diligente, acabaría como Delamarche y Robinson.

En la sastrería del hotel le probaron el uniforme de ascensorista, en apariencia muy suntuoso, con botones y cintas dorados, pero al probárselo, Karl se estremeció ligeramente, pues en especial por los sobacos, la chaquetilla estaba fría, dura y mojada del sudor de los ascensoristas que lo habían llevado antes que él. Tuvieron que ensancharle el uniforme por los hombros, pues ninguno de los diez disponibles le servían ni siquiera provisionalmente. A pesar de esa imprescindible tarea de costura y aunque el sastre parecía muy escrupuloso –el uniforme voló por dos veces de sus manos de nuevo al taller–, todo estuvo listo en cinco minutos, y Karl abandonó el taller vestido ya de ascensorista, con los pantalones muy ajustados y, a pesar de todas las aseveraciones en contra del sastre, una chaquetilla muy estrecha que inducía a hacer ejercicios respiratorios para comprobar si todavía era posible respirar.

A continuación, se presentó ante el metre del hotel a cuyas órdenes debía servir, un hombre esbelto y apuesto de nariz prominente que debía rondar los cuarenta. No disponía de tiempo ni siquiera para enfrascarse en la conversación más trivial y se limitó a llamar a un ascensorista, casualmente aquel que Karl había visto el día anterior. El metre le llamó por su nombre, Giacomo, de lo que Karl se enteró más tarde, pues en inglés el nombre resultaba irreconocible. Este chico recibió el encargo de enseñarle a Karl lo imprescindible para atender el ascensor, pero era tan tímido y apresurado, que Karl, a pesar de lo poco que había que enseñar, ni siquiera se enteró de ese poco. Seguro que Giacomo también estaba disgustado porque tenía que dejarle a Karl la mitad del servicio del ascensor y se le destinó para ayudar a las camareras en el arreglo de las habitaciones, lo cual, tras determinadas experiencias que se guardó de comentar, le parecía desagradable. Karl estaba decepcionado sobre todo porque un ascensorista solo tenía algo que ver con la maquinaria del ascensor en la medida en que con una sencilla presión sobre el botón lo ponía en marcha, mientras que para las reparaciones del engranaje se empleaba exclusivamente a los maquinistas del hotel. Y Giacomo, por ejemplo, a pesar de llevar medio año de servicio en el ascensor, no había visto ni los motores en el sótano ni la maquinaria interna del ascensor, a pesar de que, como manifestó abiertamente, le hubiera gustado mucho.

En general se trataba de un trabajo monótono y tan agotador —la jornada era de doce horas, en turnos alternos de noche y día—, que, según las informaciones de Giacomo, no podía soportarse más que durmiendo de pie a ratos. Karl no hizo ningún comentario, pero comprendió que precisamente con ese arte había ganado el puesto Giacomo.

Karl se alegró de que el ascensor que le designaron estuviera destinado solo a los pisos superiores, con lo que no tendría que vérselas con la clientela adinerada y más exigente. Por otra parte, allí no podía aprenderse tanto como en otro lugar y era bueno solo para empezar.

Al cabo de una semana, Karl descubrió que ya era del todo capaz para el trabajo. Los bronces de su ascensor eran los mejor pulidos, ninguno de los otros treinta ascensores podía comparársele, y tal vez aún habrían brillado más si el chico que trabajaba en el mismo ascensor solo hubiera sido algo más afanoso y no se hubiera sentido arropado en su dejadez por la laboriosidad de Karl. Era un nativo americano, de nombre Renell, un joven altanero de ojos oscuros y mejillas lisas, algo hundidas. Poseía un elegante traje de calle con el que se apresuraba a la ciudad, ligeramente perfumando, en sus noches libres.

De vez en cuando también le pedía a Karl que le sustituyera alguna noche, alegando que por motivos familiares debía ausentarse, y le preocupaba poco que su aspecto contradijera tales justificaciones. A pesar de ello, Karl se llevaba bien con él y le gustaba cuando tales noches, antes de salir, Renell, vestido con su traje, se detenía frente a él junto al ascensor, se disculpaba mientras se estiraba los guantes, y luego desaparecía por el pasillo. Por lo demás, con las sustituciones, Karl solo quería hacerle un favor que al principio le parecía natural para con un colega mayor, pero que no debía convertirse en una costumbre. Pues ese continuo subir y bajar en el ascensor era harto cansado, sobre todo en las horas nocturnas, cuando los viajes se sucedían casi sin interrupción.

Karl también aprendió pronto a hacer las breves y profundas reverencias que se exigen a un ascensorista, y cogía las propinas al vuelo. Desaparecían en el bolsillo de su chaqueta y por su expresión nadie hubiera podido deducir si era grande o pequeña. A las damas les abría la puerta con un alarde de galantería suplementaria y con un movimiento airoso y elegante entraba lentamente en el ascensor detrás de ellas, que, preocupadas por sus faldas, sombreros y ador-

nos, solían subir más vacilantes que los hombres. Durante
el viaje –puesto que era el modo de pasar más desapercibido– permanecía junto a la puerta, dando la espalda a los
viajeros, y asía la manilla de la puerta del ascensor para
abrirla lateralmente en el momento de llegada, de golpe
pero sin brusquedad. En las contadas ocasiones en que le
daban alguna palmada amistosa durante el viaje para pedirle alguna información, se volvía veloz, como si lo hubiera
estado esperando, y respondía con voz clara. A menudo,
a pesar de los numerosos ascensores, sobre todo al terminar
la función de teatro o tras la llegada de determinados trenes
expresos, se formaba tal tumulto que, apenas llegados los
huéspedes arriba, debía volver abajo volando para recoger a
los que esperaban. También tenía la posibilidad de aumen-
tar la velocidad habitual, estirando de un cable que cruzaba
la caja del ascensor, pero la normativa lo prohibía y se decía
que era peligroso. Karl tampoco lo hacía nunca cuando llevaba pasajeros, pero cuando los había dejado arriba y esperaban más abajo, entonces no tenía freno y tiraba del cable
con movimientos vigorosos y rítmicos como los de un marinero. Sabía además que eso también lo hacían los demás
ascensoristas, y no estaba dispuesto a perder a sus pasajeros.
Algunos clientes, que llevaban más tiempo en el hotel, cosa
bastante común allí, mostraban de vez en cuando con una
sonrisa que reconocían en Karl a su ascensorista. Este aceptaba tales muestras de amabilidad con semblante serio, pero
con agrado. A veces, cuando la actividad disminuía, también podía llevar a cabo pequeños encargos. Por ejemplo, ir
a buscar a una habitación alguna cosa que algún huésped
hubiera olvidado y que no quisiera molestarse en regresar.
Entonces volaba solo en su ascensor, que le resultaba especialmente familiar en tales momentos, entraba en la habitación extraña donde por lo general había objetos raros, que

jamás había visto, esparcidos o colgados del vestidor. Notaba el olor característico de un jabón extraño, un perfume, un agua de enjuagues, y se apresuraba, sin detenerse ni un momento, a volver con el objeto hallado a pesar de las imprecisas indicaciones que le habían dado. A menudo lamentaba no poder aceptar encargos más importantes, ya que para ello había determinados ordenanzas y botones que recorrían el camino en bicicleta o incluso en motocicleta. Karl solo podía prestarse a hacer recados en las habitaciones, los comedores o las salas de juegos en circunstancias muy determinadas.

Cuando tras la jornada de doce horas, salía del trabajo, tres días seguidos a las seis de la tarde y los tres siguientes a las seis de la mañana, estaba tan cansado que se iba directo a la cama sin preocuparse de nadie. Esta se hallaba en el dormitorio común de los ascensoristas. La cocinera mayor, cuya influencia era menor de lo que él creyó la primera noche, se había esforzado por conseguirle una habitación propia, y lo hubiera logrado, pero como Karl vio las dificultades que le reportaba y la frecuencia con que la cocinera mayor telefoneaba a su superior a causa de este asunto, a aquel metre tan ocupado, renunció a ello. Convenció a la cocinera mayor de la seriedad de su renuncia con el argumento de que no deseaba ser envidiado por los demás chicos a causa de un privilegio que no se había ganado por sí mismo. De todos modos, aquella sala no era un dormitorio tranquilo. Como cada uno se distribuía a su antojo las doce horas libres para comer, dormir, divertirse y hacer servicios suplementarios, en la sala reinaba siempre un gran alboroto. Allí dormían algunos y se cubrían las orejas con la manta para no oír nada; si uno se despertaba, gritaba tan furioso por encima de los gritos de los demás, que tampoco los restantes, por bien que durmieran podían aguantarlo. Casi cada chico tenía una pipa, que era como una especie de lujo. También Karl se compró una y pronto le tomó gusto. Pero durante el servicio no se podía fumar y, en consecuencia, todos fumaban en el dormitorio mientras no dormían. Por tanto, cada cama se hallaba envuelta en su propia nube de humo, y toda la sala en un vaho común. Resultaba imposible imponer la idea –a pesar de que en realidad la mayoría estaba teóricamente de acuerdo– de que por la noche solo se encendiera una luz en un extremo de la sala. Si tal propuesta hubiera prosperado, aquellos que querían dormir lo hubieran podido hacer tranquilamente en la parte de la sala en penumbra –una sala amplia con cuarenta camas–, mientras el resto, en la parte iluminada, podían jugar a los dados, a las cartas y hacer todo aquello para lo que se necesitara luz. Si uno cuya cama estuviera en la mitad iluminada de la sala, quisiera acostarse, podría echarse en una de las camas libres en la parte oscura, pues siempre había suficientes camas libres y nadie objetaba nada porque alguien utilizara pasajeramente su cama. Pero no había noche en la que se cumpliera esta distribución. Siempre se encontraba, por ejemplo, a dos que después de aprovechar la oscuridad para dormir algo, tenían ganas de jugar a las cartas en sus camas, sobre una tabla colocada entre ellas, y naturalmente encendían una lámpara eléctrica cuya luz punzante despertaba a los que dormían si estaban vueltos hacia ella. Estos se removían un poco en la cama, pero al final no encontraban nada mejor qué hacer y con el vecino, asimismo despierto, emprendían un juego bajo una nueva iluminación. Y, de nuevo, todas las pipas volvían a humear. Sin embargo, también había algunos que querían dormir a toda costa –Karl solía ser de estos–, los cuales, en lugar de sacar la cabeza de la almohada, se la cubrían o envolvían con ella. Pero ¿cómo se podía dormir cuando el vecino se levantaba en plena noche, para divertirse un poco en la ciudad antes de entrar en servicio; cuando se aseaba en el lavabo situado a la cabecera de la cama haciendo ruido y salpicando de agua; cuando no solo se embutía las botas golpeando, sino dando taconazos para que entraran mejor –casi todos, a pesar de la horma americana calzaban botas demasiado estrechas–, y luego, si le faltaba algún detalle de su atuendo, levantaban la almohada del que dormía, bajo la cual, largo rato despierto ya, este solo esperaba para saltar sobre el importuno? Además, casi todos eran deportistas, muchachos jóvenes y robustos que no querían desperdiciar ocasión alguna para hacer ejercicio. Y cuando uno se levantaba por la noche de un salto, despertado en pleno sueño por el estrépito, con certeza se encontraba junto a la cama a dos luchadores, y de pie, sobre todas las camas circundantes, bajo una luz penetrante, a los árbitros, en camisa y calzoncillos.

A causa de una de esas peleas nocturnas, en una ocasión uno de los luchadores cayó sobre el dormido Karl, y lo primero que vio este al abrir los ojos fue la sangre que le manaba al chico por la nariz, manchando toda la ropa de la cama antes de que pudiera tomar ninguna medida. A menudo, Karl se pasaba casi las doce horas intentando ganar algunas horas de sueño, a pesar de que también le atraía sobremanera participar en las distracciones de los demás. Pero una y otra vez le parecía que todos los demás le llevaban ventaja en su vida, y que debía compensarla mediante una mayor diligencia en su trabajo y también con pequeñas renuncias. Así, a pesar de que le importaba mucho dormir a causa del trabajo, no se quejaba ni a la cocinera mayor ni a Therese de las condiciones imperantes en el dormitorio. En primer lugar, porque los muchachos sobrellevaban esas duras condiciones sin quejarse seriamente y, en segundo lugar, porque consideraba que el bullicio de la sala era una parte inseparable de su tarea como ascensorista, tarea que había aceptado con gratitud de manos de la cocinera mayor.

Una vez a la semana, con motivo del cambio de turno, tenía veinticuatro horas libres, que en parte empleaba en visitar una o dos veces a la cocinera mayor, y en entablar conversaciones fugaces en un lugar cualquiera, un rincón, un pasillo, y raras veces en la habitación, con Therese, a cuyo escaso tiempo libre intentaba adaptarse. De vez en cuando también la acompañaba a hacer recados a la ciudad, que debía cumplir con diligencia. Entonces casi corrían, Karl llevándole el bolso, hasta la próxima estación del suburbano. El viaje transcurría en un vuelo, como si el tren fuera impulsado sin encontrar resistencias, y apenas dentro ya se apeaban, galopando escaleras arriba, sin esperar al ascensor que les parecía demasiado lento. Una vez fuera, aparecían las grandes plazas desde las cuales irradiaban las calles como puntas de estrellas en todas direcciones, y donde confluía el tumulto del tráfico que, en línea recta, afluía de todas partes. Pero Karl y Therese se apresuraban, muy juntos, a las diversas oficinas, lavanderías, almacenes y comercios en los que no se podía hacer encargos o quejarse fácilmente por teléfono de cosas por otra parte poco importantes. Therese notó pronto que la ayuda de Karl le era preciosa, que conseguía una mayor rapidez y eficacia. En su compañía nunca tenía que esperar, como solía ocurrir antes, a que los atareados comerciantes la escucharan. Él avanzaba hasta el mostrador y golpeaba con los nudillos hasta que le hacían caso, gritaba por encima de murallas humanas con su inglés todavía con algo de acento que destacaba fácilmente entre cien voces, se dirigía sin vacilar a la gente, aunque se hubieran retirado altaneros al fondo de los establecimientos comerciales más largos. No lo hacía por arrogancia y justipreciaba toda resistencia, pero se sentía respaldado por una posición segura que le confería derechos:

el Hotel Occidental era un cliente del que no se podían hacer burlas y, por otra parte, Therese, a pesar de su experiencia comercial, necesitaba ayuda.

—Debería acompañarme siempre —decía esta a veces, riendo feliz cuando volvían de alguna empresa resuelta con especial habilidad—.

Durante el mes y medio que Karl estuvo en Ramses, solo estuvo en tres ocasiones durante un buen rato, más de dos horas, en la reducida habitación de Therese, más pequeña que alguna de las dependencias de la cocinera mayor. Los pocos objetos que había en ella estaban distribuidos más o menos en torno a la ventana, pero por sus experiencias en el dormitorio común, Karl ya apreciaba el valor de una habitación propia, relativamente tranquila. Y aunque no lo expresara, Therese notó lo mucho que le gustaba su cuarto. No tenía secretos para él, y tampoco hubiera sido fácil tenerlos tras aquella visita de la primera noche. Era hija ilegítima, su padre había sido enlucidor en la construcción y había hecho que su mujer e hija le siguieran desde Pomerania. Pero como si con ello ya hubiera cumplido su deber o hubiera esperado a otras personas en lugar de la ajada mujer y la frágil niña que recibió en el puente de desembarque, poco después de su llegada emigró a Canadá, y las que se quedaron no recibieron ni una carta ni noticia alguna de él, lo cual en parte no resultaba sorprendente, pues andaban perdidas e inencontrables en los apartamentos masificados del este de Nueva York.

En una ocasión en que Karl se encontraba junto a Therese frente a la ventana, mirando a la calle, esta le habló de la muerte de su madre. Una tarde de invierno, su madre y ella, que debía contar entonces cinco años, recorrían las calles cada una con su hatillo, buscando un lugar dónde dormir. La madre la había llevado primero de la mano —caía una tormenta de nieve y era difícil avanzar–, hasta que la mano se paralizó y, sin mirarla, soltó a Therese, la cual tuvo que esforzarse para aferrarse por sí misma a las faldas de su madre. Therese tropezaba a menudo e incluso se caía, pero la madre parecía haber perdido la razón y no se paraba. ¡Y aquellas tormentas de nieve en las largas y rectas calles de Nueva York! Karl todavía no había pasado ningún invierno en Nueva York. Si se anda contra el viento y este sopla en remolinos, no se pueden abrir los ojos ni por un momento; el viento le frota a uno la nieve contra el rostro continuamente, se corre, pero no se avanza, es algo desesperante. Naturalmente, un niño tiene la ventaja sobre los adultos de que anda por debajo del viento y todo le procura una cierta alegría. Por eso entonces Therese no podía entender muy bien a su madre, y estaba convencida de que si aquella noche hubiera adoptado un comportamiento más inteligente con respecto a ella –claro que todavía era muy pequeña–, esta no hubiera padecido una muerte tan miserable.

Su madre llevaba ya dos días sin trabajo, carecía de dinero, pasaron el día a la intemperie sin probar bocado, y en sus hatillos solo arrastraban consigo andrajos inútiles que, tal vez por superstición, no se atrevían a tirar. La madre creía, sin embargo, que al día siguiente podría obtener un trabajo en una obra, pero temía, como intentó explicárselo a Therese durante todo el día, no poder aprovechar la oportunidad, pues se sentía exhausta. Por la mañana, con gran espanto de los transeúntes, había escupido mucha sangre en la calle, y su único anhelo consistía en llegar a algún lugar caliente para descansar. Y precisamente aquella noche fue imposible encontrar un rinconcito. Allí donde no las expulsaba enseguida el casero del zaguán, donde hubieran podido reponerse un poco del frío, cruzaban corriendo estrechos y glaciales corredores, subían afanosamente los altos pisos, rodeaban las estrechas terrazas de los patios, llamaban infructuosamente a las puertas, unas veces sin atreverse a dirigirle la palabra a nadie, otras rogándole a todo aquel con el que se cruzaban y una o dos veces la madre llegó incluso a sentarse sin aliento en el peldaño de una escalera silenciosa, abrazando a Therese que casi se defendía y besándola con una dolorosa presión de los labios. Cuando después se sabe que aquellos fueron los últimos besos, no se concibe cómo aún siendo una criatura, se ha podido ser tan ciega para no comprenderlo. Algunos de los cuartos por los que pasaban, tenían las puertas abiertas para dejar salir el aire sofocante, y entre el humo brumoso que salía de los cuartos como si se hubiera producido un incendio, solo se destacaba la figura de alguien apoyado en el marco de la puerta, confirmando con su muda presencia o con pocas palabras, la imposibilidad de alojarse allí. Recordándolo, Therese creía ahora que la madre solo buscó alojamiento realmente durante las primeras horas, pues pasada la medianoche ya no le dirigió la palabra a nadie, a pesar de que, con pequeñas pausas, continuaron andando hasta el amanecer, y a pesar de que en aquellas casas, cuyos portales y puertas de los apartamentos no se cierran nunca, siempre hay vida y uno se encuentra gente a cada paso. Naturalmente, no era un andar ligero que las hiciera avanzar rápido, era tan solo el esfuerzo extremo del que eran capaces, y en realidad hubiera podido calificarse de un simple arrastrarse. Therese tampoco sabía si desde medianoche hasta las cinco de la madrugada estuvieron en veinte casas o en dos o tan solo en una. Los pasillos de estos edificios están construidos según inteligentes planos para aprovechar al máximo el espacio, pero sin tener en cuenta la facilidad de orientación. ¡Cuántas veces no habrían recorrido los mismos pasillos! Therese recordaba vagamente que abandonaron el portal de una casa que habían recorrido eternamente, pero también le parecía que una vez en la callejuela se habían vuelto de inmediato para refugiarse de nuevo en aquella casa. Naturalmente, para la niña era un padecimiento incomprensible ser arrastrada de aquel modo, sostenida unas veces por su madre, aferrándose otras a ella, sin ni una palabra de consuelo, y en su incomprensión, le pareció que solo había una explicación para todo aquello: que su madre quería deshacerse de ella. Por eso Therese se agarraba con mayor fuerza, incluso cuando la madre la llevaba de una mano, a la falda con la otra para mayor seguridad, llorando a intervalos. No quería ser abandonada allí, entre las gentes que ascendían las escaleras y se alejaban taconeando, que detrás suyo, invisibles todavía, se acercaban por un recodo de la escalera, que en los pasillos, frente a una puerta, se peleaban y empujaban unos a otros dentro de la habitación. Había borrachos que deambulaban por la casa cantando sordamente, y la madre logró sortear felizmente a tales grupos que iban a cerrarles el paso. Con certeza, a altas horas de la noche, cuando ya no se presta tanta atención y nadie insiste ya en defender sus derechos, por lo menos hubieran podido colarse en uno de los dormitorios comunes alquilados por los propietarios, pues pasaron por delante de varios, pero aunque Therese no lo entendía, parecía que su madre ya no quisiera descansar.

Por la mañana, comienzo de un hermoso día invernal, se apoyaron ambas contra el muro de un edificio y allí quizá durmieron un rato, quizá tan solo pasearon la mirada en torno. Comprobaron que Therese había perdido su hatillo, y la madre se dispuso a pegarla en castigo por su distracción, pero Therese no oyó ni percibió ningún golpe. Luego continuaron por las callejuelas que iban adquiriendo vida, la madre siempre apoyada en la pared, cruzaron un puente, donde la madre limpió la escarcha de la barandilla con la mano, y al fin llegaron. Entonces Therese lo aceptó con naturalidad, ahora no lo entendía, llegaron precisamente a aquella obra donde habían contratado a su madre para aquella mañana. No le dijo a Therese si debía esperar o marcharse, y Therese lo tomó como una orden de espera, puesto que eso era lo que mejor correspondía a sus deseos. Así pues, se sentó sobre un montón de ladrillos y miró cómo su madre abría el hatillo, sacaba un trapo de colores y se cubría con él el pañuelo de la cabeza que había llevado toda la noche. Therese estaba demasiado cansada y no se le ocurrió ayudar a su madre. Sin presentarse en la caseta de la construcción, como era habitual, y sin preguntar a nadie, la madre subió una escalera como si ya supiera por sí misma qué trabajo le habían asignado. Therese se sorprendió, ya que los peones se ocupaban habitualmente de disolver la cal, alcanzar los ladrillos y demás tareas sencillas. En consecuencia, pensó que aquel día su madre deseaba llevar a cabo un trabajo mejor remunerado, y le sonrió somnolienta. La construcción todavía no era alta, apenas llegaba a la planta baja, aunque ya se elevaban al cielo los altos armazones para continuarla, pero sin andamiajes de unión. Arriba, la madre sorteó con habilidad a los albañiles, que colocaban ladrillo sobre ladrillo e incomprensiblemente no le hablaron. Se aferró cautelosa, con mano delicada, a un andamio de madera que servía de barandilla, mientras Therese se admiraba desde abajo, en su modorra, de aquella habilidad y creyó ver una mirada de afecto en los ojos de su madre. En su paseo, la madre llegó a un pequeño montón de ladrillos ante el cual se interrumpía la barandilla y seguramente también el camino, pero no se detuvo, se abalanzó sobre el montón, su habilidad pareció abandonarla, lo derribó y se precipitó al vacío por encima de él. Muchos ladrillos rodaron tras ella y al final, un buen rato después, se soltó una pesada tabla y cayó con estrépito sobre ella. El último recuerdo que Therese conservaba de su madre era una figura que yacía allí con las piernas separadas y la falda a cuadros, que se había traído de Pomerania, cubierta casi por aquella tabla, gente acercándose por todas partes y un hombre gritando furioso desde lo alto de la obra.

Se había hecho tarde cuando Therese terminó su relato. Había hablado largo y tendido, cosa que no era costumbre en ella, y precisamente en los pasajes más insignificantes como la descripción de los andamios, cada uno de los cuales se elevaba aislado hacia el cielo, había tenido que contenerse, con lágrimas en los ojos. Recordaba cada detalle de lo que había ocurrido entonces, ahora, diez años más tarde, con toda exactitud. Y dado que la mirada de su madre desde la planta baja a medio construir era el último recuerdo que guardaba de su vida y no podía relatárselo con suficiente precisión a su amigo, quiso volver a ello una vez finalizado su relato, pero se detuvo, ocultó el rostro entre las manos y no dijo una palabra más.

Pero también hubo momentos más divertidos en el cuarto de Therese. Durante la primera visita, Karl descubrió allí un manual de correspondencia comercial, y tras sus ruegos, lo recibió en calidad de préstamo. Al mismo tiempo hablaron de que Karl haría los ejercicios del manual y Therese, que ya lo había estudiado en la medida en que sus pequeñas tareas lo requerían, los revisaría. Así, Karl se pasó noches enteras, con algodón en los oídos, abajo en su cama del dormitorio común, variando en lo posible de postura, leyendo el libro y garabateando con una pluma los ejercicios en un cuadernillo que la cocinera mayor le había regalado en premio por prepararle y llenarle con precisión un gran inventario muy práctico. Consiguió convertir las interrupciones inoportunas de los demás muchachos en beneficio, al pedirles siempre pequeños consejos sobre la lengua inglesa, hasta que se hartaron y le dejaron en paz. A menudo se sorprendía de lo reconciliados que estaban los demás con su actual situación, sin notar su carácter provisional –no se aceptaban ascensoristas mayores de veinte años–, no veían la necesidad de tomar una decisión con respecto a su futura profesión, y a pesar del ejemplo de Karl, no leían más que novelas policiacas cuando lo hacían, novelas que se pasaban de cama en cama en manoseados cuadernillos. En las reuniones, Therese corregía con excesivo celo; se producían opiniones encontradas. Karl ponía por testigo a su gran maestro de Nueva York, pero a ojos de Therese, este valía tan poco como las opiniones gramaticales del ascensorista. Le quitaba la pluma de la mano y tachaba todos los pasajes de cuyos errores estaba convencida, pero en semejantes casos de duda, a pesar de que ninguna autoridad superior a Therese debía ver el asunto, Karl por escrupulosidad, volvía a tachar las rayas de Therese. De todos modos, de vez en cuando aparecía la cocinera mayor y decidía entonces siempre a favor de Therese, lo cual todavía no era demostrativo, ya que Therese era su secretaria. Pero al mismo tiempo traía la reconciliación, pues se preparaba té y se mandaba a buscar pasteles. Entonces Karl tenía que hablar de Europa, de todos modos con muchas interrupciones por parte de la cocinera mayor, que no dejaba de preguntarle y se sorprendía mucho, de manera que Karl se dio cuenta de lo mucho que aquello había cambiado en relativamente poco tiempo, y lo mucho que desde su ausencia se habrían modificado ya y continuarían modificándose.

Haría un mes que Karl se encontraba en Ramses; cuando una noche Renell le dijo al pasar que un hombre llamado Delamarche le había hablado y le había preguntado por Karl en la entrada. Renell no tenía ningún motivo para callarse, y acorde a la verdad le explicó que Karl era ascensorista, pero tenía posibilidades, gracias a la cocinera mayor, de ascender. Karl se apercibió de la cautela con la que Delamarche había tratado a Renell, al cual incluso había invitado a cenar aquella noche.

—Ya no tengo nada que ver con Delamarche —dijo Karl—, ¡y tú, cuídate mucho de él!

—¿Yo? —dijo Renell, se desperezó y se marchó apresurado—.

Era el muchacho más apuesto del hotel, y entre los demás corría el rumor —sin que se conociera al instigador— de que una distinguida dama, que residía hacía algún tiempo en el hotel, le había besado (si no había pasado algo más) en el ascensor.

Él, que conocía el rumor, encontraba un gran encanto en ver pasar a su lado aquella altiva dama, cuya apariencia no permitía sospechar ni por asomo semejante comportamiento, con sus pasos tranquilos y ligeros, sus delicados velos y el talle muy ceñido. Residía en la primera planta y el ascensor de Renell no era el suyo, pero naturalmente, si por un momento los demás ascensores estaban ocupados, a tales huéspedes no se les podía impedir el acceso a otro ascensor. Así sucedía que de vez en cuando, aquella dama montaba en el ascensor de Karl y Renell, pero solo cuando este estaba de servicio. Podía ser casual, pero nadie lo creía, y cuando el ascensor partía con ambos, se producía entre todos los ascensoristas una inquietud a duras penas reprimida, que incluso había provocado la intervención de un metre. Se tratara de la dama o del rumor, el caso es que Renell había cambiado, aún se había vuelto más altivo, dejó todo el trabajo de limpieza a Karl, el cual esperaba la primera oportunidad para hablar seriamente del asunto, y ya no se le veía en el dormitorio común. Ningún otro se había apartado tanto de la comunidad de ascensoristas, pues en general, por lo menos en las cuestiones laborales, se mantenían muy unidos y tenían una organización reconocida por la dirección del hotel.

Karl repasó todo esto, también pensó en Delamarche, y por lo demás, continuó prestando sus servicios como siempre. Hacia medianoche tuvo un respiro, pues Therese, que a menudo le sorprendía con un pequeño regalo, le llevó una gran manzana y una tableta de chocolate. Conversaron un poco, sin que les molestaran las interrupciones a causa de los viajes en ascensor. La conversación recayó también en Delamarche, y Karl notó que en realidad se había dejado influenciar por Therese al considerar de un tiempo a esta parte a Delamarche un individuo peligroso, pues así se lo parecía a Therese según los relatos de Karl. Pero en el fondo, Karl le consideraba un bribón que se había dejado degenerar por la desgracia, y con el que uno podía entendérselas. Sin embargo, Therese se lo rebatió con mucho empeño y con largas alecciones quiso arrancarle a Karl la promesa de no volver a cruzar ni una palabra con Delamarche. En lugar de hacer tal promesa, Karl la instó repetidamente a acostarse, puesto que hacía mucho ya que había pasado la medianoche y, como ella se negaba, la amenazó con abandonar su puesto para conducirla hasta su cuarto. Cuando por fin se avino a irse, dijo él:

—¿Por qué te preocupas inútilmente, Therese? Por si eso te ayudara a dormir, te prometeré que solo hablaré con Delamarche si es imprescindible.

Luego tuvo que realizar muchos viajes, pues el muchacho del ascensor contiguo fue llamado a otras tareas, y Karl tuvo que encargarse de los dos ascensores. Hubo huéspedes que se quejaron de la desorganización, y un caballero que acompañaba a una dama rozó incluso ligeramente a Karl con el bastón para apremiarle, una advertencia harto innecesaria. Si por lo menos los huéspedes, al ver que faltaba un ascensorista, hubieran entrado en el ascensor de Karl, pero no lo hacían, sino que se dirigían al ascensor contiguo y permanecían allí, con la mano en la manilla o incluso entraban solos en el ascensor, lo cual según la norma más severa del reglamento de servicio los ascensoristas debían evitarlo a toda costa. Así Karl tuvo que emplearse en un agotador ir y venir, sin tener por ello conciencia de estar cumpliendo exactamente con su obligación. Hacia las tres de la madrugada, un recadero, un hombre viejo con el que mantenía cierta amistad, se empeñó en que le prestara un servicio, pero no pudo cumplirlo en ningún caso, pues había huéspedes esperando delante de ambos ascensores. Y se requería una gran presencia de ánimo para decidirse enseguida por uno de los grupos, dirigiéndose a él a grandes zancadas. Por eso se alegró cuando llegó el otro ascensorista, y le gritó unas palabras de reproche por su larga ausencia, a pesar de que este probablemente no tenía la culpa.

Pasadas las cuatro de la madrugada, reinó algo de tranquilidad, que Karl necesitaba ya con urgencia. Se apoyó desfallecido en la balaustrada junto a su ascensor, comió despacio la manzana, que despidió un intenso aroma al primer bocado y miró por una claraboya, rodeada por las grandes ventanas de la despensa, detrás de las cuales apenas se vislumbraban, entre sombras, unos racimos colgantes de plátanos.

El caso Robinson

Entonces, alguien le dio una palmada en el hombro. Karl, pensando naturalmente que se trataba de un huésped, se metió deprisa la manzana en el bolsillo y se apresuró hacia el ascensor, sin mirar apenas al hombre.

—Buenas noches, señor Rossmann –dijo entonces el hombre–, soy yo, Robinson.

—¡Cuánto ha cambiado! –dijo Karl y meneó la cabeza–.

—Sí, ahora me va bien –dijo Robinson y se miró el traje, compuesto tal vez de prendas finas, pero combinadas de tal manera que el conjunto parecía bastante miserable. Lo más llamativo era un chaleco blanco, sin duda recién estrenado, con cuatro bolsillos ribeteados de negro y del cual Robinson hacía ostentación sacando el pecho–.

—Lleva usted ropas caras –dijo Karl, y pensó fugazmente en su sencillo y hermoso traje, con el cual incluso habría podido competir con Renell y que los dos malos amigos habían vendido–.

—Sí –dijo Robinson–, casi todos los días me compro algo. ¿Qué le parece el chaleco?

—Está muy bien –dijo Karl–.

—Los bolsillos no son auténticos, solo sirven de adorno –dijo Robinson y tomó la mano de Karl para que este se convenciera por sí mismo. Pero Karl retrocedió, pues el aliento de Robinson apestaba a aguardiente–.

—Vuelve usted a beber mucho –dijo Karl, y se apoyó de nuevo en la balaustrada–.

—No –dijo Robinson–, no mucho –y añadió en contradicción con su anterior alegría–: ¿Y qué otra cosa le queda al hombre en este mundo?

Un viaje interrumpió la conversación, y apenas Karl estuvo de nuevo abajo, se produjo una llamada telefónica a causa de la cual Karl tuvo que ir en busca del médico del hotel, pues en la séptima planta una dama había sufrido un desmayo. Mientras se encaminaba en busca del médico, el más íntimo deseo de Karl era que Robinson se marchara entretanto, pues no quería ser visto en su compañía, y recordando la advertencia de Therese, tampoco deseaba saber nada de Delamarche. Pero Robinson continuaba esperando en la rígida postura de un borracho. Y en ese preciso instante pasaba por allí un empleado importante del hotel, con levita y sombrero de copa, por suerte sin prestar, al parecer, demasiada atención a Robinson.

—Rossmann, ¿no quiere venir a visitarnos alguna vez? Ahora nos lo pasamos muy bien –dijo Robinson y miró a Karl invitante–.

—¿Me invita usted o Delamarche? –preguntó Karl–.

—Yo y Delamarche. Estamos de acuerdo –dijo Robinson–.

—Entonces le digo a usted, y le ruego que se lo transmita a Delamarche, que nuestra despedida, por si no quedó claro entonces, fue definitiva. Ustedes dos me han causado más penas de las que nadie me causó nunca. ¿Acaso se han propuesto continuar molestándome?

—Pero si somos compañeros –dijo Robinson, y a sus ojos asomaron repugnantes lágrimas de beodo–. Delamarche me envía para decirle que quiere resarcirle por todo lo anterior. Ahora vivimos con Brunelda, una cantante magnífica.

Y acto seguido, quiso cantar una canción a grandes voces, pero Karl le interrumpió a tiempo:

—¡Cállese de inmediato! ¿Acaso no sabe dónde se encuentra?

—Rossmann –dijo Robinson, intimidado ya respecto al canto–, pero si yo soy su compañero, diga usted lo que diga. Y ahora que disfruta aquí de una buena posición, ¿no podría darme algo de dinero?

—Pero si usted no haría más que bebérselo otra vez –dijo Karl–. Incluso veo asomar por su bolsillo una botella de algún aguardiente del que seguro que ha bebido en mi ausencia, pues al principio estaba bastante sereno.

—Lo hago para fortalecerme cuando estoy de camino –dijo Robinson disculpándose–.

—Si ya no pretendo corregirle –dijo Karl–.

—Pero ¿y el dinero? –dijo Robinson, con los ojos repentinamente abiertos–.

—Sin duda, Delamarche le ha encargado que le llevara dinero. De acuerdo, se lo daré, pero solo con la condición de que se marche inmediatamente de aquí y no me vuelva a visitar nunca. Si quiere comunicarme algo, escríbame. Karl Rossmann, ascensorista, Hotel Occidental, son señas suficientes. Pero le repito que aquí no debe volver a visitarme. Aquí estoy de servicio y no tengo tiempo para recibir visitas. ¿Quiere pues el dinero bajo esta condición? –preguntó Karl, e introdujo la mano en el bolsillo del chaleco, decidido a sacrificar la propina de aquella noche–.

Robinson solo asintió y respiró con dificultad. Karl lo interpretó incorrectamente y volvió a preguntar:

—¿Sí o no?

Entonces Robinson le pidió por señas que se aproximara y le susurró, entre contorsiones muy manifiestas:

—Rossmann, me siento muy mal.

—¡Al diablo! —exclamó involuntariamente Karl, y le arrastro con ambas manos hasta la balaustrada—.

Y Robinson empezó a vomitar. Desamparado, en las pausas que le dejaba su malestar, se precipitaba hacia Karl ciegamente.

—Realmente es usted un buen chico —decía entonces, o bien—: ya se termina, ya —lo cual no era cierto ni remotamente, o—: ¡Esos perros, a saber lo que me habrán servido allí!

Karl, sin poder contener su inquietud y asco, empezó a pasearse arriba y abajo. Allí, en el rincón junto al ascensor, Robinson quedaba algo oculto, pero ¿qué sucedería si alguien le descubre, uno de esos huéspedes nerviosos y ricos que están siempre al acecho para poder quejarse a un empleado del hotel que se apresuraría a su encuentro y que luego, furioso, se vengaría con todos los de la casa? ¿O si pasa uno de esos detectives del hotel, siempre cambiantes, que no conoce nadie más que la dirección, y que se presume en cada persona que lanza miradas escudriñadoras, quizá solo porque son miopes? Y allá abajo solo hacía falta que alguien fuera a la despensa, con esa agitación propia del restaurante que no cesaba en toda la noche, descubriera aquella asquerosidad en la claraboya y preguntara a Karl por teléfono qué era, por amor de Dios, lo que ocurría allí arriba. ¿Podría Karl, en tal caso, negar que conocía a Robinson? Y si lo hiciera, ¿en su estupidez y desesperación, no se remitiría Robinson exclusivamente a Karl en lugar de disculparse? ¿Y no tendría que ser despedido Karl de inmediato, pues habría sucedido lo inaudito: que un ascensorista, el empleado más bajo y prescindible en la enorme escala de la servidumbre de aquel hotel, lo había ensuciado a causa de un amigo, asustando o incluso ahuyentando a los huéspedes? ¿Podría continuarse tolerando a un ascensorista que tiene semejantes amigos y que, además, permitía que le visitaran durante las horas de servicio? ¿No parecería a todas luces evidente que semejante ascensorista debía ser él mismo un bebedor o incluso algo peor? Pues qué suposición era la más plausible sino la de que él alimentaba a sus amigos con las existencias del hotel, hasta que en cualquier parte de ese mismo hotel, donde se mantenía una limpieza rigurosa, hicieran tales cosas como la que acababa de hacer Robinson. ¿Y por qué semejante chico iba a limitarse al hurto de alimentos, cuando las posibilidades de robar eran innumerables, dada la conocida negligencia de los huéspedes, los armarios abiertos por todas partes, los objetos de valor abandonados por todas las mesas, los estuches sin cerrar, las llaves distraídamente arrojadas en cualquier lugar?

En aquel preciso momento, Karl vio a lo lejos algunos huéspedes que subían de un salón del sótano donde acababa de concluir un espectáculo de variedades. Karl se colocó junto a su ascensor sin atreverse a volverse hacia Robinson por temor a lo que pudiera ver. Le tranquilizaba poco el hecho de no oír ruido alguno, ni siquiera un suspiro procedente de allí. Seguía atendiendo a sus huéspedes, subía y bajaba con ellos, pero no podía ocultar del todo su preocupación, y en cada viaje hacia abajo se preparaba para encontrar una sorpresa desagradable.

Por fin dispuso de tiempo para mirar a Robinson, que se había encogido en su rincón y oprimía el rostro contra las rodillas. Tenía echado hacia atrás su sombrero redondo y duro.

—Bien, ahora márchese ya –dijo Karl en voz baja pero con determinación–. Aquí tiene el dinero. Si se apresura, le puedo mostrar el camino más corto.

—No podré marcharme –dijo Robinson, y se enjugó el rostro con un pañuelo diminuto–, me moriré aquí. No se puede imaginar lo mal que me encuentro. Delamarche me lleva consigo a todos los locales elegantes, pero no soporto esa bebida afeminada, se lo digo a Delamarche cada día.

—Pero aquí no puede quedarse –dijo Karl–, piense usted dónde se encuentra. Si le descubren aquí, le castigarán y yo perderé mi empleo. ¿Es eso lo que desea?

—No puedo marcharme –dijo Robinson–, antes prefiero tirarme abajo –y señaló a través de las columnas de la balaustrada hacia la claraboya–. Si me quedo sentado, aún puedo soportarlo, pero no puedo levantarme, ya lo he intentado cuando usted estaba fuera.

—Entonces iré en busca de un coche y le llevarán al hospital –dijo Karl y sacudió un poco las piernas de Robinson, el cual amenazaba con sumergirse en una apatía absoluta a cada momento–.

Pero apenas Robinson oyó la palabra hospital, que parecía evocarle horribles imágenes, empezó a llorar a lágrima viva y tendió las manos, pidiendo clemencia, hacia Karl.

—Quieto –dijo Karl–, le bajó las manos de un revés, corrió al ascensorista al cual había sustituido durante la noche, le pidió que le hiciera el mismo favor por un rato y regresó a toda prisa junto a Robinson.

Levantó con todas sus fuerzas al que todavía seguía sollozando y le susurró:

—Robinson, si quiere que me ocupe de usted, debe esforzarse por andar un trecho del camino erguido. Le voy a conducir a mi cama, donde podrá quedarse hasta que se sienta bien. Se sorprenderá de lo pronto que se recuperará. Pero ahora compórtese razonablemente, pues en los pasillos hay gente por todas partes y mi cama también se encuentra en un dormitorio colectivo. Si llama usted tan solo un poco la atención, ya no podré hacer nada por usted. Y debe mantener los ojos abiertos, no puedo conducirle como a un enfermo moribundo.

—Sí, sí quiero hacer todo lo que a usted le parezca adecuado –dijo Robinson–, pero usted solo no podrá llevarme. ¿No puede ir a buscar a Renell?

—Renell no está –dijo Karl–.

—Es verdad –recordó Robinson–, Renell está con Delamarche. Si son ellos dos los que me han enviado a usted. Ya lo estoy confundiendo todo.

Karl aprovechó este y otros monólogos incomprensibles de Robinson para empujarle hacia adelante, y así llegó felizmente a un recodo a partir del cual un pasillo menos iluminado conducía al dormitorio común de los ascensoristas.

Precisamente venía por el pasillo un ascensorista a todo correr que pasó por delante de ellos. Por lo demás, no habían tenido hasta entonces encuentros peligrosos. Esa hora, entre las cuatro y las cinco, era la más tranquila, y Karl sabía que si no conseguía sacar a Robinson enseguida, al amanecer, al iniciarse la actividad del día ya no dispondría de ninguna ocasión para hacerlo.

Al otro extremo de la sala, precisamente, tenía lugar una gran pelea o cualquier otro tipo de celebración. Se oían palmadas rítmicas, un pataleo de pies agitados y exclamaciones deportivas. En la mitad de la sala situada cerca de la puerta, se veía sobre las camas a muy pocos durmientes imperturbables; la mayoría estaban echados de espaldas y miraban fijamente al vacío, mientras aquí y allá uno, vestido o sin vestir, tal como se encontraba en el momento, saltaba de la cama para ver cómo seguían las cosas al otro extremo de la sala. Así consiguió Karl conducir a Robinson, que entretanto se había acostumbrado un poco a andar, hasta la cama de Renell sin llamar demasiado la atención. Esta se encontraba cerca de la puerta y, por suerte, estaba desocupada, mientras que en su propia cama, como pudo ver de lejos, había un chico desconocido, que dormía tranquilamente. En cuanto Robinson notó la cama debajo suya, se durmió de inmediato –con una pierna que todavía le colgaba fuera–. Karl le cubrió gran parte del rostro con la manta y luego se fue creyendo que no tenía por qué preocuparse, pues seguro que Robinson no se despertaría antes de las seis y para entonces ya estaría de vuelta. Y luego, quizá con la ayuda de Renell, ya encontraría un medio para sacar a Robinson. Solo se producían inspecciones del dormitorio por parte de algunos supervisores en casos extraordinarios –hacía años que ya los ascensoristas habían conseguido abolir la inspección general que antes se practicaba–, así que por ese lado tampoco había nada que temer.

Cuando Karl llegó de nuevo junto a su ascensor, advirtió que tanto su ascensor como el de su vecino partían hacia arriba. Inquieto esperó para ver cómo se explicaba aquello. Su ascensor llegó antes abajo, y le salió al encuentro aquel muchacho que unos momentos antes corriera por el pasillo.

—Pero ¿dónde estabas, Rossmann? –preguntó este–. ¿Por qué te fuiste? ¿Por qué no avisaste?

—Pero si le dije a él que me sustituyera un momento –repuso Karl, señalando al muchacho del ascensor vecino que precisamente se acercaba–. Yo también le he remplazado a él durante dos horas, precisamente cuando más movimiento había.

—Todo esto está muy bien –le dijo el interpelado–, pero no es suficiente. ¿Acaso no sabes que por breve que sea la ausencia durante el servicio debe informarse a la oficina del metre del hotel? Para eso tienes ahí el teléfono. Yo te hubiera sustituido con gusto, pero ya sabes que no es tan sencillo. Precisamente había frente a ambos ascensores nuevos huéspedes procedentes del rápido de las cuatro y treinta. ¡Comprenderás que no podía subir primero con tu ascensor y hacer esperar a mis huéspedes, así que primero lo hice con el mío!

—¿Y entonces? –preguntó Karl intrigado, ya que ambos muchachos callaban–.

—Entonces –dijo el muchacho del ascensor vecino–, entonces pasa precisamente el metre, ve a la gente delante de tu ascensor sin ser atendida, se le revuelve la bilis, me pregunta a mí, que enseguida corrí hacia aquí, dónde estás, yo no tengo ni idea, pues no me dijiste a dónde ibas, así que telefonea enseguida al dormitorio común para que venga de inmediato otro muchacho.

—Si nos cruzamos en el pasillo –dijo el sustituto de Karl–. Este asintió.

—Naturalmente –aseguró el otro muchacho–, le dije enseguida que me pediste que te sustituyera, pero ¿acaso escucha este semejantes disculpas? Seguramente tú no le conoces. Y además nos dijo que debías ir de inmediato a su oficina. Así que es preferible que no te detengas y vayas deprisa. Quizá todavía te perdone, al fin y al cabo, solo has estado un par de minutos fuera. Dile tranquilamente que me pediste que te sustituyera. Pero es mejor que no le hables de que me has reemplazado; escucha mi consejo, a mí no me puede ocurrir nada, pues tenía permiso. Pero no es bueno hablar de tales cosas y mezclarlas además con este asunto con el que no tiene nada que ver.

—Es la primera vez que he abandonado mi puesto –dijo Karl–.

—Eso siempre sucede así, pero nadie se lo cree –dijo el muchacho– y corrió a su ascensor, viendo que se aproximaba gente.

El sustituto de Karl, un muchacho de unos catorce años que, evidentemente, se compadeció de Karl, dijo:

—Ya han ocurrido muchos casos en los que se ha perdonado semejantes cosas. Generalmente le trasladan a uno a otros trabajos. Y, por lo que sé, se despidió solo a uno por un asunto semejante. Debes pensarte una buena justificación. Pero ni se te ocurra decir que de pronto te sentiste mal, pues se reiría de ti. Será mejor que le digas que un huésped te dio un recado urgente para otro y ya no sabes quién era el primero y al segundo no le encontraste.

—En fin –dijo Karl–, no será tan grave.

Después de todo lo que había oído, ya no creía en la posibilidad de un desenlace favorable. Y aunque se le perdonara esta falta en el servicio, en el dormitorio colectivo yacía Robinson que representaba la prueba viviente de su culpa. Y con el agriado carácter del metre era muy probable que no tuviera suficiente con una investigación superficial y que, finalmente, diera con Robinson. Cierto que no existía una prohibición explícita según la cual no se pudiera llevar gente extraña al dormitorio, pero si no regía una prohibición semejante era porque, evidentemente, no se prohíben cosas impensables.

Karl entró en la oficina en el preciso momento en que el metre estaba tomando su desayuno. Bebía un trago de café y luego echaba una ojeada a una lista que, sin duda, le había llevado el portero mayor del hotel, también presente. Este era un hombre corpulento, al cual el uniforme amplio y con numerosos adornos –incluso sobre los hombros y a lo largo de los brazos serpenteaban cadenas y cintas doradas– aún le hacía parecer más ancho de hombros de lo que ya era. Un bigote negro y brillante, terminado en ostentosas puntas, como suelen llevarlo los húngaros, ni siquiera se movía con el más rápido gesto de cabeza. Por lo demás, a consecuencia de sus pesadas ropas, el hombre se movía con dificultad y solo se colocaba con las piernas separadas y bien apuntaladas para repartir adecuadamente su peso.

Karl entró por propia iniciativa y deprisa, como se había acostumbrado a hacerlo en el hotel, pues la lentitud y la cautela, que son señal de cortesía en cualquier otro, se consideraba pereza en un ascensorista. El metre del hotel había lanzado una mirada fugaz a la puerta que se abría, pero luego volvió enseguida a su café y su lectura, sin ocuparse más de Karl. Pero el portero, tal vez molesto por la presencia de Karl, o tal vez porque viniera con una noticia o solicitud concreta, sea como fuese, miraba a cada instante con enfado y la cabeza muy tiesa vuelta hacia Karl, para luego, cuando de acuerdo con su intención, su mirada se cruzaba con la de Karl, volverse de nuevo hacia el metre del hotel. Pero Karl creía que, una vez allí, no quedaría bien abandonar de nuevo la oficina sin haber recibido la orden pertinente por parte del metre. Sin embargo, este continuaba estudiando la lista y mientras tanto comía un pedazo de pastel del cual sacudía el azúcar de cuando en cuando, sin interrumpir la lectura. De repente, cayó al suelo una hoja de la lista, el portero ni siquiera hizo ademán de recogerla, sabía que no podía y tampoco era necesario, pues Karl ya se había apresurado al lugar y le alcanzó la hoja al metre, que se la quitó con un gesto de la mano como si hubiera subido por sí misma del suelo. Esta pequeña atención no sirvió de nada, pues el portero continuó mirándole enojado.

No obstante, Karl estaba más tranquilo que antes. El mero hecho de que su asunto pareciera tener tan poca importancia para el metre podía considerarse una buena señal. Al fin y al cabo, era lo más natural. Sin duda, un ascensorista no significaba nada y por eso tampoco puede permitirse nada, pero, precisamente por ello, porque no significa nada, tampoco puede originar ningún escándalo extraordinario. Al fin y al cabo, el metre del hotel había sido ascensorista en su juventud –lo cual todavía era el orgullo de aquella generación de ascensoristas–, había sido él quien organizó por primera vez a los ascensoristas, y seguro que habría abandonado su puesto sin permiso alguna vez, aunque ahora nadie podía obligarle a recordarlo y tampoco podía olvidarse que precisamente por haber sido ascensorista consideraba su deber mantener el orden en este gremio, a veces mediante una inexorable severidad.

Pero, además, Karl confiaba en el paso del tiempo. Según el reloj de la oficina ya eran las cinco y cuarto. Renell podía regresar en cualquier momento, tal vez incluso ya estuviera allí, pues debía haberle llamado la atención que Robinson no regresara. Por otra parte, a Karl se le ocurrió entonces que Renell y Delamarche no podían encontrarse muy lejos del Hotel Occidental, pues de lo contrario Robinson no hubiera podido llegar hasta allí en su lamentable estado. Si Renell encontraba en su cama a Robinson, lo cual tenía que suceder, todo iría bien. Práctico como era Renell, sobre todo cuando estaban en juego sus propios intereses, ya alejaría de alguna forma a Robinson del hotel, lo cual sería tanto más fácil puesto que en el intervalo Robinson se habría recuperado un poco y, además, Delamarche, posiblemente, le estuviera esperando delante del hotel para recibirle. Y, una vez que Robinson ya no estuviera, Karl podría enfrentarse al metre del hotel mucho más tranquilo y, por esta vez, acaso se salvara recibiendo solo una amonestación, aunque fuera muy fuerte. Entonces le pediría consejo a Therese sobre si debía decirle la verdad a la cocinera mayor –él, por su parte, no veía ningún inconveniente–, y si eso fuera posible, el asunto quedaría olvidado sin mayor perjuicio.

Karl ya se había tranquilizado un poco con tales reflexiones y se disponía a contar las propinas de aquella noche sin llamar la atención, pues tenía la sensación de que había sido especialmente fructífera, cuando el metre del hotel, colocando la lista sobre la mesa con las siguientes palabras «Le ruego que espere un momento, Feodor», se incorporó con un movimiento elástico e increpó a Karl gritando de tal manera que este, asustado, al principio no hizo más que mirar fijamente aquel enorme y oscuro orificio bucal.

—Has abandonado tu puesto sin permiso. ¿Sabes lo que esto significa? Significa despido. No quiero oír ninguna excusa, guárdate tus mentirosos pretextos, yo tengo más que suficiente con el hecho de que no estuvieras allí. Si tolero y perdono esto una sola vez, a continuación, los cuarenta ascensoristas se escaparán durante el servicio y yo tendré que cargar con los cinco mil huéspedes escaleras arriba.

Karl guardó silencio. El portero se había acercado y le dio unos estirones a la chaquetilla de Karl, que mostraba algunas arrugas, sin duda para llamar especialmente la atención del metre sobre ese pequeño desarreglo en el traje de Karl.

—¿Acaso te has sentido mal de repente? –preguntó el metre con astucia–.

Karl le dirigió una mirada escudriñadora y repuso:

—No.

—¿Así que ni siquiera te has encontrado mal? –grito el metre del hotel todavía más fuerte–. Entonces debes haberte inventado una mentira genial. ¿Qué disculpa tienes? ¡Suéltalo ya!

—No sabía que había que pedir permiso por teléfono –dijo Karl–.

—¡Esto sí que es bueno! –dijo el metre del hotel, agarró a Karl por el cuello de la chaqueta y le llevó casi en volandas hasta un reglamento sobre el servicio de ascensores que colgaba de la pared–. El portero también fue detrás de ellos.

—¡Lee aquí! –dijo el metre señalando un párrafo. Karl creyó que debía leerlo para sí–.

—¡En voz alta! –le ordenó el metre del hotel–.

En lugar de leer en voz alta, Karl dijo, con la esperanza de tranquilizar mejor al metre del hotel:

—Ya conozco el artículo. Por supuesto he recibido el reglamento y lo he leído detenidamente. Pero, precisamente, una norma de este tipo, que nunca se emplea, se olvida. Hace ya dos meses que sirvo aquí y jamás he abandonado mi puesto.

—Pues entonces lo abandonarás ahora –dijo el metre, se dirigió a la mesa, cogió de nuevo la lista como si quisiera continuar leyendo, pero golpeó con ella la mesa como si se tratara de un andrajo inservible, y empezó a deambular por la habitación con la frente y las mejillas encendidas–.

—¡Y todo esto por semejante granuja! ¡Semejantes disgustos durante el servicio nocturno! –balbuceó varias veces–. ¿Sabes quién se disponía a subir en el ascensor precisamente cuando este individuo había abandonado el ascensor? –dijo, volviéndose al portero–.

Y nombró un apellido. Al oírlo, el portero, que seguramente conocía y sabía apreciar la categoría de todos los huéspedes, se estremeció tanto que no pudo menos que dirigir una mirada rápida a Karl, como si solo la existencia de este pudiera ser una confirmación de que, en efecto, el portador de aquel apellido había tenido que esperar unos instantes inútilmente junto a un ascensor cuyo ascensorista se había escapado.

—¡Esto es terrible! –dijo el portero, presa de una inquietud infinita y meneando lentamente la cabeza hacia Karl–.

Este le contemplaba con tristeza y pensó que también tendría que pagar las consecuencias de la perplejidad mental de aquel hombre.

—Por otra parte, ya te conozco yo también –dijo el portero y extendió su índice grueso, grande, rígido–. Eres el único muchacho que sistemáticamente no me saluda. Pero

¡quién te has creído que eres! Todo el que pasa por delante de la portería debe saludarme. Con los demás porteros puedes comportarte como quieras, pero yo exijo que se me salude. De vez en cuando hago ver que no presto atención, pero puedes estar tranquilo: sé muy bien quién me saluda y quién no, ¡pedazo de bruto!

Se apartó de Karl y se dirigió muy erguido hacia el metre. Pero este, en lugar de manifestar su opinión sobre el asunto del portero, concluía su desayuno y hojeaba un periódico que le acababa de traer un ordenanza.

—Señor portero mayor –dijo Karl, que por lo menos mientras el metre no le prestara atención quería aclarar el asunto con el portero, pues comprendía que si bien el reproche del portero no podía perjudicarle, sí podía hacerlo su enemistad–, le aseguro que le saludo. No hace mucho que estoy en América y provengo de Europa, donde es sabido que se saluda más de lo necesario. Naturalmente, todavía no me he podido desprender del todo de esa costumbre. Y hace apenas dos meses, en Nueva York, donde casualmente frecuentaba círculos refinados, trataron de convencerme, en cada ocasión que se presentaba, de que dejara a un lado mi exagerada cortesía. ¡Y siendo así, cómo no habría de saludarle precisamente a usted! Todos los días le saludo varias veces. Aunque, como es natural, no cada vez que le veo, ya que paso por delante suyo cientos de veces diariamente.

—Debes saludarme cada vez, cada vez, sin excepción, durante todo el tiempo que hables conmigo debes permanecer con la gorra en la mano y tienes que dirigirte a mí tratándome siempre de «señor portero mayor» y no de «usted». Y esto siempre siempre.

—¿Siempre? –repitió Karl en voz baja e interrogante. Ahora recordaba cómo durante toda su estancia allí, el portero siempre le había mirado severo y reprobador. Incluso ya la primera mañana, cuando, todavía sin haberse adaptado del todo a su condición de subordinado, interrogó a aquel portero detenida e imperiosamente queriendo saber si dos hombres habían preguntado por él y si no habían dejado, tal vez, una fotografía para él–.

—Ahora ya ves dónde conduce una conducta semejante –dijo el portero. Se había acercado de nuevo a Karl y señalaba hacia el metre, que continuaba leyendo, como si este fuera el representante de su venganza–.

—En tu próximo empleo ya sabrás saludar al portero, aunque sea en una taberna miserable.

Karl comprendió que, en realidad, ya había perdido su puesto. El metre lo había expresado, el portero mayor lo había repetido dándolo por hecho, y por un ascensorista, sin duda, no sería necesaria la confirmación del despido por parte de la dirección del hotel. Todo había sucedido más rápido de lo que pensaba, pues al fin y al cabo llevaba dos meses sirviendo lo mejor que podía, mejor, seguro, que otros muchachos. Pero, evidentemente, tales cosas no se tienen en cuenta en ninguna parte del mundo, ni en Europa ni en América, sino que se decide según el juicio que a uno le sale con la rabia inicial. Tal vez, lo más indicado hubiera sido despedirse enseguida y marcharse. La cocinera mayor y Therese quizá durmieran aún; habría podido despedirse de ellas por carta, para evitarles toda la decepción y tristeza por su comportamiento con una despedida personal, podría haber empacado su maleta y marcharse en silencio. Si se quedaba un solo día, y hubiera necesitado dormir un poco, no le esperaba más que la conversión de su asunto en un escándalo, reproches por todos lados, la insoportable visión de las lágrimas de Therese y quizá también de la cocinera mayor y posiblemente, para rematarlo todo, recibiera algún castigo. Mas, por otra parte, le turbaba tener que enfrentarse a dos enemigos y que cada palabra que pronunciase, si no uno el otro, objetara algo o la interpretara mal. Por eso guardó silencio y disfrutó del momentáneo silencio que reinaba en la habitación, pues el metre del hotel continuaba leyendo el periódico y el portero mayor ordenaba su lista dispersa sobre la mesa según los números de las páginas, lo que a causa de su evidente miopía le ocasionaba grandes dificultades.

Por fin, el metre del hotel abandonó el periódico con un bostezo, dirigió una mirada a Karl para cerciorarse de que continuaba allí, y dando vueltas a la manivela hizo sonar la campanilla del teléfono. Exclamó varias veces «Hola», pero nadie contestaba.

—No contesta nadie –le dijo al portero mayor–.

Este, que como le pareció a Karl, estaba muy interesado en la llamada, dijo:

—Ya son las seis menos cuarto. Seguro que ella está despierta. Insista usted.

En aquel momento, llegó la señal telefónica de respuesta sin más requerimiento.

—Aquí el metre del hotel Isbary –dijo este–. Buenos días, señora cocinera mayor. ¿No la habré despertado, verdad? Me sabe muy mal. Sí, sí, ya son las seis menos cuarto. Pero en verdad lamento mucho haberla asustado. Debería descolgar el teléfono cuando duerme. No, no, de veras, no tengo disculpa, sobre todo por la insignificancia del asunto por el que quiero hablar con usted. Naturalmente que dispongo de tiempo, no faltaría más, espero al teléfono, si le parece bien.

Y sonriendo al portero mayor, que había permanecido todo el tiempo inclinado sobre la caja del teléfono, con una expresión de interés en el rostro, dijo:

—Realmente la he despertado. Por lo general, lo hace esa jovencita que escribe a máquina para ella, y hoy debe haberse retrasado. Siento haberle causado este sobresalto, ya es bastante nerviosa de por sí.

—¿Por qué no continúa hablando?

—Ha ido a ver qué ocurría con la chica —repuso el metre del hotel con el auricular pegado a la oreja, pues la campanilla sonaba otra vez—. Ya aparecerá —dijo luego, hablando al teléfono—. No debe permitir que cualquier cosa le trastorne tanto. Necesita realmente reponerse a fondo. Bueno, pues mi pequeña consulta. Está aquí un ascensorista de nombre… —se volvió interrogante hacia Karl, el cual, atento como estaba, le dio su nombre enseguida—, bien, llamado Karl Rossmann. Si no recuerdo mal, usted se interesó algo por él; por desgracia, ha pagado mal su gentileza. Abandonó su puesto sin permiso, con lo cual me ha causado graves problemas, cuyo alcance es imprevisible todavía y, por tanto, le he despedido. Espero que no se tome el asunto por lo trágico. ¿Cómo dice? Despedido, sí, despedido. Pero ya le he dicho que abandonó su puesto. No, realmente, no puedo ceder en esto, mi querida cocinera mayor. Se trata de mi autoridad y hay mucho en juego, pues un chico así me echa a perder a toda la pandilla. Precisamente con los ascensoristas hay que andarse con un cuidado de mil demonios. No, no, en este caso no puedo hacerle este favor, por más que me empeñe siempre en ser cortés con usted. Y si a pesar de todo le permitiera permanecer aquí, aunque solo fuera para mantener en actividad mi bilis, por usted, sí, por usted, señora cocinera mayor; precisamente por usted no puede quedarse. Se toma usted un interés por él que no se merece en absoluto, y dado que no solo le conozco a él, sino también a usted, sé que ello le acarrearía las más graves decepciones, lo cual quiero evitar a toda costa. Se lo digo con toda sinceridad, a pesar de que el obstinado muchacho se encuentra a dos pasos de mí. Está despedido, no, no, despedido del todo, señora cocinera mayor, no, no, no se le trasladará a otro trabajo, es incompetente del todo. Por otra parte, corren otras quejas sobre su comportamiento. El portero mayor, por ejemplo, ¿qué?, Feodor, sí, Feodor se queja de la descortesía y el descaro de este muchacho. ¿Cómo que eso no basta? ¿No le parece que reniega usted, querida señora cocinera mayor, de su carácter por este muchacho? No, no debe usted instarme de esta forma.

En aquel momento, el portero se inclinó hacia el oído del metre y le susurró algo. Este le miró primero sorprendido y luego habló tan rápido al teléfono, que Karl al principio no le entendió muy bien y avanzó dos pasos de puntillas.

—Querida señora cocinera mayor –decía–, con toda franqueza no creía que fuera tan mala conocedora de la gente. Acabo de saber algo sobre ese angelito suyo que cambiará por completo la opinión que de él tiene. Y casi me sabe mal que tenga que ser yo precisamente el que se lo diga. Este fino joven, al que usted llama modelo de corrección, no deja pasar ni una sola noche libre de servicio sin apresurarse a la ciudad de la cual solo regresa por la mañana. Sí, sí, señora cocinera mayor, esto está probado por testigos, testigos irreprochables, sí. ¿Podría usted decirme ahora, acaso, de dónde saca el dinero necesario para tales placeres? ¿Y cómo puede así dispensar la atención necesaria en su servicio? ¿Y quiere acaso que además le describa sus correrías por la ciudad? Pues me quiero apresurar especialmente para verme libre de este muchacho. Y usted, por favor, tome esto como una advertencia del cuidado con el que hay que andarse con estos jóvenes venidos de no se sabe dónde.

—Pero, señor metre del hotel –exclamó Karl, realmente aliviado por aquel enorme error que parecía haberse colado allí, y que tal vez sirviera, más que nada, para tornarlo todo en su favor inesperadamente–, sin lugar a dudas se ha producido una confusión. Me parece que el señor portero mayor le ha dicho que salgo todas las noches. Pero eso no es cierto en absoluto, casi cada noche estoy en el dormitorio, eso lo pueden atestiguar todos los chicos. Cuando no duermo, estudio correspondencia comercial, pero ninguna noche me muevo del dormitorio. El señor portero me confunde con otro y ahora comprendo por qué cree que no le saludo.

—¡Cállate inmediatamente! —exclamó el portero mayor, y agitó el puño por algo que a otro hubiera hecho mover un dedo—. ¡O sea, que yo te confundo con otro! Muy bien, pues si confundo a la gente ya no puedo ser portero mayor. Escuche usted eso, señor Isbary, entonces no puedo seguir de portero mayor, claro está, si confundo a la gente. En mis treinta años de servicio nunca he confundido a nadie, como deben reconocer los cientos de señores metres de hotel que tuvimos desde entonces, pero contigo, chico miserable, he empezado a confundirme. ¡Y contigo, con esa facha lisa tan llamativa! ¡Cómo me voy a confundir! Hubieras podido correr a la ciudad cada noche pasando a mis espaldas, y solo por tu cara confirmo que eres un bribón redomado.

—¡Basta ya, Feodor! —dijo el metre del hotel, cuya conversación telefónica con la cocinera mayor parecía haberse interrumpido de pronto—. El asunto es muy sencillo. En primer lugar, sus diversiones nocturnas no son tan importantes. Quizá quiera provocar una gran investigación sobre sus actividades nocturnas antes de ser despedido. Bien puedo imaginarme que esto le complacería. A ser posible, se citaría a los cuarenta ascensoristas como testigos, los cuales, naturalmente, le habrían confundido todos, con lo cual habría que llamar a testificar a todo el personal, como es natural, eso trastornaría la marcha del hotel por un tiempo, y si luego, a pesar de todo, fuera despedido, por lo menos se habría divertido. Así que eso más vale no hacerlo. Ya se ha burlado de la cocinera mayor, esa mujer tan buena, y con eso debe bastarnos. No quiero oír hablar más de este asunto. Quedas despedido por tu falta disciplinaria. Ahí te entrego un vale para la caja para que se te pague el sueldo hasta hoy. Esto, considerando tu conducta y dicho sea entre nosotros, es sencillamente un regalo que te doy solo por consideración hacia la señora cocinera mayor.

Una llamada telefónica impidió que el metre del hotel firmara de inmediato el vale.

—¡Cuánto trabajo me dan estos ascensoristas hoy¡ —exclamó apenas hubo escuchado las primas palabras—. Pero ¡si esto es inaudito! —exclamó de nuevo al cabo de unos instantes. Y dejando el teléfono se dirigió al portero del hotel—: Por favor, Feodor, sujeta un poco a este chico, todavía tendremos que hablar con él —y volviéndose de nuevo al teléfono ordenó—: ¡Sube inmediatamente!

Ahora el portero mayor podía desahogarse, cosa que no había logrado hablando. Sujetó a Karl por la parte superior del brazo, pero no con gesto tranquilo, lo cual hubiera sido soportable, sino que de vez en cuando aflojaba la mano para luego apretarla cada vez más progresivamente. Y, dada su gran fuerza física, parecía que eso no terminaría nunca, y a Karl se le nublaba la vista. Pero no solo sostenía a Karl, sino que, además, como si hubiera recibido la orden de estirarlo, le daba de vez en cuando un tirón hacia arriba, sacudiéndolo, al tiempo que en un tono a medias interrogante le decía reiteradamente al metre:

—Con tal de que no le confunda ahora; con tal de que no le confunda ahora.

Para Karl fue una liberación que entrara el jefe de ascensoristas —un tal Bess, un muchacho gordo que vivía resoplando eternamente—, y desviara un poco hacia su persona la atención del portero mayor. Karl estaba tan agotado, que apenas saludó, cuando para su sorpresa vio que tras el muchacho se deslizó Therese, lívida, desaliñada, con los cabellos medio sueltos. Al instante, estuvo junto a él y susurró:

—¿Ya lo sabe la cocinera mayor?

—El metre del hotel se lo ha dicho por teléfono –repuso Karl–.

—Entonces ya está todo bien, ya está todo bien –dijo rápido, con la mirada vivaz–.

—No –dijo Karl–. Si no sabes lo que tienen contra mí. Debo marcharme, la cocinera mayor también está convencida de ello. No te quedes aquí, vete arriba, luego iré a despedirme de ti.

—Pero Rossmann, ¡qué ocurrencias tienes! Te quedarás aquí el tiempo que te plazca. Si el metre del hotel hace todo lo que la cocinera mayor quiere, pues está enamorado de ella, hace poco que me he enterado. Así que puedes estar tranquilo.

—Por favor, Therese, ahora vete. No me puedo defender tan bien si tú estás aquí. Y debo defenderme con precisión, pues se están esgrimiendo mentiras en contra de mí. Pero cuanto más atento esté y mejor me defienda, más esperanzas tendré de quedarme. Bueno, pues, Therese… –por desgracia, obedeciendo a un dolor repentino, no pudo dejar de añadir en voz baja–: ¡Si ese portero mayor me soltara! No sabía que fuese enemigo mío. ¡Cómo me aprieta y tira!

«Pero ¡cómo se me ocurre decir esto!», pensó al mismo tiempo; «ninguna mujer puede escuchar tranquilamente tales cosas», y en efecto, Therese, sin que él pudiera retenerla con la mano libre, se dirigió al portero mayor:

—Señor portero mayor, haga el favor de soltar a Rossmann enseguida, ¿no ve que le hace daño? Ahora mismo vendrá la señora cocinera mayor en persona y entonces ya se verá que están cometiendo una injusticia con él. ¡Suéltelo! ¿Qué placer puede procurarle el torturarlo? –E incluso intentó coger la mano del portero mayor–.

—A sus órdenes, señorita, a sus órdenes –dijo el portero mayor, y con la mano libre atrajo sí, amablemente, a Therese, mientras con la otra aún apretaba más fuerte a Karl, como si no solo quisiera causarle dolor, sino como si aquel brazo que tenía en su poder debiera servirle para alcanzar alguna meta especial, que distaba mucho de lograr–.

Therese necesitó algún tiempo para zafarse del abrazo del portero mayor, y ya se disponía a intervenir en favor de Karl ante el metre del hotel, que seguía escuchando al ceremonioso Bess, cuando, con paso ligero, entró la cocinera mayor.

—¡Gracias a Dios! –exclamó Therese, y por un momento no se oyó en el cuarto nada más que estas palabras pronunciadas en alta voz–.

El camarero mayor se levantó de un salto, apartando a Bess.

—¿Así que viene usted misma, señora cocinera mayor? ¿Por esta minucia? Podía suponerlo tras nuestra conversación telefónica y, sin embargo, no lo creí. Y pensar que la causa de su protegido va empeorando de momento en momento. Me temo que, al final, no le despediré, pero tendré que hacerle detener. Escuche usted misma.

E hizo señas a Bess para que se aproximara.

—Primero quiero intercambiar un par de palabras con Rossmann –dijo la cocinera mayor y se sentó en un sillón obligada por el metre del hotel–.

—Por favor, Karl, acércate –dijo luego–.

Karl obedeció o, mejor dicho, el portero mayor le arrastró.

—¡Suéltelo de una vez! –dijo la cocinera mayor disgustada–. ¡Al fin y al cabo no es un asesino!

El portero mayor le soltó por fin, pero primero volvió a estrujarle tan fuerte que, a causa del esfuerzo, se le saltaron las lágrimas a él mismo.

—Karl –dijo la cocinera mayor; dejó reposar plácidamente las manos en el regazo y miró a Karl con la cabeza inclinada, así no parecía en absoluto un interrogatorio–. Ante todo, quiero decirte que continúo confiando plenamente en ti. También el señor metre del hotel es un hombre justo, de ello respondo yo. En el fondo, ambos deseamos que te quedes –en ese momento lanzó una mirada fugaz al metre del hotel como si quisiera pedirle que no la interrumpiera. Tampoco ocurrió–. Por tanto, olvida lo que hasta ahora te hayan dicho aquí. Sobre todo, no debes tomar muy en serio lo que tal vez te haya dicho el señor portero mayor. Es cierto que es un hombre excitable, lo que no es extraño teniendo en cuenta su trabajo, pero él también tiene mujer e hijos y sabe que no estaría bien martirizar sin motivo a un muchacho que depende por entero de sí mismo. Él sabe que de ello ya que se encarga de sobra el resto del mundo.

Reinaba un silencio absoluto en la habitación. El portero mayor miró al metre del hotel exigiendo una explicación, este miró a la cocinera mayor y meneó la cabeza. El ascensorista Bess hacía muecas bastante incoherentes a espaldas del metre del hotel. Therese sollozaba de gozo y pena y tenía que hacer grandes esfuerzos para que nadie la oyera.

En cambio, Karl tenía la mirada clavada en el suelo, a pesar de que eso solo podía interpretarse como un mal signo, en lugar de mirar a la cocinera mayor, que, sin duda, esperaba que la mirara. El dolor le atenazaba el brazo, la camisa se le pegaba a los cardenales y, en realidad, debiera haberse sacado la chaqueta para observar el asunto. Lo que decía la cocinera estaba cargado de buena intención, pero le pareció que, por desgracia, el comportamiento de la cocinera mayor solo serviría para demostrar que él no se merecía deferencia alguna, que durante dos meses había disfrutado inmerecidamente de los favores de la cocinera mayor, sí, que no se merecía otra cosa que caer en manos del portero mayor.

—Digo esto –continuó la cocinera mayor– para que ahora respondas con firmeza, lo que con seguridad hubieras hecho igual, tal como creo conocerte.

—¿Mientras tanto puedo ir a buscar al médico? El hombre podría desangrarse entretanto –se inmiscuyó repentinamente el ascensorista Bess, muy cortés, pero molesto–.

—Ve –le dijo el metre del hotel a Bess, que salió corriendo. Y luego, dirigiéndose a la cocinera mayor–: El asunto es el siguiente. El portero mayor no ha sujetado a este muchacho por diversión. Abajo, en el dormitorio común de los ascensoristas, se ha hallado cuidadosamente cubierto en una cama a un hombre desconocido y muy borracho. Como es natural, le han despertado y se le quería echar. Pero entonces ese hombre ha empezado a armar un gran escándalo, gritando una y otra vez que el dormitorio pertenecía a Karl Rossmann y que él era su huésped. Que aquel le había conducido allí y que castigaría a todo aquel que osara tocarle. Además, también debía esperar a Karl Rossmann porque este le había prometido entregarle dinero y había ido a buscarlo. Le ruego que escuche con atención, señora cocinera mayor: le había prometido dinero y había ido a buscarlo. Y tú atiende también, Rossmann –le dijo el metre del hotel de paso a Karl–.

Este, precisamente, se había vuelto hacia Therese, que contemplaba al metre del hotel como hechizada, y o bien se apartaba una y otra vez algún mechón de cabellos de la frente, o hacía este gesto en contra de su voluntad.

—Pero tal vez te recuerdo algunas obligaciones. El hombre de abajo ha dicho también que los dos, a tu vuelta, le haríais una visita nocturna a no sé qué cantante, cuyo nombre nadie entendía pues el hombre solo podía pronunciarlo entre cantos.

En este punto, el metre del hotel se interrumpió, pues la cocinera mayor, visiblemente pálida, se levantó del sillón, empujándolo un poco.

—Le ahorraré el resto –dijo el metre del hotel–.

—No, se lo ruego, no –dijo la cocinera mayor, y tomó su mano–. Continúe hablando, quiero oírlo todo, para eso estoy aquí.

El portero mayor, que se adelantó, golpeándose con fuerza el pecho como señal de que desde el principio lo había adivinado todo, fue tranquilizado y a la vez rechazado por el metre del hotel con las siguientes palabras:

—¡Sí, tenía usted razón, Feodor!

—No hay mucho más que explicar –dijo el metre del hotel–. Tal como son los chicos, primero se burlaron del hombre, luego empezaron a pelearse con él y como allí siempre disponen de buenos luchadores, fue simplemente derribado. ¡Y no me atrevería a preguntar por cuántos y qué lugares sangra, pues esos chicos son temibles boxeadores y para ellos un borracho es pan comido!

—¡Ah, sí! –dijo la cocinera mayor; aferró el sillón por el respaldo y fijó la mirada en el lugar que acababa de abandonar–. ¡Bien, di algo, Rossmann, por favor!

Therese había corrido junto a la cocinera mayor y se abrazó a ella, como Karl no le había visto hacer nunca.

El metre del hotel estaba muy cerca detrás de la cocinera mayor y alisaba despacio una punta de un cuello pequeño y discreto de la cocinera mayor que se había doblado un poco. El portero mayor, junto a Karl, dijo:

—¿Bueno, qué?

Pero con ello solo quería remarcar un golpe que le dio a Karl en la espalda.

—Es cierto –dijo Karl, más inseguro de lo que hubiera querido a consecuencia del golpe– que llevé al hombre al dormitorio común.

—No queremos saber más –dijo el portero en nombre de todos–.

La cocinera mayor se volvió muda hacia el metre del hotel y luego hacia Therese.

—No podía hacer otra cosa –continuó Karl–. Este hombre es un antiguo compañero. Vino aquí después de dos meses sin vernos para visitarme, pero estaba tan borracho que no pudo marcharse por su propio pie.

El metre del hotel, de pie junto a la cocinera, murmuró para sí:

—De manera que vino a visitarle y luego estaba tan borracho que no pudo marcharse.

La cocinera mayor le susurró algo al metre del hotel por encima del hombro, pero este parecía oponer reparos con una sonrisa que, evidentemente, no venía al caso. Therese –Karl solo la miraba a ella–, del todo desamparada, apretaba su rostro contra la cocinera mayor, sin querer ver nada más. El único que parecía del todo satisfecho con la explicación de Karl era el portero mayor, que repitió varias veces:

—Si está muy bien, al compinche de borracheras hay que ayudarle –e intentaba grabar con miradas y gestos esta explicación en cada uno de los presentes–.

—Así que soy culpable –dijo Karl, e hizo una pausa como si esperara una palabra amable por parte de sus jueces que pudiera darle valor para continuar con su defensa, pero esta no llegó–. Pero solo soy culpable de haber conducido a este hombre (se llama Robinson, es un irlandés) al dormitorio. Todo lo demás, lo que él dijo, lo dijo borracho y no es cierto.

—¿Entonces no le prometiste dinero? –preguntó el metre del hotel–.

—Sí –dijo Karl, y lamentó haberlo olvidado. Por irreflexión o distracción se había declarado inocente en términos demasiado absolutos–. Le prometí dinero porque me lo pidió. Pero no quería ir a buscarlo, sino darle las propinas que he ganado esta noche –y por toda prueba extrajo el dinero del bolsillo y mostró un par de moneditas en la palma de la mano–.

—Te enredas cada vez más –dijo el metre del hotel–. Para creerte habría que olvidar siempre lo que has dicho antes. O sea, primero solo llevaste al hombre (ni siquiera me creo que se llame Robinson como afirmas, pues así, desde que existe Irlanda, no se ha llamado ningún irlandés), primero solo le llevaste al dormitorio, lo que bastaría por sí solo para que salieras volando de aquí, pero al principio no le prometiste dinero; luego, cuando se te pregunta por sorpresa, resulta que sí le prometiste dinero. Pero no se trata aquí de un juego de preguntas y respuestas, sino que queremos escuchar tu justificación. De manera que primero no ibas a buscar dinero para él, sino que querías darle tu propina, pero luego se demuestra que todavía conservas ese dinero, de modo que, por lo visto, ibas en busca de algún otro dinero, cosa que explica, por otra parte, tu larga ausencia. Al fin y al cabo, no sería nada extraño que hubieras querido ir a sacar dinero de tu maleta para él; pero que lo niegues con todas tus fuerzas, eso sí que es extraño, al igual que tu insistencia por silenciar que emborrachaste al hombre cuando ya estaba en el hotel, de lo cual no cabe duda alguna, pues tú mismo has reconocido que vino solo pero no pudo marcharse solo, y él mismo ha proclamado en el dormitorio que era tu huésped. Por tanto, ya solo quedan dos cuestiones dudosas, que tú, si quisieras simplificar el asunto, podrías responder, pero que también se podrán comprobar sin tu colaboración. Primero: ¿cómo conseguiste el acceso a las despensas? Y, segundo: ¿cómo has reunido una cantidad de dinero suficiente para poder regalarlo?

«Es imposible defenderse si no hay buena voluntad», se dijo Karl y dejó de contestar al metre del hotel, por más que Therese, probablemente, pudiera sufrir por ello. Sabía que lo que él pudiera decir tendría luego un aspecto muy distinto, que ya no sería lo que él había querido decir, y que solo por la manera de juzgar las cosas se vería en ellas algo bueno o malo.

—No contesta –dijo la cocinera mayor–.

—Es lo más razonable –dijo el metre del hotel–.

—Ya se inventará algo –dijo el portero mayor, acariciándose cuidadosamente el bigote con aquella mano antes tan cruel–.

—Cállate –le dijo la cocinera mayor a Therese, que había empezado a sollozar a su lado–, ya ves que no responde. ¿Cómo quieres, entonces, que haga algo por él? Al fin, seré yo la que tenga que darle la razón al señor metre del hotel. Dilo tú, Therese, ¿crees que he dejado de hacer algo por él?

¿Cómo podía saber Therese, y de qué podía servir ahora que la cocinera mayor, mediante esa pregunta y ese ruego dirigido públicamente a la muchachita, se comprometiera demasiado ante esos dos hombres?

—Señora cocinera mayor –dijo Karl, cobrando ánimos una vez más, pero solo para ahorrarle la respuesta a Therese, no por otra causa–, no creo haber sido para usted motivo de vergüenza, y tras una investigación minuciosa tendría que verlo así cualquier otra persona también.

—Cualquier otro –dijo el portero mayor, y señaló con el índice al metre del hotel–, esto es una alusión a usted, señor Isbary.

—Bien, señora cocinera mayor –dijo este–, son las seis y media, es ya muy tarde. Lo mejor será que me deje la última palabra a mí en este asunto tratado ya con excesiva indulgencia.

Había entrado el pequeño Giacomo y quiso acercarse a Karl, pero, asustado por el silencio general reinante, sé detuvo esperando.

Desde que Karl pronunciara las últimas palabras, la cocinera no había apartado de él la mirada, y nada parecía indicar tampoco que hubiera oído la observación del metre del hotel. Sus ojos estaban concentrados del todo en Karl, eran grandes y azules, pero un poco enturbiados por la edad y los muchos esfuerzos. Tal como permanecía allí, de pie, meciendo débilmente el sillón que tenía delante, hubiera podido esperarse muy bien que dijera al instante: «Bien, Karl, si lo reflexiono, el asunto todavía no está claro y requiere, como has dicho tú muy acertadamente, una investigación más detallada. Y eso es lo que vamos a hacer, estén de acuerdo o no, en nombre de la justicia».

Pero en lugar de eso, tras una pausa que nadie se atrevió a interrumpir –solo el reloj dio las seis y media para confirmar las palabras del metre del hotel, y con él, como todo el mundo sabía, todos los relojes del hotel al unísono, sonando esto, en el oído y en el presentimiento, como una contracción reiterada de una gran impaciencia general–, dijo la cocinera:

—¡No, Karl, no, no! No podemos persuadirnos de ello. Las causas justas suelen tener cierto aspecto especial que, debo reconocerlo, tu asunto no presenta. Tengo derecho a decirlo y debo hacerlo. No puedo menos que confesarlo, pues soy yo la que he venido aquí inspirada con la mejor voluntad para contigo. Ya ves, también Therese calla.

(Pero si ella no callaba, estaba llorando).

La cocinera mayor se interrumpió, acometida por una decisión repentina, y dijo:

—Acércate, Karl.

Cuando hubo llegado a su lado –de inmediato, se juntaron a sus espaldas el metre del hotel y el portero mayor,
enzarzándose en un diálogo vivaz– le rodeó con la mano
izquierda y se dirigió con él y con Therese, que los siguió
automáticamente, al fondo de la habitación, y allí se paseó
arriba y abajo con ambos, diciendo:

—Es posible, Karl, y en ello pareces confiar, de lo contrario no te entendería en absoluto, que una investigación te
dé la razón en algunos detalles. ¿Por qué no? Quizá, realmente, saludaras al portero mayor. Incluso lo creo con certeza, pues sé lo que debo pensar del portero mayor, ya ves
que incluso ahora soy sincera contigo. Pero justificaciones
insignificantes de este tipo no te servirán de nada. El metre
del hotel, cuyo conocimiento de los hombres he aprendido
a estimar a lo largo de muchos años, y que es la persona más
formal que haya conocido nunca, ha expresado claramente
tu culpabilidad, la cual parece, por cierto, incuestionable.
Tal vez actuaras por pura inconsciencia, pero tal vez no seas
la persona que yo pensaba. Y, sin embargo –y con ello se
interrumpió hasta cierto punto a sí misma y echó una mirada fugaz a los dos hombres–, no puedo dejar de creer que,
en el fondo, seas un chico decente.

—¡Señora cocinera mayor! ¡Señora cocinera mayor! –le
advirtió el metre del hotel, que había cazado su mirada–.

—Enseguida terminamos –dijo la cocinera mayor, y habló con más rapidez a Karl–: Escucha, Karl, tal como veo el
asunto, casi me siento contenta de que el metre del hotel no
quiera llevar a cabo ninguna investigación, pues si quisiera
hacerlo, yo debería evitarlo en tu propio interés. Nadie debe
saber cómo y con qué medios has invitado a ese hombre, el
cual, por otra parte, no puede haber sido uno de tus antiguos
compañeros, tal como alegas, ya que habías reñido definitivamente cuando te despediste de ellos y por lo tanto no los

invitarías ahora. Entonces, solo puede tratarse de un conocido con el cual, en tu ligereza, te hayas reunido durante la noche en alguna taberna de la ciudad. ¿Cómo pudiste ocultarme todo esto, Karl? Si la estancia en el dormitorio general te resultaba insoportable y ese fue el primer motivo, bastante inocente, para trasnochar, ¿por qué no me dijiste nada? Sabes que yo quería conseguirte una habitación propia y que desistí solo a causa de tus ruegos. Ahora parece que hubieras preferido el dormitorio general porque allí te sentías menos atado. Tu dinero lo guardabas en mi caja, y me traías las propinas cada semana; ¿de dónde, por el amor de Dios, muchacho, sacabas el dinero para tus diversiones, y a dónde querías ir a buscar ahora el dinero para tu amigo? Naturalmente, todas estas son cosas que, por lo menos ahora, no puedo insinuar al metre del hotel, pues tal vez entonces la investigación sería inevitable. Por tanto, debes abandonar el hotel sin falta, y cuanto antes. Ve directo a la pensión Brenner (ya estuviste varias veces allí con Therese), allí te aceptarán gratis con esta recomendación –y la cocinera mayor escribió unas líneas en una tarjeta de visita con una pluma dorada que sacó de su blusa, sin interrumpir sus palabras–, yo te mandaré tu maleta enseguida. Therese, ¡ve corriendo al guardarropa de los ascensoristas y prepara su maleta!

(Pero Therese no se movió, ya que, tal como había soportado toda la pena, también quería compartir el aspecto favorable que estaba tomando el asunto de Karl gracias a la bondad de la cocinera mayor).

Alguien abrió un poco la puerta, sin mostrarse, y la volvió a cerrar de inmediato. Por lo visto, debía atañer a Giacomo, pues este se adelantó y dijo:

—Rossmann, tengo algo que comunicarte.

—Enseguida –dijo la cocinera mayor, y le metió la tarjeta de visita en el bolsillo a Karl, que la había escuchado con la cabeza gacha–; por el momento guardaré tu dinero, ya sabes que puedes confiármelo. Por hoy quédate en casa y recapacita sobre tu asunto; mañana, hoy no tengo tiempo y, además, me he entretenido mucho aquí, iré a casa de Brenner y ya veremos qué más podemos hacer por ti. No te abandonaré, eso debes saberlo ya desde ahora. No tienes que preocuparte por tu futuro, hazlo más bien por esta última época de tu vida.

Luego le dio unas palmaditas en el hombro y se acercó al metre del hotel. Karl levantó la cabeza y siguió con la mirada a aquella mujer corpulenta, airosa, que con paso tranquilo y porte franco se alejaba de él.

—Pero ¿no estás contento –dijo Therese, quedándose junto a él– de que todo haya salido tan bien?

—¡Oh, sí! –dijo Karl y le sonrió, pero no sabía por qué debía alegrarse después de que le echaran como si se tratara de un ladrón.

La mirada de Therese irradiaba la más pura alegría, como si le fuera del todo indiferente que Karl hubiera cometido o no un crimen, que hubiera sido juzgado con justicia o no, con tal de que le dejaran escapar, cubierto de vergüenza o de honores. Y así se comportaba precisamente Therese, tan escrupulosa en sus propios asuntos y que escudriñaba y analizaba durante semanas en su pensamiento una palabra no del todo unívoca de la cocinera mayor. Con intención, le preguntó él:

—¿Harás mi maleta y la enviarás enseguida?

Contra su propia voluntad, Karl tuvo que menear la cabeza de asombro por lo pronto que Therese se acomodó a su pregunta. Y la convicción de que en la maleta había cosas cuyo secreto habría que guardar ante todo el mundo, ni siquiera le permitió mirar a Karl, ni siquiera tenderle la mano, solo le susurró:

—Claro, Karl, prepararé la maleta enseguida.

Y ya había desaparecido. Pero Giacomo ya no pudo retenerse por más tiempo, e impaciente a causa de la prolongada espera, exclamó en voz alta:

—Rossmann, el hombre está revolcándose abajo en el pasillo y no podemos sacarle. Querían llevarlo al hospital, pero se resiste y afirma que tú no tolerarías jamás que le llevaran al hospital. Que se alquile un coche, dice, y se le lleve a casa, que tú pagarás el coche. ¿Quieres?

—El hombre confía en ti —dijo el metre del hotel—.

Karl se encogió de hombros y puso las monedas contadas en la mano de Giacomo.

—No tengo más —dijo luego—.

—También debo preguntarte si irás con él —preguntó Giacomo, haciendo sonar las monedas—.

—No, no irá —dijo la cocinera mayor—.

—Bien, Rossmann —dijo el metre deprisa, sin esperar a que Giacomo estuviera fuera—, ya estás despedido.

El portero mayor asintió varias veces, como si el metre del hotel solo repitiera sus propias palabras.

—No puedo pronunciar en voz alta los motivos de tu expulsión, pues de lo contrario tendría que hacerte encarcelar.

El portero mayor miró con sorprendente severidad a la cocinera mayor, pues había comprendido que ella era la causa de aquel trato excesivamente benigno.

—Ahora ve con Bess, cámbiate, pásale a Bess tu librea y abandona de inmediato, pero de inmediato, la casa.

La cocinera mayor cerró los ojos, con ello quería tranquilizar a Karl. Mientras se inclinaba para despedirse, vio fugazmente cómo el metre del hotel le cogía la mano a la cocinera mayor como en secreto y jugaba con ella. El portero mayor acompañó a Karl hasta la puerta con pasos pesados, sin dejársela cerrar, sino manteniéndola él mismo abierta, para poderle gritar a Karl mientras este se alejaba:

—¡En un cuarto de minuto quiero verte pasar por delante de mí en la puerta principal! ¡Recuérdalo!

Karl se apresuró cuanto pudo solo para evitarse molestias en la puerta principal, pero todo sucedió más despacio de lo que deseaba. Primero no encontró enseguida a Bess y, además, durante el turno del desayuno estaba todo lleno de gente, luego se demostró que un chico había tomado prestados los viejos pantalones de Karl, y Karl tuvo que registrar los vestidores de casi todas las camas hasta que los encontró, de modo que habían pasado ya cinco minutos antes de que Karl llegara a la puerta principal. Precisamente delante de él salía una dama entre cuatro caballeros. Se dirigieron todos hacia un gran automóvil que les esperaba y cuya puerta mantenía abierta un lacayo, el cual extendía el brazo izquierdo libre en actitud rígida y horizontal hacia un costado, lo cual le confería un aspecto muy solemne. Pero Karl había esperado infructuosamente poder salir sin ser advertido detrás de aquel distinguido grupo. El portero mayor ya le cogía de la mano y lo atrajo hacia sí entre dos caballeros, ante los que se disculpó.

—¿Y eso ha sido un cuarto de minuto? –le dijo, y miró a Karl de lado, como si observara un reloj defectuoso–. Ven aquí.

Y le condujo a la portería grande, que hacía tiempo que Karl hubiera deseado visitar, pero en la que ahora, empujado por el portero, entró con desconfianza. Ya estaba en la puerta cuando se volvió e intentó apartar al portero mayor para salir.

—No, no, ahora entrarás aquí –dijo el portero mayor e hizo volver a Karl–.

—Pero si ya estoy despedido –dijo Karl, dando a entender que en el hotel ya no podía ordenarle nada nadie–.

—Mientras yo te retenga, todavía no estás despedido –dijo el portero, lo cual era cierto–.

Después de todo, Karl tampoco encontró motivo alguno por el que debiera ofrecerle resistencia al portero. ¿Qué más podía ocurrirle ya? Además, las paredes de la portería estaban construidas exclusivamente de enormes vidrieras a través de las cuales se veía nítidamente a la multitud que, en direcciones opuestas, fluía por el vestíbulo, como si uno estuviera entre ellos. Sí, en toda la portería no parecía existir ningún rincón donde ocultarse a la vista de la gente. Por prisa que le gente pareciera tener allí fuera, pues si bien se encaminaban a sus destinos con el brazo estirado y la cabeza inclinada, con ojos atentos, con el equipaje mantenido en alto, ninguno dejaba de echar un vistazo a la portería, ya que detrás de las cristaleras siempre colgaban recados y noticias que eran importantes tanto para los huéspedes como para el personal del hotel.

Pero, además, existía también un tránsito directo entre la portería y el vestíbulo, pues frente a dos ventanillas corredizas permanecían sentados dos porteros, ocupados constantemente en dar informaciones referentes a los más diversos temas. Era, en verdad, gente abrumada de trabajo y Karl hubiera afirmado que el portero mayor, tal como le conocía, habría buscado algún camino tortuoso en su carrera a fin de eludir aquel puesto. Estos dos empleados –desde fuera uno no podía imaginárselo debidamente– siempre tenían delante por lo menos diez rostros interrogantes. Entre estos diez que caminaban sin cesar a menudo se producía una mezcla de idiomas, como si cada uno proviniera de un país distinto. Siempre había algunos que preguntaban a la vez, y, además, siempre había algunos que conversaban entre sí. La mayoría quería recoger o entregar algo en la portería, y por eso se veían también en impaciente agitación, sobresalían entre el tumulto.

Una vez se presentó uno que tenía un pedido referente a un diario que, imprevistamente, cayó desplegado desde lo alto y cubrió todos los rostros por un momento. Todo esto tenían que aguantarlo los dos porteros. Para cumplir con su trabajo, no era suficiente con hablar, parloteaban, en especial uno de ellos, un hombre sombrío con una barba oscura que le rodeaba todo el rostro, daba la información sin la más mínima interrupción. No miraba ni al mostrador, desde donde debía alcanzar cosas constantemente, ni al rostro de este o aquel que le interrogaban, sino solo fijamente hacia delante, sin duda para ahorrar y concentrar sus energías. Además, la barba parecía dificultar un poco la comprensión de sus palabras, y durante el rato en que Karl permaneció a su lado solo pudo captar muy poco de lo que decía, aunque, a pesar del acento inglés, era posible que se tratara de idiomas extranjeros, a los que tenía necesidad de recurrir en aquellos momentos. Por otra parte, el hecho de que las informaciones se sucedieran sin interrupción, confundía, de modo que a menudo uno de los interlocutores escuchaba con expresión atenta por creer que aún se trataba de su asunto, para descubrir al poco rato que ya habían terminado con él. También había que acostumbrarse a que el portero nunca pidiera que se repitiera una pregunta, incluso cuando, en general, estaba planteada de forma comprensible aunque algo mal pronunciada. Entonces, un movimiento de cabeza apenas perceptible indicaba que el portero no tenía intención de responder a esa pregunta y era asunto del interlocutor que reconociera su propio error y la formulara mejor. En especial a causa de esto, alguna gente se pasaba muchísimo tiempo delante de la ventanilla.

Para ayudar a los porteros, cada uno de ellos tenía a su disposición un ordenanza, que, a la carrera, debía llevar desde un estante con libros y diversos cajones, todo lo que el portero necesitara en aquel momento. Estos eran los puestos mejor pagados, aunque también los más fatigosos que había para la gente más joven en el hotel. En cierto sentido, eran todavía peores que los de los porteros, pues mientras estos solo tenían que pensar y hablar, los jóvenes tenían que pensar y correr. Si en alguna ocasión se equivocaban al traer alguna cosa, el portero dada su prisa, naturalmente no podía extenderse en explicaciones y sencillamente arrojaba con un empujón de la mesa lo que le habían puesto delante.

Muy interesante era el relevo de los porteros, que tuvo lugar poco después de la entrada de Karl. Naturalmente, tales relevos debían producirse con cierta frecuencia, por lo menos durante el día, pues no existía persona alguna que hubiera podido aguantar más de una hora detrás de la ventanilla. En señal de relevo sonaba una campanilla y simultáneamente entraban por una puerta lateral los dos porteros de turno, cada uno seguido de su ordenanza. En el primer momento, se situaban en la ventanilla sin hacer nada y observaban un momento la gente que había fuera para hacerse una composición de lugar.

Si les parecía que era el momento oportuno para intervenir, le daban una palmada en el hombro al portero que debían sustituir, el cual, pese que hasta entonces no se había preocupado por nada de lo que ocurriera a su espalda, comprendía de inmediato y dejaba libre su sitio. Todo acontecía tan rápido que, a menudo, sorprendía a la gente de fuera y casi les hacía retroceder por el susto que les causaba esa cara nueva que surgía de repente ante ellos. Los dos hombres relevados se desperezaban y luego echaban agua sobre sus cabezas ardientes en dos lavabos dispuestos para ello. Pero los ordenanzas relevados todavía no podían desperezarse, aún tenían que hacer por un rato, que consistía en recoger los objetos tirados al suelo durante su servicio y colocarlos en su sitio.

Karl se había percibido de toda esta actividad en pocos minutos prestando la mayor atención, y con un ligero dolor de cabeza siguió en silencio al portero mayor, que le condujo más adentro. Evidentemente, el portero mayor había observado la fuerte impresión que esta forma de despachar informaciones había causado en Karl, y dándole un repentino tirón de la mano, le dijo:

—Lo ves, así se trabaja aquí.

Cierto que Karl no había estado haraganeando en el hotel, pero no había imaginado que existiera semejante trabajo, y olvidando casi que el portero mayor era su mayor enemigo, le miró y asintió mudo y aprobador con la cabeza. Por eso al portero mayor le pareció de nuevo una sobrevaloración de los porteros y tal vez una descortesía para con él, pues como si considerara a Karl un estúpido, exclamó, sin preocuparse de que le pudieran oír:

—Claro que este es el trabajo más estúpido de todo el hotel. Cuando se ha estado escuchando una hora, se conocen ya poco más o menos todas las preguntas que se hacen, y el resto no hace falta responderlas. Si no hubieras sido insolente y mal educado, no hubieras mentido, vagabundeado, bebido y robado, tal vez hubieras podido colocarte en una de estas ventanillas, pues para ello solo puedo emplear exclusivamente cabezas obtusas.

Karl pasó totalmente por alto los insultos por lo que a él se referían, tal era su indignación porque el auténtico y oneroso trabajo de los porteros, en lugar de ser reconocido, fuera objeto de burla y, además, objeto de burla por parte de un hombre que si en alguna ocasión se hubiera atrevido a sentarse tras una de tales ventanillas, con seguridad hubiera tenido que retirarse a los pocos minutos ante las risas de todos los presentes.

—Suélteme –dijo Karl, con la curiosidad por la portería más que satisfecha–, no quiero saber nada más de usted.

—Eso no es suficiente para marcharse –dijo el portero mayor, apretando tanto los brazos de Karl que este no podía ni moverlos, y se lo llevó, en volandas, al otro extremo de la portería—.

¿Acaso la gente de fuera no veía esa agresión del portero mayor? O si la veía, ¿cómo lo tomaban, para que nadie se escandalizara, ni siquiera golpease en el vidrio para hacerle comprender al portero mayor que se le estaba observando y que no podía proceder a su antojo con Karl?

Pero pronto perdió Karl la esperanza de recibir alguna ayuda procedente del vestíbulo, pues el portero mayor tiró de una cuerda y sobre las vidrieras de media portería se juntaron como en un vuelo, y hasta el último borde en lo alto, negros cortinajes. También en esa parte de la portería había gente, pero todos en plena tarea y sin oídos ni ojos para todo aquello que no tuviera relación con su trabajo. Por otra parte, dependían totalmente del portero mayor, y en lugar de ayudar a Karl hubieran preferido ayudar a ocultar todo lo que se le ocurriera al portero mayor, fuera lo que fuera. Ahí había, por ejemplo, seis porteros pendientes de seis teléfonos. Podía advertirse al instante que allí todo estaba distribuido de forma que solo uno recibiera las conversaciones, mientras que su vecino daba curso, por teléfono, a las anotaciones tomadas por el primero. Se trataba de aquellos novísimos teléfonos que no necesitaban cabinas, pues el sonido de la campanilla no era más fuerte que un zumbido, se podía hablar al teléfono en susurros y, sin embargo, gracias a una mayor potencia eléctrica, las palabras llegaban atronadoras al otro extremo. Por eso no se oía apenas a los tres telefonistas frente a sus aparatos, y se hubiera podido creer que observaban murmurando algún proceso que ocurriera en los auriculares, mientras los otros tres, como ensordecidos por el ruido que hasta ellos llegaba, pero imperceptible para los demás, inclinaban las cabezas sobre el papel, cuya tarea era llenarlos. De nuevo, junto a cada uno de los tres telefonistas había un ordenanza para ayudarles. Estos tres muchachos no hacían otra cosa, alternativamente, que estirar la cabeza, escuchando a sus jefes para luego buscar rápidamente, como si les hubieran pinchado, los correspondientes números de teléfono en enormes libros amarillos –el ruido de las múltiples hojas excedía en mucho a cualquier ruido de los teléfonos–.

Karl no pudo resistirse a observar todo esto con gran detenimiento, a pesar de que el portero mayor, que se había sentado, lo mantenía delante suyo en una especie de abrazo atenazante.

—Es mi obligación –dijo el portero mayor, zarandeando a Karl como si solo quisiera que este volviera su rostro hacia él– reparar lo que el metre del hotel ha descuidado, por los motivos que fuera, en nombre de la dirección. De esta forma sustituye aquí cada cual a su compañero. Si no fuera por esto, un negocio tan grande como este sería impensable. Quizá quieras señalar que yo no soy tu inmediato superior; pues bien, tanto más hermoso es por mi parte que me responsabilice de este asunto, que de otro modo quedaría abandonado.

»Por lo demás, en cierto sentido, como portero mayor, estoy por encima de todos, pues bajo mi responsabilidad están todas las entradas del hotel, desde esta principal, hasta las tres entradas del medio y las diez laterales, por no mencionar las innumerables puertecitas y salidas. Es natural que todos los equipos de servicio me obedezcan sin excepción. Frente a este gran honor, naturalmente, tengo la obligación para con la dirección del hotel de no dejar salir a nadie que resulte sospechoso –y lleno de alegría por ello, levantó las manos y las dejó caer con fuerza dándole dolorosas palmadas–. Es posible –añadió, pasándoselo en grande– que por otra salida hubieras podido marcharte pasando desapercibido, pues, como es natural, no valía la pena dar instrucciones especiales por ti. Pero, ya que estás aquí, quiero darme una satisfacción. Por lo demás, no he dudado de que acudirías a esta cita que nos dimos en la entrada principal, pues es regla que el sinvergüenza y el desobediente precisamente cesan en sus vicios en el momento y lugar en que ello les resulta perjudicial. Seguro que eso lo podrás observar en tu propia persona a menudo.

—No crea –dijo Karl, y aspiró el olor peculiar a moho que exhalaba el portero y que percibía por primera vez allí, al llevar tanto rato en su proximidad–, no crea que estoy totalmente a su merced; puedo gritar.

—Y yo puedo taparte la boca –dijo el portero mayor con la misma seguridad y rapidez con la que seguramente pensaba ejecutar lo dicho si se terciara–. ¿Y, además, crees de verdad que si alguien entrara aquí por ti habría quien te diera la razón frente a mí, el portero mayor? Sin duda, recordarás lo absurdo de tus esperanzas. Sabes, cuando llevabas el uniforme, aún tenías un aspecto algo digno, pero ¡con ese traje que solo sería admisible en Europa!…

Y le zarandeaba tirándole por todas partes del traje; traje que, por cierto, a pesar de ser casi nuevo cinco meses antes, ahora estaba raído, lleno de arrugas y, sobre todo, de manchas. Lo cual debía atribuirse principalmente a la dejadez de los ascensoristas que, cada día para mantener limpio el piso del dormitorio, tal como lo ordenaba el reglamento, no realizaban por desidia una auténtica limpieza, sino que rociaban con un aceite cualquiera el piso, salpicando así lamentablemente toda la ropa que colgaba de las perchas. Se guardara la ropa donde se guardara, siempre había alguno que en aquel momento no tenía a mano la suya y, en cambio, encontraba con facilidad la ajena, aunque estuviera oculta, y la tomaba prestada. Y, por extraña coincidencia, casi siempre se trataba del muchacho que ese día tenía a su cargo la limpieza del dormitorio, y entonces no solo salpicaba la ropa con el aceite, sino que la empapaba de arriba abajo por completo. Solo Renell había conseguido ocultar sus elegantes prendas en algún lugar secreto de donde nadie las sacó nunca, porque nadie se llevaba la ropa por malicia o mezquindad, sino que la tomaba de cualquier parte por pura prisa y dejadez. Pero incluso el traje de Renell lucía un lamparón rojizo de aceite en la espalda, y en la ciudad un especialista hubiera reconocido por esta mancha, incluso en aquel peripuesto joven, a un ascensorista.

Y al recordar todo esto, Karl se dijo que, como ascensorista, él también había sufrido bastante y todo en vano, pues aquel empleo no le había servido de trampolín para otro puesto mejor, tal como él había esperado. Antes bien, cayó más bajo e incluso estuvo cerca de la cárcel. Y para colmo, el portero mayor le retenía ahora, pensando, sin duda, cómo humillar aún más a Karl. Y olvidando por completo que el portero mayor no era un hombre que se dejara persuadir, Karl, exclamó, mientras se golpeaba varias veces la frente con la mano libre:

—Y aunque fuera cierto que no le he saludado, ¡cómo es posible que una persona adulta sea tan vengativa por la omisión de un simple saludo!

—No soy vengativo –dijo el portero mayor–, solo quiero registrar tus bolsillos. Estoy seguro de no encontrar nada, pues habrás sido cauteloso, y lo que hayas cogido se lo habrás ido dando a tu amigo poco a poco, cada día algo, para que se lo lleve. Pero es indispensable que te registre –y metió la mano en uno de los bolsillos de la chaqueta de Karl, cuyas costuras laterales reventaron–. Aquí, por lo pronto, no hay nada.

Y seleccionó en su mano el contenido de aquel bolsillo: un calendario de publicidad del hotel, una hoja con un ejercicio de correspondencia comercial, algunos botones, la tarjeta de la cocinera mayor, una lima para las uñas que le regaló en una ocasión un huésped al hacer las maletas, un viejo espejito de bolsillo que le obsequió Renell en agradecimiento por unas diez sustituciones, y algunas pequeñeces más.

—Aquí no hay nada –repitió el portero mayor, arrojándolo todo debajo del banco, como si fuera natural que las propiedades de Karl fueran a parar allí cuando no se tratara de objetos robados–.

«Ahora sí que ya basta», se dijo Karl –su rostro debía estar rojo como la grana–, y cuando el portero mayor, perdida la cautela por su codicia, empezó a hurgar en el segundo bolsillo de Karl, este, de un tirón, se liberó de las mangas; con el primer impulso le propinó un fuerte empujón a un portero, que fue a dar contra su aparato; corrió a través del aire enrarecido hacia la puerta, más despacio de lo que hubiera deseado. Pero, por suerte, ya estaba fuera antes de que el portero mayor, con su pesado abrigo, se hubiera podido levantar siquiera. La organización del servicio de vigilancia no debía ser tan modélica, pues sonaron campanillas, pero ¡a saber con qué fin! Había tal cantidad de empleados cruzando la entrada en todas direcciones que casi podía creerse que pretendían dificultar la salida de modo inadvertido, pues tanto trajín parecía carecer de sentido. De todos modos, Karl se encontró pronto fuera, pero aún debía recorrer la acera del hotel, ya que la ininterrumpida fila de automóviles que pasaban por delante de la entrada principal impedía alcanzar la calzada. Aquellos automóviles, para llegar cuanto antes a sus dueños, casi se encajaban unos en otros y cada uno era empujado por el que le seguía. Los peatones, con prisa por llegar a la calzada, cruzaban aquí y allá entre los automóviles, como si hubiera un paso público, y les era del todo indiferente si el coche lo ocupaban solo el chófer y el servicio o los más distinguidos clientes. Pero semejante comportamiento a Karl le parecía peligroso. Había que conocer bien el terreno y las costumbres para atreverse a aquello; qué fácil era dar con un coche cuyos ocupantes se lo tomaran a mal, le derribaran y armaran un escándalo. Y tratándose de un descamisado empleado de hotel, despedido y sospechoso, nada podía temer más. Al fin y al cabo, la fila de automóviles no podía prolongarse hasta el infinito y, cuanto más cerca del hotel se mantuviera, menos sospechas despertaría. Por fin, Karl llegó a un lugar donde la fila de automóviles no terminaba, pero se desviaba hacia la calzada y se hacía más fluida. En el preciso momento en que se disponía a sumergirse en el tráfico de la calle, donde había gente de aspecto mucho más sospechoso que él, oyó que le llamaban. Se volvió y vio a dos ascensoristas conocidos que sacaban con grandes esfuerzos una camilla por una puerta estrecha y baja que parecía la entrada de una cripta. En la camilla –como constató Karl– yacía Robinson con la cabeza, el rostro y los brazos profusamente vendados. Resultaba una visión desagradable cómo se llevaba el brazo a los ojos para enjugarse con el vendaje las lágrimas que derramaba, bien de dolor, bien de sufrimiento o incluso de alegría por volver a ver a Karl.

—¡Rossmann –exclamó reprobador–, por qué me haces esperar tanto! Hace ya una hora que me resisto a que me trasladen de aquí antes de que vengas. Estos tipos –y le propinó un pescozón a un ascensorista, como si los vendajes le protegieran de los golpes– son auténticos diablos. ¡Ay, Rossmann, qué cara me ha costado la visita que te he hecho!

—¿Qué te ha pasado? –dijo Karl, y se acercó a la camilla, que los ascensoristas depositaron entre risas en el suelo para descansar.

—¿Y aún preguntas –suspiró Robinson– después de ver mi aspecto? Piensa que lo más posible es que me haya convertido en un inválido para el resto de mi vida. Tengo unos dolores horribles desde aquí hasta aquí –y señaló primero la cabeza y después los pies–. Me hubiera gustado que vieras cómo sangraba por la nariz. Mi chaleco se ha estropeado por completo, mis pantalones no son más que jirones, voy en calzoncillos –y levantó un poco la manta invitando a Karl a mirar debajo–. ¡Qué será de mí! Por lo menos tendré que guardar cama varios meses, y quiero que sepas que ahora ya no tengo nadie para cuidarme aparte de ti; Delamarche es demasiado impaciente: ¡Rossmann, Rossmanncito!

Y Robinson extendió la mano hacia Karl, que retrocedió un poco, para ganárselo con zalamas.

Karl descubrió enseguida que sus lamentos no se debían a sus heridas, sino a la enorme resaca que padecía. Profundamente ebrio cuando se echó, apenas concilió el sueño le despertaron y abatieron a golpes hasta hacerle sangrar, y ya no podía encontrar su lugar en el mundo. Los vendajes informes, hechos de viejos trapos con los que los ascensoristas, evidentemente para divertirse, le habían envuelto de arriba abajo, eran ya una prueba de la insignificancia de sus heridas. Y también las carcajadas en que prorrumpían de tanto en tanto los dos ascensoristas a los extremos de la camilla. Pero aquel no era lugar para intentar que Robinson volviera a sus cabales, ya que los transeúntes circulaban por allí a toda prisa llevándoselo todo por delante, sin preocuparse por el grupo en torno a la camilla. A menudo, la gente, dando auténticos saltos de gimnasta, pasaba por encima de Robinson. Este le gritó al chófer al cual había pagado con el dinero de Karl:

—¡Adelante, adelante!

Realizando un último esfuerzo, los ascensoristas levantaron la camilla, Robinson tomó a Karl de la mano y dijo zalamero:

—Anda ven, ven conmigo.

¿Y dónde estaría mejor Karl, con aquel aspecto, sino en la oscuridad del automóvil? Así que se sentó junto a Robinson, y este apoyó en él su cabeza. Los ascensoristas, aún presentes, le estrecharon con cordialidad la mano a través de la ventanilla del coche, como a un antiguo colega, y el automóvil, con un brusco viraje, giró hacia la carretera. Parecía que tuviera que acontecer una desgracia irremediable, pero, de inmediato, el tráfico circundante que discurría en línea recta lo absorbió inmutable.

Un asilo

Debía tratarse de una apartada calle de los suburbios aquella donde el automóvil se detuvo, pues en torno reinaba el silencio y al borde de la acera jugaban niños en cuclillas. Un hombre con un montón de ropa vieja al hombro lanzaba pregones a voz en cuello, atento a las ventanas de las casas. En su cansancio, Karl se sintió incómodo cuando saltó del coche al asfalto, bañado por el calor y la claridad del sol matinal.

—¿De veras vives aquí? –exclamó, dirigiéndose hacia el interior del automóvil–.

Robinson, que durante todo el viaje había dormido plácidamente, murmuró una afirmación incomprensible y pareció esperar que Karl le sacara de allí.

—Entonces ya no tengo nada más que hacer aquí. Hasta otra –dijo Karl, y se dispuso a bajar por la calle algo empinada–.

—Pero, Karl, ¿qué te ocurre? –exclamó Robinson, tan alarmado ya, que se puso de pie en el coche, bastante erguido, aunque con las rodillas algo trémulas todavía–.

—Debo marcharme –dijo Karl, que había presenciado la pronta recuperación de Robinson–.

—¿En mangas de camisa? –preguntó este–.

—Ya conseguiré una chaqueta –repuso Karl, miró a Robinson y meneó la cabeza en señal de optimismo, se despidió con la mano en alto y se hubiera marchado de veras si el chófer no hubiera exclamado:

—¡Un poquito de paciencia, señor mío!

Resultó, desagradablemente, que el chófer pretendía un pago suplementario por la espera en el hotel, que todavía no le habían abonado.

—Así es –exclamó Robinson desde el coche, confirmando la veracidad de tal exigencia–. Tuve que esperarte tanto tiempo allí... Algo debes darle.

—Por supuesto –dijo el chófer–.

—Siempre que me quede algo –dijo Karl, e introdujo las manos en los bolsillos del pantalón, a pesar de saber que era inútil–.

—Solo puedo pedírselo a usted –dijo el chófer, y se plantó frente a él con las piernas separadas–, a este hombre enfermo no le puedo exigir nada.

Desde el portal se acercó un muchacho con la nariz carcomida, que se puso a escuchar a unos pasos de distancia. Precisamente, un policía hacía la ronda por aquella calle; descubrió al hombre descamisado y se detuvo con la cara gacha.

Robinson, que también había descubierto al agente, cometió la estupidez de gritarle desde la otra ventana, como si se pudiera ahuyentar a un policía igual que a una mosca:

—¡No ocurre nada, no ocurre nada!

Los niños, que habían observado cómo el policía se detenía, repararon en Karl y el chófer, y se acercaron trotando. De pie, en el portal de enfrente, una mujer vieja se quedó mirándoles fijamente.

—¡Rossmann! –exclamó entonces una voz desde arriba–.

Era Delamarche el que llamaba desde el balcón del último piso. La silueta imprecisa de su figura se destacaba contra el cielo blanquecino. Aparentaba llevar un batín y observaba la calle a través de unos gemelos de teatro. A su lado, una sombrilla roja parecía cobijar a una mujer sentada.

—¡Hola! –gritó a voz en cuello, para hacerse entender–, ¿está Robinson también ahí?

—Sí –repuso Karl, secundado por un «Sí» mucho más sonoro que Robinson lanzó desde el coche–.

—¡Hola! –se oyó por respuesta–. ¡Bajo enseguida! Robinson se asomó por la ventanilla del automóvil.

—¡Este sí que es un hombre! –dijo, dirigiendo esa alabanza sobre Delamarche a Karl, al chófer, al policía y a todo aquel que quisiera escucharle–.

Arriba en el balcón, hacia donde todavía miraban por desconcierto, a pesar de que Delamarche ya lo había abandonado, se levantó ahora, bajo la sombrilla, una mujer muy corpulenta con un vestido rojo sin entallar, tomó los gemelos del antepecho del balcón y miró con ellos hacia la gente, que poco a poco apartó la vista de ella. Esperando a Delamarche, Karl miró hacia el portal y luego al patio, atravesado casi sin interrupción por una fila de dependientes de comercio, cada uno de los cuales llevaba sobre los hombros una caja pequeña pero, al parecer, muy pesada. El chófer se acercó a su coche y, para aprovechar el tiempo, se puso a limpiar los faros con un trapo. Robinson evaluaba el estado de sus miembros y pareció sorprendido del poco dolor que sentía a pesar de la gran atención que se prestaba, y con cautela empezó, muy cabizbajo, a deshacer uno de los gruesos vendajes del pie. El policía mantenía su negra porra cruzada ante sí y esperaba en silencio, muy paciente, tal como deben ser los policías tanto si se encuentran de servicio habitual o de vigilancia. El muchacho de la nariz carcomida se sentó en uno de los pilones del portal y estiró las piernas. Los niños se acercaron a Karl a pasitos, pues pese a que no les prestaba atención, les parecía el más importante por sus mangas azules.

Por el tiempo que transcurrió hasta la llegada de Delamarche se podía apreciar la gran altura de aquella casa. Y Delamarche llegó incluso muy rápido, con el batín casi sin anudar.

—¡Bueno, por fin estáis aquí! —exclamó contento y severo a la vez—.

A cada zancada, se entreveía por un momento su ropa interior de color. Karl no comprendía del todo por qué Delamarche, en la ciudad, en el enorme bloque de apartamentos, en plena calle, andaba vestido con tanta comodidad, como si se encontrara en su villa privada. Igual que Robinson, Delamarche había cambiado mucho. Su rostro cetrino, bien rasurado, escrupulosamente limpio, formado por músculos de rudo trazo, tenía un aspecto altivo e infundía respeto. El intenso brillo de sus ojos, ahora siempre entrecerrados, resultaba sorprendente. Su batín violeta era viejo, estaba lleno de manchas y era demasiado grande para él, pero de esa ajada prenda sobresalía por arriba una imponente corbata oscura de pesada seda.

—¿Y bien? —preguntó a todos en general—.

El policía se acercó un poco y se apoyó en la caja del motor del automóvil. Karl explicó en breves palabras la situación:

—Robinson está algo molido, pero si hace un esfuerzo podrá subir las escaleras; aquí el chófer pretende todavía un pago suplementario además del importe del viaje que ya he abonado. Y ahora me voy. Buenos días.

—Tú no te vas —dijo Delamarche—.

—Yo también se lo he dicho ya —informó Robinson desde el coche—.

—Sí que me voy —dijo Karl, y avanzó unos pasos—.

Pero Delamarche ya estaba a sus espaldas y le empujó violentamente.

—¡He dicho que te quedas! –exclamó–.

—Pero suélteme ya –dijo Karl, y se dispuso a ganarse la libertad con los puños si fuera necesario, a pesar de las pocas posibilidades de éxito frente a un hombre como Delamarche–.

Pero allí estaba el policía, el chófer y aquí y allá circulaban grupos de trabajadores por la calle habitualmente tranquila, ¿acaso tolerarían que Delamarche cometiera una injusticia con él? En una habitación no le hubiera gustado encontrárselo a solas, pero ¿allí? Delamarche pagó tranquilamente al chófer, que entre múltiples reverencias se guardó ese inmerecido y elevado importe, y por puro agradecimiento se dirigió a Robinson para hablar con él sobre el mejor modo de transportarle. Karl vio que no le vigilaban y pensó que, tal vez, Delamarche tolerara una marcha silenciosa. Si se podía evitar la pelea tanto mejor y, así, Karl accedió a la calzada para huir lo más rápido posible. Los niños se abalanzaron sobre Delamarche para avisarle de que Karl escapaba, pero no fue necesaria su intervención, ya que el agente dijo, con la porra levantada:

—¡Alto! ¿Cómo te llamas? –preguntó, metió la porra debajo del brazo y, con parsimonia, sacó una agenda–.

Karl le miró por primera vez con mayor atención. Era un hombre corpulento con el pelo casi blanco.

—Karl Rossmann –dijo–.

—Rossmann –repitió el agente, sin duda solo porque era un hombre sosegado y minucioso. Pero Karl, que en realidad se las veía por primera vez con las autoridades americanas, percibió ya en esta reiteración la existencia de una cierta sospecha–.

Y, sin duda, su situación debía ser precaria, pues el propio Robinson, muy ensimismado en sus preocupaciones, moviendo con viveza las manos, le pidió desde el coche a Delamarche que ayudara a Karl. Pero Delamarche le rechazó con un enérgico movimiento de cabeza y observó impávido con las manos metidas en sus enormes bolsillos. El muchacho sentado en el pilón del portal le explicó desde el principio todos los acontecimientos a una mujer que acababa de salir de allí. Los niños formaban un semicírculo a espaldas de Karl y observaban en silencio al policía.

—Muéstrame tus documentos –dijo este–.

Se trataba, sin duda, de una formalidad, pues cuando no se lleva chaqueta, es de suponer que no se lleven encima muchos documentos. Por eso, Karl se calló para responder con mayor detalle a la siguiente pregunta y ocultar así, en la medida de lo posible, la carencia de documentos.

Pero la siguiente pregunta fue:

—¿Así que no tienes documentos?

Y Karl se vio obligado a responder:

—No los llevo conmigo.

—Esto sí que es serio –dijo el policía. Lanzó una mirada grave en derredor suyo y golpeó con dos dedos la tapa de su agenda–. ¿Tienes algún empleo? –preguntó al fin–.

—Era ascensorista –dijo Karl–.

—Eras ascensorista, así que ya no lo eres, ¿de qué vives ahora?

—Ahora buscaré otro trabajo.

—¿Acaso te han despedido?

—Sí, hace una hora.

—¿De repente?

—Sí –dijo Karl, y alzó la mano en ademán de disculpa–.

No podía explicar allí toda la historia. Y aunque eso hubiera sido posible, parecía del todo inútil defenderse de la amenaza de una injusticia mediante la narración de una injusticia padecida. Y si no habían servido para hacerle justicia ni la bondad de la cocinera mayor ni la comprensión del metre, nada cabía esperar de aquella reunión callejera.

—¿Y te despidieron sin chaqueta? –preguntó el policía–.

—Pues sí.

Así que en América las autoridades tenían por costumbre preguntar lo evidente (¡cómo se había enfadado su padre por las inútiles preguntas de las autoridades cuando tramitaron el pasaporte!).

Karl sentía enormes deseos de huir, ocultarse en cualquier parte y no tener que escuchar más preguntas. Y entonces el policía le inquirió precisamente sobre lo que Karl más temía. Temor que, sin duda, le había llevado a comportarse con mayor cautela de la que hubiera demostrado de otro modo.

—¿En qué hotel estabas empleado?

Bajó lo cabeza y no respondió; a esa pregunta no quería responder en ningún caso. No podía suceder que volviera al Hotel Occidental escoltado por un agente, que allí se produjeran interrogatorios para los que llamarían a sus amigos y enemigos, que la cocinera mayor perdiera del todo su ya debilitada buena opinión de él, al verle de vuelta, detenido por un policía, en mangas de camisa, sin su tarjeta de visita, cuando le suponía en la pensión Brenner, mientras el metre tal vez solo asistiera comprensivo y el portero mayor, por el contrario, hablara de la justicia divina que, por fin, había alcanzado al bribón.

—Estaba empleado en el Hotel Occidental –dijo Delamarche, y se situó junto al policía–.

—¡No! –exclamó Karl, y dio una patada en el suelo–, ¡no es cierto!

Delamarche le miró frunciendo la boca en un gesto burlón, como si pudiera delatar muchas otras cosas. La inesperada irritación de Karl provocó un gran revuelo entre los niños, que se unieron a Delamarche para concentrar desde allí su atención en Karl. Robinson había sacado por completo la cabeza del coche y se mantenía tranquilo a fuer de excitado; sus movimientos se limitaban a un guiño de ojos de vez en cuando. El muchacho del portal dio una palmada de pura diversión; la mujer a su lado le propinó un codazo para que se estuviera quieto. Los mozos de cuerda, que hacían en aquel momento una pausa para desayunar, aparecieron con cuencos de café que removían con bastoncillos de pan. Algunos se sentaron en el bordillo, y todos sorbían el café ruidosamente.

—¿Conoce usted a este joven? –le preguntó el policía a Delamarche–.

—Mejor de lo que quisiera –dijo este–. En su momento hice mucho por él, pero me lo pagó muy mal, como podrá deducir usted mismo incluso tras este interrogatorio tan sucinto al que le ha sometido.

—Sí –dijo el policía–, parece un muchacho díscolo.

—Lo es –dijo Delamarche–, pero con todo, este no es su peor defecto.

—¿Ah, no? –dijo el policía–.

—No –dijo Delamarche, que entusiasmado con la conversación hacía revolotear su batín con las manos en los bolsillos–, es un pillo de cuidado. Yo y mi amigo del coche lo encontramos casualmente cuando se hallaba sumido en la miseria. Entonces no tenía ni idea de las condiciones de vida americana, recién llegado de Europa, donde tampoco supieron qué hacer con él. Pues bien, cargamos con él, le dejamos vivir con nosotros, se lo enseñamos todo, quisimos conseguirle un empleo, pensamos que a pesar de todos los indicios en contra aún podríamos hacer de él un hombre útil. Y, de repente, una noche desapareció. Simplemente se fue, y eso en condiciones que prefiero callarme. ¿Fue así o no?

—¡Atrás, niños! –dijo el policía, pues estos se habían agolpado tanto que poco faltó para que Delamarche tropezase y cayera por encima de alguno de ellos–.

Mientras tanto, también los mozos de cuerda, que hasta el momento habían mostrado poco interés por aquel interrogatorio, prestaron más atención. Se agolparon formando un denso círculo a espaldas de Karl que no habría podido retroceder ni un paso y, para colmo, le ensordecían con el ininterrumpido barullo de sus voces, pues más que hablar chapurreaban un inglés incomprensible mezclado con expresiones tal vez eslavas.

—Gracias por la información –dijo el policía, y saludó a Delamarche–. En todo caso me lo llevaré y lo haré conducir al Hotel Occidental.

Pero Delamarche dijo:

—¿Sería mucho pedir que, por el momento, dejara al chico a mi cargo? Todavía tengo algunas cuentas pendientes con él. Me comprometo a llevarle yo mismo al hotel después.

—Eso no puedo hacerlo –dijo el policía–.

Delamarche insistió:

—Aquí tiene usted mi tarjeta –y le tendió una tarjeta de visita–.

El policía la examinó con gesto aprobador, pero dijo, sin dejar de sonreír:

—No, es imposible.

A pesar de lo mucho que Karl se había protegido de Delamarche hasta entonces, ahora veía en él su única posibilidad de salvación. Cierto que el procedimiento mediante el cual este pretendía obtener la custodia de Karl resultaba sospechoso, pero de todos modos sería más fácil convencer a Delamarche que al agente para que no le llevara de regreso al hotel. Y aunque Karl volviera al hotel de la mano de Delamarche, siempre sería menos malo que si eso aconteciera en compañía del policía. Pero, de momento, naturalmente, Karl no debía demostrar que quería ir con Delamarche, pues de lo contrario estaría perdido. E inquieto miró la mano del policía, que podía alzarse en cualquier momento para cogerle.

—Por lo menos debería saber por qué le han despedido de repente –dijo al fin el policía, mientras Delamarche, con expresión contrariada, miraba hacia otro lado y estrujaba la tarjeta entre los dedos–.

—¡Pero si no le han despedido! –exclamó Robinson para asombro general, y, apoyado en el chófer, se inclinó lo más posible fuera del coche–. Al contrario, allí disfruta de un buen empleo. En el dormitorio común goza de gran prestigio sobre todos los ascensoristas y puede llevar allí a quien quiera. Solo que está terriblemente atareado y hay que esperar mucho si se quiere algo de él. Constantemente está en el despacho del metre, de la cocinera mayor, y es una persona de confianza. De ningún modo ha sido despedido. No sé por qué lo ha dicho. ¡Cómo va a estar despedido! En el hotel sufrí un grave accidente y le encargaron que me condujera a casa, y como en aquel momento no llevaba chaqueta, pues salió sin chaqueta. Yo no podía esperar, además, a que fuera en busca de ella.

—Pues entonces… –dijo Delamarche, extendiendo los brazos y en un tono como si le recriminara al policía su poca perspicacia. Y estas dos palabras suyas parecieron aportar una claridad indiscutible a las vagas explicaciones de Robinson–.

—¿Es eso cierto? –preguntó el policía ya menos categórico–. Y si es cierto, ¿por qué el joven afirma que le han despedido?

—Debes responder tú –dijo Delamarche–.

Karl miró al policía, que allí, entre extraños, entre gente que solo pensaba en sí misma, quería restablecer el orden; y a Karl se le contagió algo de su inquietud. No quería mentir y mantenía las manos a la espalda, fuertemente enlazadas.

En el portal apareció un capataz y dio varias palmadas para indicar que los mozos de cuerda debían volver a su trabajo. Estos arrojaron los posos del café de sus cuencos, y en silencio, con paso vacilante, se retiraron a la casa.

—Así no arreglamos nada –dijo el policía, y quiso coger a Karl por el brazo–.

Involuntariamente, Karl retrocedió un poco. Notó el espacio que había quedado libre tras la marcha de los mozos de cuerda, se volvió y echó a correr tras varios saltos. Los niños prorrumpieron en un grito unánime y, con los bracitos extendidos, corrieron también algunos pasos.

—¡Detenedle! –gritó el policía hacia abajo de la larga y casi desierta calle, corriendo detrás de Karl y profiriendo a intervalos regulares la misma exclamación. Su silenciosa carrera revelaba un gran vigor y mucho entrenamiento–.

Fue una suerte para Karl que la persecución tuviera lugar en un barrio obrero. Los trabajadores no respetan a las autoridades. Karl corrió por el centro de la calzada, donde menos obstáculos había, y vio aquí y allá a obreros parados en las aceras que le observaban impávidos mientras el policía les gritaba «¡Deténganle!», y en su carrera –se mantenía astutamente en la lisa acera– extendía su porra hacia Karl.

Karl tenía pocas esperanzas de escapar, y las perdió casi por completo cuando el agente, al aproximarse a calles transversales, que seguramente también contaban con patrullas de policía, empezó a emitir silbidos ensordecedores. La ventaja de Karl se reducía solo a su ligera vestimenta. Volaba o, más bien, se precipitaba cuesta abajo por la calle cada vez más inclinada, solo que a menudo, atontado por la falta de sueño, saltaba demasiado alto, lo que resultaba inútil y le hacía perder tiempo. Además, el policía tenía siempre el objetivo a la vista, sin tener que pensar; por el contrario, para Karl la carrera era en realidad algo secundario, pues debía reflexionar y elegir a cada momento entre varias posibilidades. Su plan inicial, algo desesperado, era evitar en principio las calles transversales, ya que no podía saber lo que se ocultaba en ellas. Era posible que si tomaba por alguna de estas calles se diera de bruces con una comisaría. Mientras fuera posible, quería continuar por aquella calle cuya perspectiva podía abarcar con la mirada hasta muy lejos y que solo mucho más allá desembocaba en un puente que, apenas iniciado, se perdía en una bruma de agua y sol. Tomada esta decisión, justo cuando Karl se disponía a hacer acopio de fuerzas para correr más ligero y cruzar así especialmente deprisa la primera calle transversal, vio a pocos pasos de él a un policía apostado al acecho contra la oscura pared de una casa sumida en las sombras, dispuesto a saltar sobre él en el momento oportuno. Ya no le quedaba más salida que la calle transversal, y cuando, procedente de esa callejuela, oyó que le llamaban por su nombre con tono familiar –al principio le pareció una ilusión, pues hacía rato que le zumbaban los oídos–, no vaciló más y para sorprender en lo posible a los agentes giró sobre una sola pierna y dobló en ángulo recto por esa calle.

Apenas había dado un par de saltos –ya había olvidado que habían pronunciado su nombre; ahora silbaba también el otro agente, cuyas fuerzas estaban intactas, y a lo lejos algunos transeúntes de aquella calle transversal parecían apretar el paso–, cuando surgió una mano de un pequeño portal, asió a Karl y lo atrajo a un oscuro zaguán con estas palabras:

—¡Ahora, silencio!

Era Delamarche, sin resuello, con las mejillas encendidas y el cabello pegado a la cabeza. Llevaba el batín debajo del brazo y su indumentaria se reducía a la camisa y los calzoncillos. Cerró y echó el cerrojo de inmediato a la puerta, que no era la entrada principal, sino una modesta puerta lateral.

—Un momento –dijo luego. Se apoyó contra la pared con la cabeza erguida y respirando con dificultad. Karl casi yacía en sus brazos y apretaba medio desmayado el rostro contra su pecho–.

—Ahí van esos tipos –dijo Delamarche, y estiró el dedo señalando a la puerta mientras escuchaba atento–.

Y en aquel momento preciso pasaron los dos policías, cuya carrera resonaba en la callejuela desierta como cuando el acero golpea contra la piedra.

—Estás realmente agotado –le dijo Delamarche a Karl, que continuaba sin aliento y no podía pronunciar palabra alguna–.

Delamarche le sentó con cuidado en el suelo, se arrodilló a su lado, le pasó varias veces la mano por la frente mientras le observaba.

—Ya me siento mejor –dijo Karl, y con un supremo esfuerzo se levantó–.

—Vamos entonces –dijo Delamarche, que había vuelto a ponerse el batín, y empujó a Karl, quien mantenía aún la cabeza gacha de pura debilidad. De vez en cuando zarandeaba a Karl para reanimarle–.

—¿Y tú pretendes estar cansado? –dijo–. Pero si en la calle podías correr como un gamo. En cambio, yo tenía que escurrirme a hurtadillas por los malditos pasillos y patios. Por suerte, también soy un buen corredor. –Lleno de orgullo le dio a Karl una fuerte palmada en la espalda–. De vez en cuando, una carrera semejante con la policía resulta un buen ejercicio.

—Ya estaba cansado cuando empecé a correr –dijo Karl–.

—No hay excusas que valgan cuando no se sabe correr –dijo Delamarche–. De no ser por mí, hace rato que te hubieran atrapado.

—Opino lo mismo –dijo Karl–. Le estoy muy agradecido.

—Es lo natural –dijo Delamarche–.

Anduvieron por un pasillo largo y estrecho, pavimentado de losas oscuras. De vez en cuando, a diestra o siniestra, se veía el inicio de una escalera o se vislumbraba otro pasillo más largo. No se veían adultos, solo había niños jugando en las escaleras desiertas. Apoyada en una barandilla, una niña pequeña lloraba hasta el punto de que las lágrimas hacían brillar su rostro. Apenas descubrió a Delamarche, se precipitó boquiabierta y jadeante escaleras arriba y no se tranquilizó hasta que, una vez bastante alto, comprobó, tras volverse varias veces, que nadie la perseguía ni pretendía hacerlo.

—A esta la derribé hace un momento en mi carrera –dijo Delamarche riendo, y la amenazó con el puño, tras lo cual ella, gritando, prosiguió su carrera ascendente–.

También los patios que atravesaron estaban casi totalmente desiertos. Solo aquí y allá un recadero empujaba un carrito de dos ruedas, una mujer llenaba un cubo de agua que extraía con una bomba, un cartero cruzaba con paso pausado todo el patio, un anciano de mostacho blanco permanecía sentado con las piernas cruzadas frente a una puerta de vidrio y fumaba una pipa. Frente a una agencia de transportes descargaban cajas, los caballos desocupados volvían indiferentes la cabeza, un hombre con un mono de trabajo supervisaba la tarea de descarga con un papel en la mano; en una oficina, a través de una ventana abierta, se veía a un empleado sentado a su escritorio; se había vuelto y miraba pensativo hacia afuera, precisamente hacia el lugar por el que pasaban Karl y Delamarche.

—No puede imaginarse lugar más tranquilo –dijo Delamarche–. Por las noches, durante algunas horas, se arma aquí una gran algarabía. Pero de día la vida es modélica.

Karl asintió; la tranquilidad le parecía excesiva.

—No podría vivir en ninguna otra parte –dijo Delamarche–, pues Brunelda no soporta el menor ruido. ¿Conoces a Brunelda? Bueno, ya la verás. En todo caso, te sugiero que te comportes con el mayor sigilo.

Cuando llegaron a la escalera que conducía a la vivienda de Delamarche, el automóvil ya había partido, y el muchacho de la nariz carcomida les explicó, sin asombrarse en modo alguno por la reaparición de Karl, que había cargado con Robinson y lo había subido por la escalera. Delamarche se limitó a asentir, como si el muchacho fuera un criado que hubiera cumplido con su obligación, y arrastró consigo escalera arriba a Karl, que se estremeció ligeramente y miró a la soleada calle.

—Enseguida llegamos –dijo Delamarche varias veces mientras ascendían los peldaños–.

Pero su afirmación no parecía cumplirse. A un tramo de escalera le sucedía siempre otro, que cambiaba de dirección de forma imperceptible. En una ocasión, Karl incluso se detuvo, no por cansancio en realidad, sino por una sensación de impotencia frente a la longitud de aquella escalera.

—El apartamento está muy alto, es cierto –dijo Delamarche cuando reanudaron la marcha–, pero eso también tiene sus ventajas. Raras veces sales de casa, puedes andar todo el día en batín, estamos muy cómodos. Y, como es natural, teniendo que subir a semejante altura, tampoco vienen visitas.

«¿Para qué iban a venir visitas?», pensó Karl. Por fin, en un descansillo apareció Robinson frente a una puerta cerrada; habían llegado. La escalera ni siquiera terminaba allí, sino que seguía, perdiéndose en la penumbra, sin que nada pareciera indicar su pronto final.

—¡Ya sabía yo –dijo Robinson en voz baja, como si todavía le atormentaran los dolores– que Delamarche te traería! ¡Rossmann, qué sería de ti sin Delamarche!

Robinson permanecía de pie en ropa interior e intentaba, en la medida de lo posible, cubrirse con la pequeña manta que le habían dado en el Hotel Occidental. Resultaba incomprensible que no entrara en el apartamento y se quedara allí, haciendo el ridículo frente a los posibles transeúntes.

—¿Duerme ella? –preguntó Delamarche–.

—No creo –dijo Robinson–, pero he preferido esperar a que vinieras.

—Primero debemos comprobar si duerme –dijo Delamarche, y se inclinó hacia el ojo de la cerradura–.

Después de observar largo rato, variando la postura de la cabeza, se irguió y dijo:

—No se ve bien, la persiana está echada. Está sentada en el sofá, pero tal vez duerma.

—¿Acaso está enferma? –preguntó Karl, pues Delamarche permanecía, inmóvil como si pidiera consejo–.

Pero este inquirió a su vez en tono áspero:

—¿Enferma?

—Es que no la conoce –dijo Robinson disculpándole–.

Un par de puertas más allá, dos mujeres habían salido al pasillo, se limpiaron las manos en sus delantales, miraron a Delamarche y Robinson y parecieron divertirse a su costa. Por otra puerta asomó una muchacha todavía muy joven, de reluciente cabellera dorada, y se unió a las otras dos mujeres colgándose de sus brazos.

—¡Qué mujerzuelas más repelentes! –dijo Delamarche en voz baja, pero, evidentemente, solo por consideración a la dormida Brunelda–. Uno de estos días las denunciaré a la policía y me dejarán en paz por unos cuantos años. No las miréis –le susurró luego a Karl, el cual no encontraba nada malo en mirarlas, ya que debían esperar en el pasillo a que Brunelda se despertara–.

Disgustado, meneó la cabeza, como demostrando que no tenía por qué soportar amonestaciones de Delamarche. Y, para que quedara más claro, quiso dirigirse hacia las mujeres, pero Robinson le retuvo por la manga con las siguientes palabras:

—¡Cuidado, Rossmann!

Delamarche, irritado ya por Karl, se puso tan furioso a causa de la sonora carcajada que soltó la muchacha que, tomando impulso y agitando brazos y piernas, echó a correr hacia las mujeres. Estas, como llevadas por el viento, desaparecieron cada una por su puerta.

—Así tengo que despejar a menudo los pasillos —dijo Delamarche, cuando regresó a paso lento; entonces recordó la desobediencia de Karl, y dijo—: Pero de ti espero un comportamiento muy distinto, de lo contrario podrías pasar malos tragos.

En aquel momento, una voz interrogante exclamó desde la habitación en tono suave y lánguido:

—¿Delamarche?

—Sí —repuso este mirando afable hacia la puerta—, ¿podemos pasar?

—¡Oh, sí! —se oyó, y Delamarche abrió la puerta con cuidado, después de echar una ojeada a los que esperaban detrás de él—.

Accedieron a una penumbra total. La cortina de la puerta del balcón —no había ninguna ventana— estaba echada hasta el suelo y era muy poco traslúcida. Además, la saturación de muebles y ropa dispersa por todos lados contribuía a la oscuridad del cuarto. La atmósfera era sofocante y se olía el polvo acumulado en rincones manifiestamente inaccesibles a cualquier mano. Lo primero que percibió Karl al entrar fueron tres baúles colocados uno tras otro.

La mujer que antes mirara por el balcón yacía en el sofá. Su vestido rojo se le había enrollado un poco por abajo y colgaba hasta el suelo formando una larga cola. Se le veían las piernas casi hasta las rodillas; llevaba gruesas medias blancas de lana e iba descalza.

—¡Qué calor, Delamarche! —dijo, apartó el rostro de la pared, tendió la mano con negligencia hacia Delamarche, que la tomó y besó. Karl solo tenía ojos para su papada que, al volver la cabeza, se desplazaba con ella—.

—¿Quieres que haga levantar la cortina? —preguntó Delamarche—.

—No, todo menos eso —dijo ella con los ojos entornados y tono lastimero—; aún sería peor.

Karl se había acercado a los pies del sofá para observar mejor a la mujer. Sus quejas le asombraban, pues el calor tampoco era excesivo.

—Espera, te pondré un poco más cómoda —dijo Delamarche temeroso—.

Le desabrochó unos botones y le abrió el vestido de modo que quedaron libres el cuello y el nacimiento de los senos. Asomó también la puntilla delicada y amarillenta de la combinación.

—¿Quién es este? —dijo de repente la mujer, y señaló con el dedo a Karl—. ¿Por qué me mira con tanta fijeza?

—A ver si empiezas pronto a ser útil —dijo Delamarche, y apartó a Karl, mientras tranquilizaba a la mujer con las siguientes palabras—: Se trata tan solo del chico que he traído para tu servicio.

—¡Pero si yo no quiero a nadie! —exclamó ella—. ¿Por qué me traes extraños a casa?

—¡Pero si siempre has deseado tener servidumbre! —dijo Delamarche, y se arrodilló; a pesar de la amplitud del sofá, Brunelda ocupaba todo el espacio—.

—¡Ay, Delamarche —dijo ella—, no me entiendes, no me entiendes!

—Bien, realmente no te entiendo –dijo Delamarche, tomando su rostro entre ambas manos–. Pero si no ha ocurrido nada. Si quieres, se irá de inmediato.

—Ya que está aquí, que se quede –dijo ella, sin embargo–.

Karl, agotado como estaba, se sintió tan agradecido por aquellas palabras, en el fondo tal vez ni siquiera amables –con la confusa imagen de aquella escalera interminable, que quizá hubiera tenido que descender enseguida, siempre en mente–, que pasó por encima de Robinson, dormido plácidamente sobre su manta, y a pesar del enfado que manifestaba Delamarche agitando las manos, dijo:

—En todo caso le estoy agradecido por dejarme quedar aquí un rato. No he dormido en veinticuatro horas, he trabajado bastante y he tenido diversos incidentes. Estoy terriblemente cansado. Ni siquiera sé muy bien dónde me encuentro. Pero cuando haya dormido unas horas puede despedirme sin miramientos y me marcharé gustoso.

—Puedes quedarte tranquilamente –dijo la mujer, y añadió irónica–: Nos sobra sitio, como puedes ver.

—Debes irte –dijo Delamarche–, no podemos emplearte.

—No, que se quede –dijo la mujer ya en serio–.

Y Delamarche le dijo a Karl, secundando aquel deseo:

—Bien, échate ya en cualquier parte.

—Puede echarse sobre las cortinas, pero debe sacarse las botas para no romper nada.

Delamarche le mostró a Karl el sitio al cual ella se refería. Entre la puerta y los tres baúles había un voluminoso amasijo de las más variadas cortinas. Si se hubieran doblado todas con orden, colocándolas de abajo arriba según su peso y tamaño, y se hubieran quitado además del montón las diversas barras y anillos de madera, se habría conseguido un lecho más que pasable, pero tal como estaba solo era una masa tambaleante y resbaladiza. Sin embargo, Karl se acostó

al instante, demasiado cansado para entretenerse en preparativos especiales para dormir, y tampoco debía llamar en
exceso la atención de sus anfitriones realizando demasiados
cambios.

Estaba casi sumido en pleno sueño cuando oyó un fuerte grito, se incorporó y vio a Brunelda erguida en el sofá;
extendía los brazos y se aferraba a Delamarche, arrodillado
frente a ella. Karl, a quien la visión le resultaba penosa, se
echó de nuevo y se hundió entre las cortinas para continuar
durmiendo. Estaba muy claro que allí tampoco podría permanecer ni dos días, por lo que era tanto más necesario
descansar bien primero para luego, con la mente lúcida, poder tomar una decisión rápida y serena.

Pero Brunelda ya había advertido los ojos de Karl, muy
abiertos por el sueño que ya la habían asustado antes, y exclamó:

—¡Delamarche, no soporto más el calor, me abraso, tengo que desnudarme! ¡Echa a estos dos de la habitación, en-
víalos donde quieras, al pasillo, al balcón, a cualquier parte
donde no los vea! Está una en su propia casa y continúan
molestándola. ¡Si estuviera sola contigo, Delamarche! ¡Ay,
Dios, continúan aquí! ¡Cómo se despereza ese desvergonzado de Robinson, en ropa interior ante una dama! ¡Y cómo
ese joven desconocido, que con tanta violencia me ha mirado hace un momento, se ha vuelto a acostar para engañar-
me! ¡Fuera con ellos, Delamarche, me resultan una carga,
me oprimen el pecho, y si ahora perezco será por su culpa!

—Enseguida estarán fuera, puedes desnudarte tranquila
–dijo Delamarche. Se dirigió hacia Robinson y le sacudió
con el pie en el pecho. Al tiempo le gritó a Karl–: ¡En pie,
Rossmann! ¡Debéis salir ambos al balcón! ¡Y ay de vosotros
si entráis antes de que se os llame! ¡Vamos, apresúrate, Robinson! –le dijo a este sacudiéndole más fuerte–, y tú,

Rossmann, cuidado no vayas a caer también en mis manos —y dio dos sonoras palmadas mientras lo decía—.

—¡Cuánto tardan! —exclamó Brunelda en el sofá, donde se había sentado con las piernas muy separadas para apuntalar mejor su cuerpo excesivamente obeso—.

Solo con ingentes esfuerzos, resoplando sin cesar, y reposando a menudo, pudo agacharse lo suficiente para asir el borde superior de sus medias y bajarlas un poco. No podía desnudarse del todo, de eso debía ocuparse Delamarche, al cual esperaba impaciente.

Totalmente aturdido por el cansancio, Karl abandonó el montón de cortinas y se dirigió lentamente hacia la puerta del balcón. Se le había enredado un trozo de cortina en el pie y lo arrastró consigo indiferente. En su distracción dijo incluso al pasar junto a Brunelda:

—Le deseo buenas noches.

Luego cruzó hacia el balcón por delante de Delamarche, que retiró un poco la cortina de la puerta. Pegado a Karl, iba Robinson, no menos somnoliento y refunfuñando para sí:

—¡Siempre le maltratan a uno; si Brunelda no viene también, no salgo al balcón!

Pero, a pesar de estas palabras, salió con mansedumbre, y una vez fuera, como Karl se había desplomado en el sillón, se acostó sobre el suelo enlosado.

Cuando Karl despertó ya había caído la noche; las estrellas brillaban en el cielo y tras los altos edificios al otro lado de la calle resplandecía el claro de luna. Solo después de mirar unas cuantas veces en derredor y de haber inhalado el frío y tonificante aire, fue Karl consciente de dónde se encontraba. Qué imprudencia la suya. Había hecho caso omiso de todos los consejos de la cocinera mayor, de las advertencias de Therese, de sus propios temores. Estaba sentado tranquilamente allí, en el balcón de Delamarche, incluso se había pasado la mitad del día durmiendo como si detrás de la cortina no estuviera este, su gran enemigo. El perezoso Robinson se revolvió en el suelo y tiró a Karl del pie, creyendo que, en efecto, le había despertado, pues dijo:

—¡Qué sueño más pesado tienes, Rossmann! Eso es la despreocupación de la juventud. ¿Cuánto tiempo quieres dormir todavía? Te hubiera dejado dormir más, pero en primer lugar me aburro demasiado aquí en el suelo, y en segundo lugar tengo mucha hambre. Te lo ruego, incorpórate un poco, ahí abajo, dentro del sillón, he guardado algo de comida y deseo sacarlo. También te daré a ti un poco.

Y Karl, que se levantó, vio cómo Robinson, sin incorporarse, rodando sobre la barriga y con las manos estiradas, extrajo de debajo del sillón una bandeja plateada como las que sirven para depositar las tarjetas de visita. Pero en aquella bandeja había medio salchichón muy negro, algunos cigarrillos finos, una lata de sardinas abierta pero todavía bastante llena, rebosante de aceite, y un montón de bombones, la mayoría estrujados, que formaban una pelota. Luego apareció además una gran hogaza de pan y una especie de frasco de perfume que parecía contener otra cosa, pues Robinson la señaló con especial satisfacción y se relamió de gusto mirando a Karl.

—Lo ves, Rossmann –dijo Robinson, engullendo una sardina tras otra y limpiándose de vez en cuando el aceite de las manos con un paño de lana que, sin duda, Brunelda había olvidado en el balcón–, lo ves. Así hay que guardar la comida si no quiere uno morirse de hambre. Sabes, me han dejado totalmente de lado. Y cuando a uno le tratan siempre como a un perro, acaba uno por creerse que lo es. ¡Qué bien que estés aquí, Rossmann! ¡Por lo menos puedo hablar con alguien! Nadie me dirige la palabra en todo el edificio. Nos detestan. Y todo por culpa de esa Brunelda. Claro que es una real hembra. Oye –y le hizo señas a Karl para que se agachara y poder susurrarle–, la vi desnuda una vez. ¡Oh!

Y recordando aquel momento de placer empezó a estrujar y golpear las piernas de Karl, hasta que este exclamó, cogiéndole las manos y apartándolas:

—¡Estás loco, Robinson!

—Es que tú eres un niño todavía, Rossmann –dijo Robinson. Extrajo un cuchillo que llevaba colgado de su collar debajo de la camisa, lo desenvainó y cortó el duro salchichón–. Aún tienes mucho que aprender. Pero con nosotros estás en el buen camino. Siéntate, hombre. ¿No quieres comer algo tú también? En fin, tal vez mirarme te abra el apetito. ¿Tampoco quieres beber? No quieres nada de nada. Y no es que estés tampoco excesivamente parlanchín. Pero da igual con quien se esté en el balcón con tal de que haya alguien. Porque yo me quedo muy a menudo en el balcón, ¿sabes? Es algo que divierte mucho a Brunelda. Con cualquier pretexto, ya sienta frío, ya calor, ya quiera dormir, ya peinarse, ya aflojarse el corsé o ponérselo, a mí me mandan siempre al balcón. Es cierto que a veces hace lo que dice, pero generalmente continúa tendida en el sofá sin moverse. Antes, a menudo, retiraba un poco la cortina para mirar, pero desde que en una ocasión Delamarche (sé con certeza que él no quería y lo hizo solo porque Brunelda se lo pidió) me cruzó varias veces el rostro con el látigo (¿ves los cardenales?) ya no me atrevo a espiar. Así que me echo aquí en el balcón sin otra distracción que la comida. Anteayer, cuando estaba aquí tumbado por la noche, todavía con mis elegantes ropas, que, por desgracia, perdí en tu hotel (esos perros le arrancan a uno del cuerpo hasta unas ropas como esas), bien, como te decía, cuando estaba aquí tendido y miré abajo a través de la barandilla, me pareció todo tan triste que me eché a llorar. Entonces, por casualidad, sin que lo advirtiera enseguida, salió Brunelda con el vestido rojo –el que mejor le sienta de todos–, me observó un rato y dijo al fin: «Robinson, ¿por qué lloras?». Luego, levantó su vestido y con el ribete me enjugó las lágrimas. Quién sabe qué más habría hecho si Delamarche no la hubiera llamado y no hubiera tenido que regresar de inmediato al cuarto. Naturalmente, pensé que había llegado mi hora, y pregunté a través de la cortina si podía entrar ya en la habitación. ¿Y qué imaginas que me respondió Brunelda? «No», dijo, y «¡Qué te has creído!».

—¿Por qué sigues aquí si te tratan así? –preguntó Karl–.

—Perdona, Rossmann, pero tu pregunta no es muy inteligente –repuso Robinson–. Tú también te quedarás aquí, incluso aunque te traten peor. Por otra parte, tampoco me tratan tan mal.

—No –dijo Karl–, seguro que me marcho, a ser posible esta misma noche. No me quedaré con vosotros.

—¿Y cómo te las arreglarás para marcharte esta noche? –preguntó Robinson, que había desmigado el pan y lo empapaba cuidadosamente en el aceite de las sardinas–. ¿Cómo vas a marcharte si ni siquiera puedes entrar en la habitación?

—¿Y por qué no podemos entrar?

—Mientras no suene la campanilla no podemos hacerlo –dijo Robinson, quien con la boca muy abierta engullía el grasiento pan mientras recogía el aceite que goteaba del mismo con una mano para, de tiempo en tiempo, remojar el pan restante en la otra mano que, ahuecada, le servía de recipiente–. Aquí todo se ha vuelto más severo. Al principio ahí solo había una cortina fina que, si bien no era transparente, por la noche permitía reconocer las sombras. Eso molestaba a Brunelda, y entonces tuve que convertir en cortina una de las capas que utilizaba en escena, y colgarla aquí en lugar de la vieja. Ahora ya no se ve nada. Además, antes podía preguntar siempre si me permitían entrar ya, y según las circunstancias, me respondían sí o no, pero seguramente lo exploté en exceso y preguntaba en demasía. Brunelda no podía soportarlo; a pesar de su gordura es muy débil, padece a menudo dolores de cabeza y casi siempre tiene gota en las piernas; así que se decidió que yo no podía preguntar más, sino que cuando pudiera entrar hacían sonar la campanilla de la mesa. Tiene un sonido tan agudo que, cuando suena, incluso me despierta. En una ocasión tuve aquí un gato para divertirme, pero se escapó del susto al oír la campanilla y no ha vuelto nunca más. Bien, hoy todavía no ha sonado, pues cuando lo hace no solo puedo, sino que debo entrar. Y si esta vez no ha tocado en tanto tiempo, puede tardar mucho más todavía.

—Bueno –dijo Karl–, pero lo que es válido para ti no tiene por qué serlo para mí. Además, una cosa así solo es válida para quien la tolera.

—Pero ¿por qué no habría de ser válida también para ti? –exclamó Robinson–. Desde luego, también sirve para ti. Espera tranquilamente aquí conmigo hasta que suene. Entonces podrás intentar escaparte.

—¿En realidad, por qué no te marchas? Solo porque Delamarche es tu amigo, o mejor dicho, lo era. ¿Acaso es esto vida? ¿No estarías mejor en Butterford, a donde queríais ir al principio? ¿O incluso en California, donde tienes amigos?

—Desde luego –dijo Robinson–, esto nadie podía preverlo –y antes de continuar su narración, añadió–: A tu salud, querido Rossmann –y se echó al coleto un largo trago del frasco de perfume–. Por aquel entonces, cuando nos abandonaste tan vilmente, nuestra situación era muy precaria. Los primeros días no conseguimos ningún empleo. Por otra parte, Delamarche no quería trabajar, pues, si no, ya lo habría conseguido. Pero siempre me enviaba a mí a buscarlo, y yo no tengo suerte. El solo se dedicaba a deambular. Un día, casi de noche, trajo un monedero de mujer. Era en verdad muy bonito, de perlas, ahora se lo ha regalado a Brunelda, pero apenas contenía nada. Luego dijo que debíamos ir a mendigar por las casas. Esto, naturalmente, da oportunidad de encontrar algunas cosas útiles, así que nos pusimos a pedir limosna, y para disimularlo mejor, yo cantaba frente a las puertas de las viviendas. Ya sabes la suerte que siempre tiene Delamarche: apenas llegamos a la segunda puerta, una vivienda muy lujosa en una planta baja, y nos pusimos a cantar a la puerta de la cocinera y el criado, subió por la escalera la dama a la que pertenecía la vivienda, precisamente Brunelda. Tal vez fuera demasiado ceñida y por eso no podía subir aquellos pocos peldaños. Pero ¡qué hermosa estaba, Rossmann! Llevaba un vestido blanco y una sombrilla roja. Estaba para comérsela. Para bebérsela. ¡Dios, Dios, qué guapa estaba! ¡Qué mujer! Dime, por lo que más quieras, ¿cómo puede existir una mujer así? Naturalmente, la sirvienta y el criado se precipitaron de inmediato hacia ella y la subieron casi en volandas. Nosotros permanecimos de pie cada uno a un lado de la puerta y saludamos como es costumbre aquí. Ella se quedó un momento quieta, pues se había quedado sin resuello y bien… Ya no sé cómo ocurrió en realidad. A causa del hambre tenía el juicio trastornado, y ella, de cerca, aún resultaba más hermosa y exuberante y, gracias a un corsé especial que luego puedo enseñarte, muy maciza. En resumen, la toqué un poco por detrás, fue un gesto muy fugaz, solo la rocé. Naturalmente, no se puede tolerar que un mendigo toque a una rica dama. Quién sabe lo mal que hubiera acabado el asunto si Delamarche no me hubiera propinado enseguida un bofetón. ¡Y qué bofetón! Tuve que llevarme ambas manos a la mejilla.

—¡La de manejos que os traéis! –dijo Karl, del todo fascinado por la narración, sentándose en el suelo–. ¿Esa era Brunelda?

—Así es –dijo Robinson–, esa era Brunelda.

—Pero ¿no dijiste una vez que era cantante? –preguntó Karl–.

—Claro que es cantante, y una gran cantante –repuso Robinson, que trajinaba un amasijo de bombón con la lengua y de vez en cuando se volvía a meter con el dedo un trozo que se le escapaba de la boca–. Pero, claro, eso entonces todavía no lo sabíamos. Solo vimos que se trataba de una dama rica y muy distinguida. Se comportó como si nada hubiera sucedido y acaso ni siquiera lo notara, pues de hecho solo la rocé con las yemas de los dedos. Pero no cesaba de mirar a Delamarche, el cual, perspicaz como siempre, con los ojos fijos en los de ella, le devolvió la mirada. Y entonces ella le dijo: «Entra conmigo un ratito», señalando con la sombrilla la puerta del apartamento para que Delamarche la precediera. Luego entraron ambos y la servidumbre cerró la puerta tras ellos. A mí me dejaron fuera. Pensé que aquello duraría poco y me senté en la escalera para esperar a Delamarche. Pero en su lugar salió el criado y me trajo un plato rebosante de sopa. «¡Un detalle de Delamarche!», me dije. El criado, mientras yo comía, se quedó un ratito de pie a mi lado y me explicó algunas cosas sobre Brunelda. Entonces comprendí la trascendencia que la visita a Brunelda podía tener para nosotros. ¡Brunelda era una mujer divorciada, poseía una gran fortuna y era totalmente independiente! Su antiguo marido, un fabricante de cacao, seguía amándola, pero ella le ignoraba. Él iba muy a menudo al piso, siempre muy elegante, vestido como para una boda (esto es cierto palabra por palabra, le conozco en persona), pero el criado, pese a los intentos de soborno, no se atrevía a preguntarle a Brunelda si quería recibirle. Ya había preguntado algunas veces y Brunelda siempre reaccionaba igual: le arrojaba a la cara lo que en aquel momento tuviera a mano. En una ocasión, incluso le lanzó su botella de agua caliente llena, con la que le arrancó un diente. ¡Sí, Rossmann, para que veas!

—¿De qué conoces al marido? –preguntó Karl–.

—De vez en cuando también sube –dijo Robinson–.

—¿Sube? –Asombrado, Karl dio un ligero manotazo en el suelo–.

—Asómbrate cuanto quieras –continuó Robinson–, hasta yo me sorprendí cuando el criado me lo contó. Imagínate: cuando Brunelda no estaba en casa, el marido se hacía conducir por el criado a sus aposentos y siempre se llevaba una menudencia como recuerdo y dejaba algo muy caro y refinado para Brunelda, prohibiéndole al criado que dijera de quién era el obsequio. Pero una vez en que trajo precisamente una porcelana de valor incalculable (así lo dijo el criado y le creó), Brunelda debió descubrirlo de algún modo: la tiró de inmediato al suelo, la pisoteó, escupió encima y aún hizo otras cosas más, de modo que el criado apenas pudo llevársela de allí del asco que le dio.

—¿Pues qué es lo que el marido le ha hecho? –preguntó Karl–.

—Eso no lo sé en realidad –repuso Robinson–. Creo que nada en particular, por lo menos ni él mismo lo sabe. Algunas veces lo he comentado con él. Me espera cada día allí, en la esquina de la calle, para que le explique novedades. Si no puedo ir, me aguarda media hora y luego se marcha. Para mí resultaban unos buenos ingresos adicionales, pues pagaba las noticias con generosidad, pero desde que Delamarche se enteró, tengo que entregárselo todo a él y por eso voy menos.

—Pero ¿qué quiere ese hombre? –preguntó Karl–. ¿Qué es lo que quiere? Ya sabe que ella no le ama.

—Sí –suspiró Robinson, encendió un cigarrillo y expelió el humo hacia arriba, encogiéndose de hombros. Luego pareció cambiar de opinión y dijo–: ¿Y a mí qué me importa? Yo solo sé que daría mucho dinero por poder yacer aquí en el balcón como nosotros.

Karl se incorporó, se apoyó en la barandilla y contempló la calle. Ya se veía la luna, pero su luz todavía no iluminaba el fondo de la callejuela. Esta, tan vacía de día, estaba ahora abarrotada de gente, con movimientos lentos y pesados, sobre todo frente a los portales. Las mangas de las camisas masculinas, los vestidos claros de las mujeres, se destacaban débilmente en la oscuridad y todos llevaban la cabeza descubierta. Los numerosos balcones en derredor estaban todos ocupados. Allí, a la luz de una lámpara eléctrica, se sentaban las familias en torno a una mesita o en sillas colocadas en fila, según el tamaño del balcón. Y si no, cuando menos, asomaban las cabezas por las ventanas de las habitaciones. Los hombres estaban sentados con las piernas separadas, los pies asomando entre los barrotes de las barandillas, y leían periódicos que casi llegaban hasta el suelo, o jugaban a los naipes aparentemente en silencio, pero dando fuertes puñetazos en las mesas. Las mujeres, con el regazo lleno de trabajos de costura, solo de vez en cuando lanzaban una fugaz mirada en derredor o a la calle. En el balcón contiguo, una frágil y rubia mujer bostezaba sin cesar, entornando los ojos y levantando cada vez hasta la boca la prenda de ropa interior que zurcía. Incluso en los balcones más pequeños los niños se las apañaban para perseguirse unos a otros, lo cual molestaba mucho a los padres. En el interior de muchas habitaciones había gramófonos en marcha, y sonaban canciones o música de orquesta; no prestaba excesiva atención a la música, solo de vez en cuando el cabeza de familia hacía una señal y alguien se precipitaba a la habitación para cambiar el disco. En algunas ventanas se veían parejas de amantes totalmente inmóviles. En una ventana enfrente de Karl había una de tales parejas de pie; el joven rodeaba a la muchacha con el brazo y le oprimía el pecho con la mano.

—¿Conoces a algún vecino? –preguntó Karl a Robinson, que se había levantado y, como tiritaba de frío, se envolvía con el edredón y además con la manta de Brunelda.

—A casi nadie, eso es lo malo de mi situación –dijo Robinson, y atrajo a Karl hacia sí para susurrarle al oído–: de lo contrario, por ahora no tendría queja. Por Delamarche, Brunelda vendió todo lo que tenía y se trasladó con todos sus bienes a este apartamento de los suburbios, para poderse dedicar por completo a él y para que nadie la estorbe. Por otra parte, ese era también el deseo de Delamarche.

—¿Y despidió a la servidumbre? –preguntó Karl–.

—Por supuesto –dijo Robinson–. Además, ¿dónde iba a instalar aquí al servicio? Esos criados son señoritos muy exigentes. En una ocasión en que Delamarche estaba con Brunelda, echó a bofetadas a un criado; volaban una detrás de otra hasta que estuvo fuera de la habitación. Naturalmente, los demás criados hicieron causa común con él y armaron un escándalo delante de la puerta. Entonces, Delamarche salió (en aquellos momentos yo no era criado, sino amigo de la casa, pero estaba con ellos) y preguntó: «¿Qué queréis?». El criado más viejo, un tal Isidor, repuso: «Nada tenemos que hablar con usted, nuestra ama es la señora». Como ya habrás notado, adoraban a Brunelda, pero Brunelda, sin preocuparse de ellos, corrió hacia Delamarche (entonces no estaba tan gorda como ahora), le abrazó delante de todos, le besó y le llamó «queridísimo Delamarche», y para terminar dijo «despide a todos estos monos». Monos:

así llamó a los criados; imagínate la cara que pusieron al oírlo. Luego, Brunelda llevó la mano de Delamarche hasta el monedero que llevaba colgado del cinturón. Delamarche la introdujo en él y empezó a pagar a los criados. Brunelda solo participó en el pago en la medida en que estaba presente con el monedero abierto en el cinturón. Delamarche tuvo que meter la mano a menudo, pues repartía el dinero sin contar y sin regatear las demandas. Al final, dijo: «Ya que no queréis hablar conmigo, solo os digo en nombre de Brunelda: largaos, pero enseguida». Así fueron despedidos. Luego hubo algunos juicios. Delamarche tuvo incluso que ir una vez al tribunal, pero no sé mucho de ese asunto. De inmediato, tras despedir a los criados, Delamarche le dijo a Brunelda: «Ahora te has quedado sin servidumbre». Ella dijo: «Pero ahí está Robinson». Tras lo cual, Delamarche comentó, dándome una palmada en el hombro: «Tú serás nuestro criado». Y entonces Brunelda me hizo una caricia en la mejilla. Si tienes ocasión, Rossmann, deja que te haga una a ti. Te sorprenderá lo agradable que es.

—¿Así que te has convertido en el criado de Delamarche? –dijo Karl resumiendo–.

Robinson captó la conmiseración que había en la pregunta y repuso:

—Soy un criado, pero pocas personas lo notan. Ya ves, ni siquiera tú lo sabías, a pesar de llevar ya un buen rato con nosotros. Ya viste cómo iba vestido la otra noche en el hotel, con lo mejor de lo mejor. ¿Acaso los criados van vestidos así? Pero lo malo es que no puedo salir apenas, tengo que estar siempre a mano porque el trabajo doméstico es muy esclavo. Una sola persona no puede con tanto trabajo. Como tal vez hayas observado ya, la habitación está abarrotada. Lo que no pudimos vender con la mudanza, nos lo trajimos. Claro que se hubiera podido regalar, pero Brunelda no da nada desinteresadamente. Imagínate el trabajo que supuso subir por la escalera todas esas cosas.

—¿Tú has subido todo esto, Robinson? –preguntó Karl–.

—¿Quién, si no? –contestó Robinson–. Había además un ayudante, un haragán; la mayor parte del trabajo la tuve que hacer solo. Brunelda estaba abajo en el coche; Delamarche, arriba, ordenaba dónde había que colocar las cosas, y yo corría sin cesar de un lado a otro. Eso duró dos días. Mucho tiempo, ¿no? Pero no te puedes imaginar la cantidad de cosas que hay en la habitación. Todos los baúles están llenos y, detrás de estos, todo está abarrotado hasta el techo. Si hubieran contratado a más gente para la mudanza, todo habría estado arreglado en poco tiempo, pero Brunelda no se lo quería confiar a nadie más que a mí. Eso resultaba muy halagador, pero arruiné mi salud para el resto de mi vida, ¿y qué otra cosa tenía sino mi salud? Al menor esfuerzo ya siento punzadas aquí, aquí y aquí. ¿Te crees que esos muchachos del hotel, esos renacuajos (qué otra cosa son si no), me habrían vencido de estar sano? Pero me pase lo que me pase, a Delamarche y a Brunelda no pienso decirles ni una palabra. Trabajaré mientras pueda, y cuando no pueda más, me tumbaré y moriré, y solo entonces, demasiado tarde, se darán cuenta de que estaba enfermo y, a pesar de ello, continué trabajando sin cesar, que me he matado trabajando a su servicio. ¡Ay, Rossmann! –dijo al fin, y se enjugó los ojos en la manga de Karl. Y tras una pausa–: ¿No tienes frío en mangas de camisa?

—Venga, Robinson –dijo Karl–, no paras de llorar. No creo que estés tan enfermo. Tienes un aspecto muy sano, pero como siempre estás tirado aquí en el balcón, dejas volar la imaginación. Es posible que, de vez en cuando, sientas una punzada en el pecho, yo también, eso le ocurre a todo el mundo. Si la gente llorara como tú por cada insignificancia, todos tendrían que estar llorando en los balcones.

—Eso quien mejor lo sabe soy yo –dijo Robinson, y se secó los ojos con la punta de su edredón–. El estudiante que vive al lado, en casa del arrendatario, que cocinaba también para nosotros, me dijo el otro día cuando le llevé los platos sucios de la comida: «Oiga, Robinson, ¿no está usted enfermo?». Tengo prohibido hablar con esta gente, así que me limité a dejar los platos e hice ademán de marcharme. Entonces se acercó y me dijo: «Escuche, hombre, no lleve las cosas al extremo, está usted enfermo». «Muy bien, se lo ruego, ¿qué debo hacer entonces?», pregunté. «Eso es asunto suyo», dijo él y se volvió. Los otros, que estaban sentados a la mesa, se echaron a reír, pues aquí tenemos enemigos en todas partes.

—O sea, que haces caso de la gente que te considera un loco y a los que tienen buenas intenciones para contigo no les crees.

—Pero soy yo quien puede saber cómo estoy, ¿no? –se encrespó Robinson, pero volvió enseguida a sus lamentaciones–.

—Lo que ocurre es que no sabes lo que necesitas. Deberías buscarte un trabajo decente en lugar de servir a Delamarche. Pues por lo que puedo juzgar, según lo que me explicas y lo que veo con mis propios ojos, más que un criado, eres un esclavo. Eso no lo puede soportar nadie, en eso estoy de acuerdo contigo. Pero tú piensas que por ser amigo de Delamarche no puedes abandonarle. Estás en un error. Si no es capaz de ver la vida tan miserable que llevas, ya no tienes ninguna obligación para con él.

—Entonces, Rossmann, ¿crees de veras que me recuperaré si dejo mi trabajo aquí?

—Seguro –dijo Karl–.

—¿Seguro? –preguntó Robinson de nuevo–.

—Seguro del todo –dijo Karl sonriente–.

—Entonces podría empezar a reponerme enseguida –dijo Robinson, y miró a Karl–.

—¿Por qué? –preguntó este–.

—Porque tú me vas a sustituir aquí.

—¿Quién ha dicho eso? –preguntó Karl–.

—¡Es un viejo proyecto! Hace algunos días que se viene hablando de ello. Todo empezó cuando Brunelda me reprendió por no tener el apartamento lo bastante limpio. Naturalmente, prometí ponerlo todo en orden enseguida, pero eso es muy difícil. En mi estado, no puedo agacharme para limpiar el polvo de todos los rincones. Ni en el centro de la habitación puede uno moverse, ¿cómo hacerlo entonces entre los muebles y los cachivaches? Además, para limpiarlo todo bien hay que apartar los muebles de su sitio, ¿no? ¡Y eso lo tengo que hacer yo solo! Por otra parte, ese trabajo hay que hacerlo con gran sigilo, pues hay que evitar causar molestias a Brunelda, que apenas abandona la habitación. Prometí, pues, que lo limpiaría todo, pero en realidad no lo hice. Cuando Brunelda lo descubrió, le dijo a Delamarche que aquello no podía seguir así, que habría que emplear a un auxiliar. «Delamarche, no quiero», dijo «que algún día me reproches el no haber llevado bien la casa. Pero yo no puedo hacer ningún esfuerzo, supongo que lo reconocerás, y con Robinson no basta. Al principio estaba fresco como una rosa y lo hacía todo, pero ahora siempre está cansado y a la primera oportunidad se sienta en un rincón. Una habitación como la nuestra, repleta de objetos, no se mantiene en orden sola». Acto seguido, Delamarche se puso a buscar solución, pues, evidentemente, no se puede meter a una persona cualquiera en esta casa, ni siquiera de prueba, ya que nos vigilan por todas partes. Como soy amigo tuyo y supe por Renell que te matabas trabajando en el hotel, te propuse a ti. Delamarche estuvo de acuerdo de inmediato, pese a tu impertinencia con él aquel día. Y, naturalmente, yo me alegré mucho de poderte ser tan útil. Porque este trabajo te viene como anillo al dedo: eres joven, fuerte y ágil, mientras que yo ya no valgo para nada. Pero debo advertirte que no estás todavía aceptado; si no le gustas a Brunelda, no podremos emplearte. Así que esfuérzate por serle agradable, de lo demás ya me encargaré yo.

—¿Y qué harás tú cuando yo sea criado aquí? –preguntó Karl–.

¡Se sentía tan libre! Se le había pasado ya el primer susto que le dio Robinson con la noticia. Así, pues, Delamarche no tenía peores intenciones con él que la de convertirle en criado –si las hubiera tenido, seguro que el deslenguado de Robinson las habría descubierto–, pero si esa era la situación, Karl se atrevía a despedirse aquella misma noche. No se puede obligar a nadie a aceptar un empleo. Y si antes Karl estaba preocupado por conseguir pronto, tras su despido del hotel, un empleo adecuado y a ser posible no menos decente, para no pasar hambre, ahora, en comparación con aquel puesto repugnante que habían pensado allí para él, cualquier otro le parecía lo bastante bueno, e incluso prefería la penuria del desempleo a aquel puesto. Pero no intentó hacérselo comprender a Robinson, sobre todo porque desde aquel momento cualquier juicio de Robinson estaría condicionado por la esperanza de que Karl le liberara de sus obligaciones.

—Así que de momento –dijo Robinson, y acompañó sus palabras con plácidos movimientos de las manos y los codos apoyados en la barandilla–, te lo explicaré y mostraré todo. Eres instruido y seguro que también tienes una buena caligrafía, así que podrías hacer enseguida un inventario de todas las cosas que hay aquí. Eso es algo que Brunelda desea desde hace tiempo. Si mañana por la mañana hace buen tiempo, le pediremos a Brunelda que se siente en el balcón y mientras podremos trabajar en la habitación tranquilos y sin molestarla. Ante todo, Rossmann, debes prestarle especial atención a eso. Sobre todo, no molestar a Brunelda. Lo oye todo, seguramente por ser cantante tiene tan fino el oído. Si, por ejemplo, haces rodar el barril de aguardiente que hay detrás del baúl, hace ruido, porque es pesado y aquello está abarrotado, de modo que no se puede empujar sin interrupción. Brunelda, tendida tranquilamente en el sofá, caza moscas, por ejemplo, pues le molestan mucho. Así que tú crees que no te presta atención y continúas haciendo rodar el barril. Ella sigue plácidamente tendida. Pero en el momento que menos lo esperas y cuando menos ruido haces, se incorpora de repente, manotea el sofá hasta que el polvo impide verla (desde que estamos aquí no he sacudido el sofá; no puedo porque ella siempre lo ocupa), y empieza a blasfemar de un modo horrible, como un hombre, y continúa gritando así durante horas. Los vecinos le han prohibido cantar, pero nadie le puede prohibir que grite, y tiene que gritar. De todos modos, ahora solo sucede en raras ocasiones; Delamarche y yo nos hemos vuelto muy cautos. Además, eso la ha perjudicado mucho. Una vez se desvaneció y yo tuve que ir en busca del estudiante de al lado (en aquel momento Delamarche estaba fuera), y aquel la roció con un líquido de una gran botella, lo cual surtió efecto, cierto, pero aquel líquido apestaba. Aún ahora, si se acerca la nariz al sofá se puede oler. Seguro que el estudiante es nuestro enemigo, como todo el mundo aquí. Tú también debes andarte con cuidado y no meterte con nadie.

—Oye, Robinson –dijo Karl–, vaya trabajo más pesado. Para bonito puesto me has recomendado.

—No te preocupes –dijo Robinson y sacudió la cabeza con los ojos cerrados para espantar todas las posibles preocupaciones de Karl–. El puesto también tiene ventajas como no te las puede ofrecer ningún otro. Estás siempre cerca de una dama como Brunelda. A veces duermes en la misma habitación que ella, lo cual, como podrás imaginarte, tiene ya sus atractivos. Serás pagado con generosidad, aquí hay dinero en abundancia. Como amigo de Delamarche, no recibía nada; solo cuando salía Brunelda me daba algunas monedas. Pero, naturalmente, a ti se te pagará como a cualquier otro criado. Tampoco eres otra cosa. Pero lo más ventajoso para ti es que yo te facilitaré mucho el trabajo. Como es natural, al principio no haré nada para poder recuperarme, pero en cuanto me sienta un poco mejor, puedes contar conmigo. Lo único que me reservo es el servicio personal de Brunelda, es decir, peinarla y vestirla, siempre y cuando no lo haga Delamarche. Tú solo tendrás que ocuparte de limpiar la habitación, de los recados y de las tareas domésticas más duras.

—No, Robinson –dijo Karl–, todo esto no me atrae.

—No hagas tonterías, Rossmann –dijo Robinson, acercando su rostro al de Karl–, no dejes escapar a lo tonto esta oportunidad. ¿Dónde vas a conseguir una colocación tan rápido? ¿Quién te conoce? ¿A quién conoces tú? Nosotros, dos hombres con mucha experiencia y mucha vida detrás, estuvimos deambulando durante semanas sin encontrar trabajo. No es fácil, es incluso endiabladamente difícil.

Karl asintió y se sorprendió de lo razonables que podían ser las palabras de Robinson. Pero para él aquellos consejos carecían de valor. Él no podía quedarse allí. Ya encontraría algún rincón en la gran ciudad donde meterse. Durante toda la noche, le constaba, todas las fondas estaban repletas. Se necesitaba servicio para atender a los clientes, en lo que ya tenía experiencia. Ya se colocaría discreta y rápidamente en algún local. Precisamente en la planta baja de la casa de enfrente había una pequeña fonda de la que surgía una ruidosa música. La entrada principal estaba cubierta solo por una cortina amarilla que, de vez en cuando, revoloteaba con fuerza hacia la calle movida por una corriente de aire. Por lo demás, la callejuela estaba ahora mucho más tranquila. La mayoría de los balcones estaban ya a oscuras. Solo a lo lejos se vislumbraba alguna que otra luz aislada, pero apenas se fijaba la vista en ella un momento se veía levantarse a la gente que allí estaba y, mientras se retiraban dentro de la vivienda, un hombre asía la lámpara al ser el último que permanecía en el balcón, y apagaba la luz tras echar una corta ojeada a la calle.

«Ya empieza la noche», se dijo Karl, «si permanezco aquí más tiempo, estaré en sus manos». Se volvió para retirar la cortina de la puerta de la vivienda.

—¿Qué vas a hacer? –dijo Robinson, interponiéndose entre Karl y la cortina–.

—Quiero marcharme –dijo Karl–. ¡Suéltame! ¡Suéltame ya!

—No querrás molestarles –exclamó Robinson–. ¡Acaso estás loco!

Y rodeó a Karl con sus brazos, se colgó de él con todo su peso, apresó con sus piernas las de Karl y de ese modo lo tiró al suelo en un momento. Pero entre los ascensoristas Karl había aprendido algo a pelear, así que le lanzó a Robinson un puñetazo a la barbilla, aunque flojo y con cuidado. Este aún le propinó, rápido y sin ninguna consideración, un rodillazo en pleno estómago, pero luego, llevándose ambas manos a la barbilla, empezó a quejarse tan alto que, desde el balcón vecino, un hombre ordenó con furiosas palmadas:

—¡Silencio!

Karl se mantuvo quieto un rato para recuperarse del dolor que el golpe de Robinson le había causado. Tan solo volvió el rostro hacia la cortina que colgaba quieta y pesada delante de la habitación a oscuras. El cuarto parecía vado, tal vez Delamarche hubiera salido con Brunelda, y Karl disponía entonces de total libertad. Robinson, que en verdad se comportaba como un perro guardián, estaba definitivamente fuera de combate.

Entonces, a lo lejos de la calle, retumbaron redobles de tambores y trompetas. Los gritos aislados de mucha gente se unieron pronto en un griterío general. Karl volvió la cabeza y vio cómo todos los balcones se animaban de nuevo. Despacio se levantó. No podía incorporarse del todo y tenía que apoyarse con fuerza en la barandilla. Abajo, por la acera, marchaban muchachos jóvenes a grandes zancadas; los brazos rectos, las gorras en las manos levantadas, los rostros vueltos. La calzada aún estaba libre. Algunos balanceaban farolillos envueltos en un humo amarillento que pendían de largos palos. En aquel preciso instante los tamborileros y trompetas se acercaban en amplias hileras a la luz, y Karl se sorprendía de ver a tanta gente cuando oyó voces detrás suyo. Se volvió y contempló a Delamarche levantar la pesada cortina y a continuación, de la oscuridad de la habitación, surgió Brunelda con el vestido rojo, una mantilla de encaje sobre los hombros y una pequeña cofia oscura con la que se cubría el pelo, seguramente sin peinar y solo recogido; algunos mechones asomaban en desorden. En la mano sostenía un pequeño abanico abierto, pero no lo movía, sino que lo estrechaba con fuerza contra sí.

Karl se deslizó a lo largo de la barandilla hacia un lado para hacerles sitio a ambos. Seguro que nadie le obligaría a quedarse allí. Y aunque Delamarche quisiera intentarlo, Brunelda accedería a sus ruegos y le liberaría de inmediato. Al fin y al cabo, no podía soportarle. Sus ojos la asustaban. Pero cuando dio un paso hacia la puerta, ella lo percibió y dijo:

—¿A dónde vas, pequeño?

Karl se detuvo ante las miradas severas de Delamarche, y Brunelda le atrajo hacia sí.

—¿Acaso no quieres mirar el desfile de abajo? –dijo, y le empujó delante suyo contra la barandilla–. ¿Sabes de qué se trata? –oyó decir Karl detrás suyo y, sin éxito, hizo un movimiento involuntario para escapar a su presión–.

Triste, miró hacia la calle como si allí radicara la causa de su tristeza.

Al principio, Delamarche permaneció de pie, con los brazos cruzados, detrás de Brunelda. Luego, corrió a la habitación y le trajo a esta los gemelos. Abajo, detrás de los músicos, había aparecido el grueso del desfile. Sobre los hombros de un individuo gigantesco iba sentado un caballero, del cual a aquella altura solo se distinguía su calva de reflejos mortecinos, sobre la que mantenía continuamente levantado su sombrero de copa en ademán de saludo. A su alrededor llevaban pancartas de madera que, vistas desde el balcón, parecían totalmente blancas; la disposición era tal que estas pancartas se apoyaban en el caballero por todos lados y este emergía del centro de las mismas. Al estar todo en movimiento, el muro de pancartas se disolvía y se volvía a ordenar de continuo. En un círculo más amplio, a lo ancho de toda la calle, aunque en la medida que se podía apreciar en la oscuridad no ocupaba un largo trecho, se reunían muchos partidarios del caballero, que daban palmadas y seguramente coreaban, a un ritmo cadencioso, su nombre, un nombre muy corto pero incomprensible. Algunos de ellos, estratégicamente situados entre la multitud, llevaban faros de coche de una luz muy intensa, con los que barrían despacio las casas a ambos lados de la calle. A la altura de Karl, la luz ya no molestaba, pero en los balcones inferiores se veía a la gente a la que enfocaban protegerse con presteza los ojos con las manos.

A petición de Brunelda, Delamarche preguntó a la gente del balcón vecino a qué se debía la celebración. Karl sentía una cierta curiosidad sobre si le responderían y cómo. Y, de hecho, Delamarche preguntó tres veces sin obtener respuesta. Ya se inclinaba peligrosamente sobre la barandilla. Brunelda, enfadada con los vecinos, daba pataditas. Karl notaba sus rodillas. Por fin, llegó una respuesta, pero, al mismo tiempo, en aquel balcón saturado de gente empezaron a carcajearse todos. Acto seguido, Delamarche les gritó algo tan fuerte que si en aquel momento no hubiera habido un gran estruendo en toda la calle, todos se habrían vuelto sorprendidos. En todo caso, consiguió acallar las risas con rara prontitud.

—Mañana se elige a un juez en nuestro barrio y este que llevan abajo es un candidato –dijo Delamarche muy tranquilo, regresando hacia Brunelda–. ¡Ya ni siquiera sabemos lo que pasa en el mundo! –exclamó luego, y palmeó cariñosamente a Brunelda en la espalda–.

—Delamarche –dijo Brunelda a propósito del comportamiento de los vecinos–, ¡cómo me gustaría mudarme si ello no fuera tan fatigoso! Pero, lamentablemente, no me siento capaz.

Y entre hondos suspiros, inquieta y abstraída, jugueteaba con la camisa de Karl, el cual trataba una y otra vez, sin que se notara, de apartar aquellas manitas regordetas, lo que resultó bastante fácil, pues Brunelda, embebida en otros pensamientos, no se fijaba en él.

Pero también Karl olvidó pronto a Brunelda y toleró el peso de sus brazos sobre los hombros, pues los sucesos de la calle le atraían sobremanera. A una señal de un pequeño grupo de hombres gesticulantes que caminaban a pocos pasos del candidato y cuyas conversaciones debían tener un significado especial, pues por todas partes se veían rostros atentos inclinados hacia ellos, inesperadamente se hizo un alto frente a la fonda. Uno de aquellos destacados hombres hizo un ademán con la mano alzada, válido tanto para la multitud como para el candidato. La multitud enmudeció, y el candidato, que intentó ponerse en pie varias veces sobre los hombros de su portador, cayendo reiteradamente en el asiento, pronunció un pequeño discurso durante el cual agitaba con inusitada viveza su sombrero de copa. Se le veía con toda claridad, pues durante su discurso todos los faros de coche le enfocaban de modo que se hallaba en el centro de un brillante haz de luz.

Por otra parte, también se notaba el interés que el asunto iba suscitando en toda la calle. Los balcones ocupados por los partidarios del candidato se sumaban al corear su nombre mientras daban rítmicas palmadas con las manos muy extendidas por encima de las barandillas. De los restantes balcones, que eran incluso la mayoría, se elevó un fuerte griterío de rechazo que, de todos modos, no tenía un efecto unitario, pues se trataba de partidarios de diferentes candidatos. Por el contrario, todos los enemigos del candidato presente se unieron en un silbido general e incluso se volvieron a poner en funcionamiento muchos gramófonos. Entre los distintos balcones se entablaron discusiones políticas con creciente excitación, avivadas por lo tardío de la hora. La mayoría iban ya vestidos para dormir y solo se habían echado batas por encima. Las mujeres se envolvían en grandes mantones oscuros. Los niños, poco atendidos, trepaban por los saledizos de los balcones de modo que daban miedo, y salían cada vez en mayor número de las oscuras habitaciones en las que habían estado durmiendo. Aquí y allá, los más acalorados, arrojaban objetos irreconocibles contra sus enemigos. A veces, daban en el blanco, pero la mayoría caían a la calle, donde provocaban a menudo exclamaciones de indignación. Cuando a los dirigentes de abajo el ruido les resultaba excesivo, los tamborileros y trompetas recibían la orden de intervenir, y su toque atronador, ejecutado con todas sus energías y que parecía no tener fin, sofocaba todas las voces humanas hasta los tejados de las casas. El toque siempre cesaba de repente –apenas podía creerse–, tras lo cual la multitud en la calle, aleccionada para ello, rugía hacia las alturas las consignas de su partido en medio del efímero silencio reinante. A la luz de las linternas se veían las bocas de todos muy abiertas, hasta que los adversarios, recuperados de la sorpresa, vociferaban con decuplicado vigor desde todos los balcones y ventanas acallando al partido de abajo por completo tras su breve victoria, o al menos eso parecía desde aquella altura.

—¿Qué, te gusta, pequeño? –preguntó Brunelda, que se movía inquieta en todas direcciones muy pegada a Karl para abarcar lo más posible a través de los gemelos–.

Karl se limitó a responder con un movimiento de cabeza. De paso, notó que Robinson se apresuraba con celo a comunicar a Delamarche una serie de cosas evidentemente relacionadas con el comportamiento de Karl. Pero Delamarche no parecía concederles importancia, pues con la mano izquierda –con la derecha había rodeado a Brunelda– intentaba apartar a Robinson.

—¿No quieres mirar a través de los gemelos? –preguntó Brunelda, golpeando a Karl en el pecho para indicar que se refería a él–.

—Veo suficiente –dijo Karl–.

—Vamos, pruébalo –dijo ella–, verás mejor.

—Tengo buena vista –repuso Karl–, lo veo todo.

No consideró una muestra de afecto, sino una molestia el que ella acercara los gemelos a sus ojos. Y, de hecho, no dijo más que la palabra «¡Tú!», melodiosa pero amenazante. Y ya Karl tenía los gemelos ante sus ojos sin ver realmente nada.

—Pero si no veo nada —dijo él, queriendo librarse de los gemelos, pero ella lo sujetaba firmemente con la cabeza incrustada en su pecho, y no podía retirarla ni hacia atrás ni hacia un lado.

—Pero ahora sí que ves —dijo ella, cambiando el enfoque de los gemelos—.

—No, continúo sin ver nada —dijo Karl, y pensó que involuntariamente había liberado a Robinson, pues ahora Brunelda descargaba sus insoportables caprichos en él.

—¿Cuándo verás de una vez? —dijo ella, y continuó girando la rueda del enfoque. Karl sentía ahora su pesada respiración en pleno rostro—. ¿Ahora? —preguntó ella—.

—¡No, no, no! —exclamó Karl, a pesar de que, aunque muy borroso, podía distinguirlo todo—.

Pero en aquel preciso momento, Brunelda se distrajo en algo con Delamarche, soltó los gemelos que sostenía delante del rostro de Karl, y sin que ella lo notara demasiado, este pudo mirar a la calle por debajo de los gemelos. Luego, ella ya no volvió a insistir en su deseo, y los utilizó para sí.

De la fonda de abajo había salido un camarero y, cruzando veloz el umbral de la puerta de un lado a otro, tomaba los pedidos de los dirigentes. Se veía cómo se estiraba mucho para abarcar el interior del local y llamar en su ayuda a la mayor cantidad posible de servicio. Durante la preparación de aquel servicio de bebidas al aire libre, el candidato no dejó de hablar. Su portador, el gigante dedicado solo a su servicio, daba siempre un pequeño giro tras algunas frases para que el discurso llegara a toda la multitud. En general, el candidato se mantenía encogido e intentaba dar mayor énfasis a sus palabras con movimientos sincopados de la mano libre y del sombrero en la otra mano. Pero, a veces, a intervalos casi regulares, se encendía, se incorporaba con los brazos extendidos, y ya no se dirigía solo a un grupo, sino a todos. Hablaba a los habitantes de las casas hasta los pisos más altos, y, sin embargo, era evidente que nadie podía oírle, ni siquiera desde los más bajos; incluso, de haber sido esto posible, nadie le habría escuchado, pues cada ventana y cada balcón estaba ocupado, cuando menos, por algún orador vociferante. Entretanto, algunos camareros sacaron de la fonda una tabla del tamaño de una mesa de billar, llena de vasos brillantes y llenos a rebosar. Los dirigentes ordenaron el reparto, que se organizó en forma de desfile por delante de la puerta de la fonda. Pero, a pesar de que los vasos de la tabla eran repuestos sin cesar, no bastaban para semejante muchedumbre, y dos filas de muchachos escanciadores tuvieron que deslizarse a ambos lados de la tabla para abastecer al gentío más alejado. Por supuesto, el candidato había parado de hablar y aprovechaba la pausa para recuperar fuerzas. Alejado de la gente y de la intensa luz, su portador le paseaba lentamente y solo algunos de sus máximos seguidores le acompañaban y le hablaban mirando hacia arriba.

—Observa al pequeño –dijo Brunelda–, de tanto mirar ha olvidado dónde se encuentra.

Y, sorprendiendo a Karl, le obligó con ambas manos a volver el rostro de modo que pudiera mirarle a los ojos. Pero eso duró solo un instante, pues Karl se deshizo enseguida de sus manos y, enfadado porque no le dejaran en paz ni un momento y al mismo tiempo lleno de ilusión por bajar a la calle y contemplarlo todo de cerca, intentó liberarse con todas sus fuerzas de la presión de Brunelda y dijo:

—Por favor, déjeme marchar.

—Te quedarás con nosotros –dijo Delamarche sin apartar la vista de la calle y extendiendo solo una mano para impedirle el paso a Karl–.

—Déjalo –dijo Brunelda, y rechazó la mano de Delamarche–, si se va a quedar.

Y oprimió todavía más a Karl contra la barandilla. Habría tenido que pelear con ella para librarse. Y, aunque lo hubiera conseguido, ¿qué habría logrado con ello? A su izquierda estaba Delamarche, a la derecha se había colocado Robinson. Se encontraba en una auténtica ratonera.

—Ya puedes estar contento de que no te echemos —dijo Robinson, y palmeó a Karl con la mano que había deslizado por debajo del brazo de Brunelda—.

—¿Echarle? —dijo Delamarche—. A un ladrón fugado no se le echa, se le entrega a la policía. Y eso puede ocurrirle mañana mismo si no se está bien quieto.

A partir de aquel momento, Karl perdió toda ilusión por el espectáculo que se desarrollaba abajo. Debido únicamente a que Brunelda le impedía enderezarse, se inclinó un poco por encima de la barandilla. Sumido en sus propias preocupaciones, miraba con distracción a la gente de abajo que, en grupos de unos veinte hombres, se acercaban a la puerta de la fonda, cogían los vasos, se daban la vuelta y los levantaban en dirección al candidato, ahora ensimismado, hacían un brindis partidista, vaciaban los vasos y los depositaban con estruendo sobre la tabla, para dejar sitio a un nuevo grupo agitado por la impaciencia. A una orden del jefe, la orquestina, que hasta entonces tocara en la fonda, salió a la calle. Sus grandes instrumentos de viento brillaban entre la oscura multitud, pero la música casi se perdía en medio del escándalo. Ahora la calle, por lo menos en el lado donde se encontraba la fonda, estaba abarrotada de gente. Desde lo alto de la calle, por donde había llegado Karl en coche por la mañana, fluían hacia abajo; de abajo, desde el puente, corrían arriba; incluso, la gente de las casas no había resistido a la tentación de participar en aquel acontecimiento. En los balcones y ventanas apenas habían quedado más que mujeres y niños, mientras los hombres se agolpaban en los portales de las casas. La música y el servicio de bebidas habían conseguido su objetivo: la reunión era lo bastante numerosa. Un jefe flanqueado por dos faros de automóvil hizo parar la música, dio un fuerte silbido y entonces se pudo ver al porteador, que estaba perdido entre la gente, acercarse a toda prisa con el candidato a través de un camino abierto por sus seguidores.

Apenas llegó a la puerta de la fonda, el candidato empezó su nuevo discurso a la luz del estrecho círculo de faros creado a su alrededor. Pero ahora todo resultaba mucho más difícil que antes: el porteador ya no disponía de la menor libertad de movimientos. La aglomeración era excesiva. Los partidarios más próximos, que antes habían intentado por todos los medios posibles reforzar el efecto del discurso del candidato, ahora tenían bastante más trabajo para mantenerse cerca de él. Unos veinte se asían con grandes esfuerzos al porteador, pero ni tan solo aquel gigante podía dar un paso según su voluntad, era imposible pensar en influir sobre la muchedumbre mediante determinados giros u oportunos avances y retrocesos. El gentío se agitaba en constantes oleadas, errático. Se recostaban unos en otros, ninguno se mantenía erguido y los oponentes parecían haberse multiplicado con la aparición de nuevo público. El porteador se había mantenido mucho rato cerca de la puerta de la fonda, pero ahora la corriente le arrastraba calle arriba y abajo sin que pareciera oponer resistencia; el candidato hablaba sin cesar, pero ya no estaba muy claro si exponía su programa o pedía socorro; si los indicios no engañaban, había aparecido también un candidato oponente, o incluso varios, pues aquí y allá se veía, bajo una luz repentinamente centelleante a un hombre levantado por la multitud que con el semblante pálido y los puños cerrados pronunciaba un discurso saludado por numerosas aclamaciones.

—Pero ¿qué sucede aquí? –preguntó Karl, y, muy confundido, sin aliento, se volvió hacia sus guardianes–.

—¡Cómo se excita el pequeño! –le dijo Brunelda, y tomó a Karl por la barbilla para estrechar su cabeza–.

Pero eso Karl no lo deseaba y, perdiendo toda consideración debido a los sucesos de la calle, se sacudió tan fuerte que Brunelda no solo le soltó, sino que le rechazó y le dejó libre del todo.

—Ahora ya has visto bastante –dijo, evidentemente enfadada por el comportamiento de Karl–. Ve a la habitación, prepara las camas y disponlo todo para la noche.

Extendió la mano en dirección del cuarto. Esa era la dirección que Karl quería tomar desde hacía algunas horas, así que ni chistó. Entonces, procedente de la calle, se oyó el estruendo de mucho cristal al estallar. Karl no pudo contenerse y corrió veloz a la barandilla para echar una última mirada fugaz abajo. Un ataque de los oponentes, tal vez decisivo, había dado en el blanco: los faros de los partidarios, cuya luz permitía que por lo menos los incidentes más importantes acontecieran ante todo el público, estallaron todos a la vez. Ahora, al candidato y a su portador les rodeaba la débil iluminación general, cuyo súbito protagonismo, por contraste, daba la sensación de una oscuridad total. Ni siquiera aproximadamente se hubiera podido señalar dónde se encontraba el candidato y lo equívoco de la penumbra se vio incrementado aún más por un canto amplio, uniforme, entonado en aquel preciso momento procedente de abajo, del puente.

—¿Acaso no te he dicho lo que tienes que hacer ahora? –dijo Brunelda–. Vamos, apresúrate; estoy cansada –añadió; y luego levantó los brazos en alto de modo que su busto se arqueó mucho más de lo habitual–.

Delamarche, que seguía rodeándola con el brazo, se la llevó a uno de los rincones del balcón. Robinson les siguió para apartar los restos de comida que todavía estaban allí.

Karl debía aprovechar aquella ocasión favorable; ahora no había tiempo para mirar abajo, aún podría ver mucho de los sucesos de la calle, y más que desde allí arriba cuando bajara. En dos saltos atravesó la habitación iluminada por una luz rojiza, pero la puerta estaba cerrada y habían quitado la llave. Ahora debía encontrarla, pero ¡quién podía encontrar una llave con aquel desorden y menos en el breve y precioso tiempo del que Karl disponía! Si ya debería estar en la escalera, debería estar corriendo y corriendo. ¡Y estaba buscando la llave! La buscó en todos los cajones accesibles, revolvió la desordenada mesa, cubierta por restos sucios de vajilla, servilletas y alguna labor comenzada; le atrajo un sillón donde se encontraba un rebujo embrollado de ropa vieja, donde era posible que estuviera la llave, pero donde nunca podría ser hallada, y finalmente se lanzó sobre el sofá, maloliente en efecto, para palpar todos los rincones y pliegues en busca de la llave. Luego renunció a buscar y se detuvo en el centro del cuarto.

«Seguro que Brunelda ha atado la llave a su cinturón», se dijo. De él colgaban muchas cosas: toda búsqueda resultaría infructuosa.

Y sin reflexionar, Karl cogió dos cuchillos y los clavó entre los batientes de la puerta, uno arriba, otro abajo, para obtener dos asideros separados entre sí. Apenas hizo fuerza con los cuchillos y, naturalmente, se rompieron las hojas. Eso era lo que pretendía: los cabos, que ahora podía hacer penetrar mucho más firmemente, resistirían mucho mejor. Y empezó a forcejear con todo su vigor, los brazos muy abiertos, apuntalándose en las piernas bien separadas, resoplando y vigilando atentamente la puerta. Sin duda, no podría resistir: lo comprobaba con alegría porque percibía claramente cómo cedían los pestillos; pero cuanto más despacio sucediera esto, tanto mejor. La cerradura no debía saltar, pues de lo contrario llamaría la atención de los que estaban en el balcón. La cerradura debía soltarse muy despacio, y a ello se aplicaba Karl con la mayor cautela, acercando cada vez más los ojos a ella.

—¡Mirad qué bonito! –oyó entonces la voz de Delamarche–.

Estaban los tres en la habitación, la cortina a sus espaldas estaba echada; Karl no había advertido su llegada y, al verlos soltó los cuchillos y bajó las manos. Pero ni siquiera tuvo tiempo de pronunciar palabra alguna de explicación y disculpa, pues en un ataque de ira que sobrepasaba con mucho el motivo que lo originaba, Delamarche saltó sobre Karl –el cinturón de su batín describió una amplia figura en el aire–. Solo en el último momento, Karl logró esquivar el ataque; hubiera podido arrancar los cuchillos de la puerta y emplearlos para defenderse, pero no lo hizo. Por el contrario, tras tomar impulso, dio un salto y se aferró al cuello del batín de Delamarche, lo dobló hacia arriba y lo subió luego más todavía –el batín le quedaba demasiado grande a Delamarche– y felizmente logró sujetarle por la cabeza. Delamarche, cogido por sorpresa, primero manoteó a ciegas y al cabo de un momento, pero sin emplear todavía toda su fuerza, golpeó con los puños a Karl en la espalda. Este, para protegerse el rostro, se arrojó contra el pecho de Delamarche. Karl, aunque se retorcía de dolor y aunque los golpes eran cada vez más fuertes, soportó los puñetazos.

¡Cómo no iba a soportarlos, viendo ante sí la victoria! Con las manos en la cabeza de Delamarche, los pulgares precisamente sobre sus ojos, le empujó hacia el lugar donde los muebles se amontonaban en mayor confusión y, además, con las puntas de los pies intentó enredar el cordón del batín en torno a los pies de Delamarche para hacerle caer.

Pero como tenía que concentrar todos sus esfuerzos en Delamarche, tanto más cuanto que sentía crecer la resistencia de este y aquel cuerpo enemigo se le resistía con mayor vigor cada vez, olvidó que no estaba solo con él. Pero muy pronto se lo recordaron, pues de repente le traicionaron los pies de Robinson, echado en el suelo detrás suyo, le separó gritando. Karl exhaló un suspiro y soltó a Delamarche, que aún retrocedió un paso.

Brunelda ocupaba con todo su volumen el centro de la habitación; con las piernas muy separadas y las rodillas dobladas, seguía los incidentes con ojos brillantes. Como si participara realmente en la pelea, respiraba hondo, apuntaba con la mirada y avanzaba lentamente los puños. Delamarche se bajó el cuello, recuperando la visión y, como es natural, ya no hubo más lucha, sino mero castigo. Agarró a Karl de la camisa, casi lo levantó del suelo y sin mirarle, tal era su desdén, lo lanzó con gran violencia contra un armario situado a varios pasos de allí. Al primer momento, Karl creyó que los punzantes dolores que sentía en la espalda y la cabeza, provocados por el golpe contra el armario, se los había causado Delamarche con sus propias manos.

—Bribón –oyó exclamar en voz alta a Delamarche en la oscuridad que se hizo en sus temblorosos ojos. Y en el primer momento de desmayo en el que cayó ante el armario, aún le resonaron en los oídos las palabras: «Ya verás».

Cuando recuperó el conocimiento, la oscuridad reinaba en torno a él. Debía ser noche cerrada. Por debajo de la cortina del balcón se colaba el suave resplandor de la luna. Se percibía la tranquila respiración de los tres durmientes, entre las que la más ruidosa era la de Brunelda, que resollaba durmiendo como lo hacía al hablar. Pero no resultaba fácil establecer dónde se encontraban. El murmullo de su respiración invadía toda la habitación. Solo después de haber examinado un poco su entorno pensó en sí mismo, y se asustó mucho, pues, a pesar de sentirse totalmente encogido y envarado de dolor, no se le había ocurrido que podía haber sufrido una herida de consideración. Pero ahora sentía una opresión en la cabeza, y todo el rostro, el cuello y el pecho por debajo de la camisa, estaban húmedos como de sangre. Debía acercarse a la luz para comprobar exactamente su estado; tal vez le hubieran pegado hasta dejarle lisiado. De ser así, Delamarche le despediría gustoso, pero ¿qué iba a hacer entonces? En ese caso ya no tendría ninguna expectativa. Recordó al muchacho de la nariz carcomida en el portal y durante un rato ocultó el rostro entre sus manos.

Maquinalmente se volvió hacia la puerta y se arrastró hacia ella a gatas. Pronto rozó con las puntas de los dedos una bota seguida de una pierna. Era Robinson, ¿quién si no iba a dormir con botas? Le habían ordenado que se tendiera atravesado ante la puerta para impedir la huida de Karl. Pero ¿acaso no sabían en qué estado se encontraba? Por el momento, su intención no era huir, solo quería salir a la luz. Si era imposible hacerlo por la puerta, tendría que salir al balcón.

Se topó con la mesa, situada en un lugar muy distinto al que ocupara antes; el sofá, al que Karl se acercó, naturalmente, con mucha cautela, estaba sorprendentemente vacío; por el contrario, en el centro de la habitación tropezó con un amasijo apretado de vestidos, mantas, cortinas, cojines y alfombras, colocados unos sobre otros. Al principio, pensó que se trataba solo de un pequeño montón parecido al que por la tarde había encontrado sobre el sofá y que, tal vez, hubiera rodado al suelo; pero, para su sorpresa, al continuar avanzando a gatas, comprobó que allí había una carretada de tales cosas. Seguramente las habían sacado de algún armario, en el que debían guardarse de día, para así pasar la noche. Rodeó el montón y pronto descubrió que aquello formaba una especie de lecho encima del cual, como pudo comprobar tocando con cautela, descansaban Delamarche y Brunelda.

Ahora ya sabía dónde dormían todos y se apresuró al balcón. Al otro lado de la cortina se incorporó rápidamente: el mundo allí era muy distinto. Al fresco aire nocturno, bajo el brillo de la luna, recorrió el balcón varias veces. Miró a la calle: estaba totalmente tranquila, en la fonda aún sonaba la música, aunque muy apagada; frente a la puerta, un hombre barría la acera; en la calle, donde por la tarde, en medio del alboroto general, no se podían distinguir los gritos de un candidato electoral entre los millares de voces, se oía ahora claramente el raspar de la escoba sobre el empedrado.

El ruido de una mesa al moverse en el balcón vecino llamó la atención de Karl: allí había alguien sentado estudiando. Era hombre joven con una perilla que se mesaba sin cesar durante la lectura, al tiempo que hacía rápidos movimientos con los labios. Sentado a una mesita cubierta de libros, con el rostro vuelto hacia Karl, había descolgado la lámpara del muro, la había fijado entre dos grandes libros y estaba totalmente iluminado por intensa luz.

—Buenas noches –dijo Karl, ya que creía haber notado que el joven le miraba–.

Pero debía tratarse de un error, pues el joven parecía no haberle descubierto aún; colocó la mano a modo de visera para amortiguar la luz y comprobar quién le saludaba tan de improviso. Luego, como continuaba sin ver nada, levantó la lámpara para iluminar así también el balcón vecino.

—Buenas noches –dijo también él, miró con fijeza un momento hacia allí, añadió–: ¿qué hay?

—¿Le molesto? –preguntó Karl–.

—Desde luego, desde luego –dijo el hombre, y colocó la lámpara otra vez en su sitio–.

Con estas palabras zanjaba toda posibilidad de proseguir la conversación. Pero aún así, Karl no abandonó aquel rincón en el cual estaba más próximo al hombre. En silencio, observaba cómo el hombre leía su libro, volvía las hojas, consultaba de vez en cuando algo en otro libro que tomaba siempre con la velocidad del rayo, y a menudo tomaba notas en un cuaderno, hundiendo su rostro en él de forma exagerada. ¿Sería aquel hombre un estudiante? Tenía todo el aspecto de ello. De modo parecido –de eso hacía ya mucho tiempo– solía sentarse Karl en casa ante la mesa de sus padres, para hacer sus deberes, mientras el padre leía el periódico, hacía asientos en un libro o contestaba la correspondencia para alguna sociedad; y la madre se ocupaba en algún trabajo de costura y sacaba el hilo de la tela levantando mucho la mano. Para no molestar al padre, Karl solo colocaba el cuaderno y los utensilios de escritorio sobre la mesa, y distribuía los libros sobre sillas a su alrededor. ¡Qué tranquilidad reinaba allí! ¡Qué rara era la ocasión en que algún extraño penetraba en aquel aposento! Ya de crío, a Karl le gustaba observar a la madre cuando, al anochecer, echaba la llave a la puerta principal de la casa. Ni siquiera se imaginaría ella ahora que Karl había llegado al extremo de intentar abrir puertas ajenas con cuchillos.

¿Y qué sentido habían tenido todos sus estudios? ¡Si ya lo había olvidado todo! Si se hubiera tratado de continuar allí sus estudios, le habría resultado muy difícil. Recordaba que, en una ocasión, estando en casa, enfermó durante un mes; ¡cuántos esfuerzos le había costado entonces recuperar los estudios interrumpidos! Y ahora aparte del manual inglés de correspondencia comercial, hacía mucho tiempo que no leía un libro.

—Oiga, joven –oyó Karl que le decían de repente–, ¿no podría colocarse en otro sitio? No se puede imaginar cuánto me molesta que me observen. Al fin y al cabo, a las dos de la madrugada se puede pedir que le dejen a uno trabajar en paz en el balcón. ¿Acaso desea algo de mí?

—¿Estudia usted? –preguntó Karl–.

—Sí, sí –dijo el hombre, y aprovechó aquel rato perdido en el estudio para reordenar sus libros–.

—Entonces no quiero estorbarle –dijo Karl–; de todos modos, ya regresaba a la habitación. Buenas noches.

El hombre ni siquiera respondió. Con un impulso repentino, tras desembarazarse de aquel engorro, se aplicó de nuevo al estudio, apoyando pesadamente la frente en la mano derecha.

Entonces, justo delante de la cortina, Karl recordó el motivo real de su salida. Aún no sabía cuál era su estado. ¿Qué le oprimía tanto la cabeza? Se la tocó y se sorprendió: no tenía ninguna herida sangrante, como había temido en la oscuridad del cuarto. Se trataba tan solo de un vendaje todavía húmedo en forma de turbante. Cabía deducir, por el encaje que asomaba, que el jirón de tela lo habían arrancado de alguna vieja prenda interior de Brunelda, y seguramente Robinson lo había enrollado a toda prisa en la cabeza de Karl. Luego habría olvidado quitárselo, y así, durante el desvanecimiento de Karl, la abundante agua había corrido por su rostro y se había colado por la camisa, provocándole el consiguiente susto.

—¿Continúa ahí acaso? –preguntó el hombre, parpadeando en dirección al balcón–.

—Pero ahora sí que me voy de veras –dijo Karl–, solo queda comprobar una cosa y la habitación está totalmente a oscuras.

—¿Quién es usted? –dijo el hombre, depositó la pluma en el libro abierto ante él, y se acercó a la barandilla–.

¿Cómo se llama? ¿Cómo ha conocido a esa gente? ¿Hace tiempo que está aquí? ¿Qué es lo, que quería comprobar? Encienda su lámpara para que se le pueda ver.

Karl lo hizo, pero antes de responder, aseguró la cortina de la puerta para que desde el interior no pudieran notar nada.

—Disculpe usted –dijo luego en tono susurrante– que hable tan bajo. Si me oyen esos de dentro me pegarán de nuevo.

—¿De nuevo? –preguntó el hombre–.

—Sí –dijo Karl–, por la noche ya tuve una fuerte pelea con ellos. Aún debo tener aquí un horrible chichón –y se palpó la nuca–.

—¿A qué se debía la pelea? –y añadió ya que Karl no repuso enseguida–: A mí me puede confiar tranquilamente sus más íntimas aflicciones y problemas con esos señoritos, pues los odio a los tres, y muy especialmente a su *madame.* Por otra parte, me sorprendería que no le hubieran predispuesto ya en mi contra. Me llamo Josef Mendel y soy estudiante.

—Sí –dijo Karl–, ya me han hablado de usted, pero nada malo. Usted atendió en una ocasión a la señora Brunelda, ¿verdad?

—Así es –dijo el estudiante riendo–. ¿Aún huele el sofá?

—Oh, sí –dijo Karl–.

—Eso me alegra –dijo el estudiante, y se pasó la mano por el pelo–. ¿Y por qué le golpean?

—Fue una pelea –dijo Karl, mientras reflexionaba sobre el modo de explicárselo al estudiante, pero luego se interrumpió y dijo–: Pero ¿no le molesto?

—En primer lugar –dijo el estudiante–, ya me ha interrumpido, y, por desgracia, soy tan nervioso que necesito mucho tiempo para concentrarme de nuevo. Desde que ha iniciado sus paseos por el balcón no consigo avanzar en el estudio. Pero, en segundo lugar, a las tres siempre hago una pausa. Así que hable tranquilo. También me interesa.

—Es muy sencillo –dijo Karl–. Delamarche quiere convertirme en su criado. Pero yo no quiero. Habría preferido marcharme ya al anochecer, pero me lo quiso impedir. Echó el cerrojo a la puerta, yo intenté forzarla y entonces se produjo la pelea. Me siento desgraciado por seguir aún aquí.

—¿Acaso tiene otro empleo? –preguntó el estudiante–.

—No –dijo Karl–, pero eso no me importa si puedo escaparme de aquí.

—Pero, oiga –dijo el estudiante–, ¡cómo no le va a importar eso!

Y ambos guardaron silencio un rato. Luego, el estudiante preguntó:

—¿Por qué no se quiere quedar con esa gente?

—Delamarche es una mala persona –dijo Karl–, ya le conozco de antes. Una vez anduve todo el día con él, y fue un alivio perderle de vista. ¿Y ahora debo ser su criado?

—Si todos los criados fueran tan quisquillosos como usted en la elección de sus amos… –dijo el estudiante, y pareció sonreír–. Mire, yo, durante el día, soy dependiente, dependiente de lo más bajo, más bien recadero en los almacenes de Montly. Ese Montly es, sin duda, un canalla, pero eso me deja indiferente. Lo que me enfurece es que me pague una miseria. Tome, pues, ejemplo de mí.

—¿Cómo? –dijo Karl–. ¿De día es usted dependiente y por la noche estudia?

—Sí –dijo el estudiante–, no puede ser de otra forma. Ya lo he intentado todo, pero ese modo de vida es, con todo, el mejor. Hace años estudiaba de día y de noche, ¿sabe?, pero estuve a punto de morir de hambre. Dormía en un infecto cuchitril, y con el traje que tenía entonces no me atrevía a pisar las aulas. Pero eso ya es agua pasada.

—Pero ¿cuándo duerme? –preguntó Karl, y miró con arrobo al estudiante–.

—¡Ay, dormir! –exclamó el estudiante–. Dormiré cuando haya acabado mi carrera. De momento, bebo café solo.

Y se volvió, sacó una gran botella de debajo de su mesa de estudio, vertió café en una tacita y se lo echó al coleto con un movimiento rápido, tal como se toma una medicina, para notar lo menos posible su sabor.

—Cosa fina el café solo –dijo el estudiante–. Lástima que esté usted tan lejos que no pueda ofrecerle un poco.

—A mí no me gusta el café solo –dijo Karl–.

—A mí tampoco –dijo el estudiante riendo–. Pero ¡qué haría sin él! Sin el café solo, Montly ya me habría despedido. Siempre me refiero a Montly, aunque él, naturalmente, no sospecha siquiera que existo. No sé a ciencia cierta cómo me comportaría en el trabajo si no tuviera siempre a mano en el mostrador una botella de café tan grande como esta, pues nunca me he atrevido a prescindir del café. Pero, créame, seguro que pronto estaría durmiendo, tendido detrás del mostrador. Para mi desgracia, se lo imaginan. Allí me llaman el «Café Solo», un chiste estúpido, y seguro que ya me ha perjudicado para obtener un ascenso.

—¿Y cuándo terminará sus estudios? –preguntó Karl–.

—Va despacio –dijo el estudiante con la cabeza gacha–.

Se apartó de la barandilla y se sentó de nuevo a la mesa. Con los codos apoyados sobre el libro abierto, revolviéndose el pelo con las manos, dijo luego:

—Aún tardaré entre uno y dos años.

—Yo también quería estudiar –dijo Karl, como si ese detalle le diera derecho a conseguir del estudiante, ahora silencioso, una confianza aún mayor de la que le había demostrado.

—Vaya –dijo el estudiante, y no estaba claro si volvía a enfrascarse en su libro o solo lo miraba fijo por distracción–, esté contento de haber dejado el estudio. En realidad, yo mismo estudio desde hace años solo por ser consecuente. Satisfacciones me reporta muy pocas y posibilidades de futuro, aún menos. ¡Qué posibilidades podría tener! América está llena de matasanos.

—Yo quería ser ingeniero –dijo Karl enseguida al estudiante, que parecía no prestar ya ninguna atención–.

—Y ahora tiene que ser criado de esa gente –dijo el estudiante, y le lanzó una mirada fugaz–, es natural que eso le duela.

Tal conclusión era un malentendido, pero quizá Karl pudiera aprovecharlo, por eso preguntó:

—¿No podría conseguir yo también un empleo en el almacén?

La pregunta arrancó al estudiante de su libro, la idea de que pudiera ser útil a Karl en su solicitud de empleo no se le pasó por la cabeza.

—Inténtelo –dijo–, o, mejor, no lo intente. Conseguir un empleo en Montly ha sido el mayor éxito de mi vida hasta ahora. Si tuviera que elegir entre mi carrera y mi empleo me quedaría con el segundo. Mis esfuerzos se encaminan únicamente a impedir que se produzca semejante dilema.

—Tan difícil es conseguir un empleo allí… –dijo Karl, sobre todo para sí–.

—¡Ay, qué se ha creído usted! –dijo el estudiante–. Es más fácil ser juez de distrito aquí que portero en Montly.

Karl guardó silencio. Aquel estudiante, que era mucho más experimentado que él y odiaba a Delamarche por motivos que Karl ignoraba, y que, por el contrario, no le deseaba nada malo a él, no encontraba argumentos para animarle a abandonar a Delamarche. Y eso que no conocía el peligro que amenazaba a Karl con la policía, peligro del cual solo estaba a salvo con Delamarche, y eso a medias.

—¿Habrá visto esta noche la manifestación de abajo?, ¿no? Si se desconocen las circunstancias, podría pensarse que ese candidato (se llama Lobter) tiene algunas posibilidades o por lo menos se le tendrá en cuenta, ¿no?

—No entiendo nada de política –dijo Karl–.

—Eso es un error –dijo el estudiante–. Pero, al margen de ello, tiene usted ojos y oídos. Está claro que el hombre tenía defensores y detractores, esto no puede habérsele escapado. Piense ahora que el hombre, en mi opinión, no tiene la más mínima posibilidad de salir elegido. Casualmente lo sé todo sobre él. Con nosotros vive uno que le conoce. No es un hombre inepto, y por sus opiniones y pasado político sería el juez más adecuado para el distrito. Pero a nadie se le ocurre que pueda ser elegido; su derrota será todo lo espléndida que cabe imaginar. Habrá tirado unos cuantos dólares en la campaña electoral, y eso será todo.

Karl y el estudiante se miraron un rato en silencio. El estudiante asintió sonriente y se frotó los fatigados ojos con una mano.

—Bien, ¿todavía no se va a dormir? –preguntó luego–. Yo también debo volver al estudio. Vea lo mucho que me queda por hacer –y hojeó rápidamente medio libro para darle a Karl una idea del trabajo que todavía le esperaba–.

—Entonces, buenas noches –dijo Karl con una inclinación–.

—Venga alguna vez a casa —dijo el estudiante, que se había sentado de nuevo a la mesa—, claro que solo si le apetece. Aquí siempre encontrará mucha compañía. De nueve a diez de la noche, incluso yo dispongo de tiempo para usted.

—¿Así que me aconseja que me quede con Delamarche? –preguntó Karl–.

—Desde luego –dijo el estudiante, sumergiéndose en sus libros–.

Pareció como si las palabras no las hubiera pronunciado él. Como si hubieran sido dichas por una voz más profunda que la del estudiante, resonaban aún en los oídos de Karl. Con lentitud, se dirigió hacia la cortina, echó una mirada al estudiante, que ahora, inmóvil, rodeado por la gran oscuridad, estaba sentado bajo el haz de luz, y se deslizó en la habitación.

Le recibieron al unísono las respiraciones de los tres durmientes. Pegado a la pared, buscó el sofá, y cuando lo halló, se echó tranquilamente sobre él como si fuera su lecho habitual. Dado que el estudiante, que conocía perfectamente a Delamarche y las condiciones allí reinantes, y además era un hombre culto, le había recomendado quedarse allí, no tuvo escrúpulos por el momento. No tenía aspiraciones tan altas como el estudiante. Tal vez ni en su casa paterna hubiera logrado terminar sus estudios. Y si en casa no parecía posible, nadie podría exigir que lo fuera allí, en un país extraño. Pero la posibilidad de conseguir un empleo en el que pudiera rendir algo y donde se reconocieran sus esfuerzos sería a buen seguro mayor si aceptaba transitoriamente el puesto de criado en casa de Delamarche, y, con la seguridad que aquel empleo le diera, esperaba una buena oportunidad. Parecía haber en aquella calle muchas oficinas de categoría media e inferior donde, tal vez, no fueran demasiado estrictos a la hora de elegir su personal en caso de necesitarlo. Con gusto, si fuera menester, se haría dependiente de comercio, pero, a la postre, tampoco era imposible que lo aceptaran para trabajos propios de oficina, y que un día estuviera sentado ante su escritorio como empleado y pudiera mirar algún ratito sin preocupaciones por la ventana abierta, igual que el empleado que había visto por la mañana al cruzar los patios.

Al cerrar los ojos, le tranquilizó la idea de que todavía era joven y Delamarche le dejaría algún día en libertad. En verdad aquel hogar no tenía visos de ser eterno. Pero si algún día Karl obtuviera semejante puesto en una oficina, se ocuparía solo de sus tareas y no dispersaría sus esfuerzos como el estudiante. Si fuera necesario, emplearía también las noches en trabajar para la oficina; cosa que, al principio, dada su limitada formación comercial, se exigiría de él en todo caso. Solo pensaría en el interés del negocio al cual sirviera y en aplicarse a todas las tareas, incluso a aquellas que otros empleados rechazaran por no considerarlas dignas de ellos. Los buenos propósitos se agolpaban en su mente, como si su futuro jefe estuviera delante del sofá y pudiera leerlos en su rostro.

Sumido en tales pensamientos, Karl se durmió y solo le perturbó durante el primer sueño un poderoso suspiro de Brunelda que, aparentemente asaltada por pesadillas, se revolvía en su lecho.

Fragmentos

I[1]

—¡Arriba, arriba! —exclamó Robinson apenas Karl abrió los ojos—.

La cortina de la puerta aún no estaba descorrida, pero por los irregulares rayos del sol que se colaban por los agujeros se notaba que ya estaba muy entrada la mañana. Robinson corría presuroso de un lado a otro con mirada preocupada. Ya tomaba una toalla, ya acarreaba un cubo de agua, ya prendas de ropa interior y vestidos, y siempre que cruzaba por delante de Karl intentaba animarle cabeceando para que se levantara y le mostraba, alzando lo que llevara en la mano en aquel momento, que aquel día era el último en que se tomaba molestias por Karl, quien, naturalmente, en su primera mañana de trabajo, no podía conocer los detalles del servicio.

Pero pronto vio Karl a quién servía Robinson en realidad. En un espacio separado del resto de la habitación por dos baúles que Karl no había visto hasta entonces, se desa-

---

[1] En esta obra inacabada, de cuya división en capítulos se encargó Max Brod, este fragmento y el siguiente —sobre la estancia de Karl en casa de Brunelda— son anteriores al capítulo final. Aparecieron por primera vez en un apéndice de la edición alemana de Schocken Verlag (Berlín) en 1935.

rrollaba una gran escena de baño. Asomaba la cabeza de Brunelda con el cuello desnudo –el pelo le cubría precisamente el rostro– hasta el inicio de la nuca por encima de los baúles. La mano de Delamarche, que sostenía una esponja, se levantaba de vez en cuando salpicándolo todo al lavar y frotar a Brunelda. Se oían las sucintas órdenes de Delamarche a Robinson, el cual no le alcanzaba las cosas a través del auténtico acceso al improvisado baño, sino a través de un pequeño hueco entre uno de los baúles y un biombo. Debido a ello, cada vez que le daba algo a Delamarche, tenía que estirar mucho el brazo al tiempo que apartaba el rostro.

—¡La toalla, la toalla! –exclamó Delamarche–.

Y Robinson, que precisamente estaba buscando otra cosa debajo de la mesa, tuvo apenas tiempo de asomar la cabeza sobresaltado, cuando se volvió a oír:

—¡Dónde está el agua, por todos los diablos! –Y por encima del baúl asomó con el cuello estirado el rostro furioso de Delamarche–.

Todo lo que a entender de Karl se utilizaba habitualmente solo una vez para el baño y el vestido, se exigía y se transportaba aquí muchas veces y en todos los órdenes posibles. Sobre un pequeño hornillo eléctrico había siempre un cubo de agua para calentar, y Robinson acarreaba una y otra vez la pesada carga entre las piernas muy abiertas hasta aquel recinto destinado a los baños. En la frenética actividad de su trabajo, era comprensible que no se atuviera siempre con exactitud a las órdenes recibidas y que, en una ocasión, cuando le fue exigida de nuevo una toalla, sencillamente tomara una camisa del gran lecho en el centro de la habitación y la arrojara por encima de los baúles, enrollada como una pelota.

Pero también Delamarche tenía un pesado trabajo, y tal vez estuviera tan irritable con Robinson –en su irritación ni siquiera veía a Karl– solo porque él mismo era incapaz de satisfacer a Brunelda.

—¡Ay! –se lamentó ella con un grito, e incluso Karl, que permanecía impasible, se estremeció–. ¡Qué daño me haces! ¡Vete! ¡Prefiero lavarme yo sola a tener que sufrir tanto! ¡Ahora ya no podré levantar el brazo otra vez! ¡Qué mal me siento! Me aprietas tanto. Debo tener la espalda llena de cardenales. Pero tú, claro, no me lo dirás. Espera, haré que Robinson o nuestro pequeño me miren. No, no lo haré, pero sé un poco más delicado. Ten cuidado, Delamarche. No tendría que repetir cada mañana que no tienes consideración. ¡Robinson! –exclamó luego, y agitó sobre su cabeza unas pequeñas bragas de encaje–. ¡Ven y ayúdame! Mira cómo sufro. Y Delamarche dice que esta tortura es un lavado. Robinson, Robinson, ¿dónde estás? ¿Es que tú tampoco tienes corazón?

En silencio, Karl le hizo a Robinson una seña con el dedo para que atendiera la llamada, pero Robinson meneó la cabeza con aire de superioridad y bajó la vista. Él sabía mejor qué era lo que sucedía.

—¿Cómo se te ocurre algo así? –dijo Robinson a Karl, inclinándose a su oído–. No es este su propósito. Acudí una vez y nunca más. En aquella ocasión, me agarraron entre los dos y me sumergieron en la bañera hasta casi ahogarme. Y, durante días, Brunelda me lo reprochó llamándome desvergonzado y diciendo una y otra vez: «Hace tiempo que no estás conmigo en el baño», o «Pero ¿cuándo vendrás de nuevo al baño a mirarme?». Solo cuando le hube pedido perdón varias veces de rodillas cesó de atormentarme. No lo olvidaré nunca.

Y mientras Robinson contaba estas cosas, Brunelda volvía a llamar:

—¡Robinson, Robinson! Pero ¿dónde estás, Robinson?

Aunque nadie acudía en su ayuda, y ni siquiera obtenía una respuesta –Robinson se había sentado con Karl y ambos miraban en silencio hacia los baúles, por encima de los cuales asomaban de vez en cuando las cabezas de Delamarche y Brunelda–, a pesar de ello, Brunelda no cesaba de lamentarse de Delamarche en voz alta:

—Pero ¡Delamarche! –exclamó–. ¡Ahora vuelve a parecerme que no me estás lavando! ¿Dónde tienes la esponja? ¡Venga, agárrala! ¡Si tan solo pudiera agacharme, si tan solo pudiera moverme! ¡Ya te enseñaría yo cómo se lava! ¡Ay, aquellos tiempos en que, muchacha, cuando allá en la finca de los padres nadaba yo todas las mañanas en el Colorado! Era la más ágil entre todas mis amigas. ¡Y ahora…! ¡Cuándo aprenderás a lavarme, Delamarche! Tan solo agitas la esponja, te afanas y yo no siento nada. Si dije que no apretaras hasta lastimarme, no quería decir con ello que mi deseo fuera quedarme aquí de pie para coger un resfriado. ¡Ya verás, voy a saltar de la bañera y voy a salir tal como voy!

Sin embargo, no cumplió tal amenaza –por otra parte, tampoco era capaz de hacerlo–. Al parecer, por temor a que se resfriara, Delamarche la había metido en la bañera, pues se oía un chapoteo violento.

—¡Eso sí que sabes hacerlo, Delamarche! –dijo Brunelda en tono algo más bajo–. Adular y adular, una y otra vez, después de haber hecho algo mal.

Luego, siguió una corta pausa.

—Ahora la besa –dijo Robinson, y arqueó las cejas–.

—¿Qué trabajo sigue ahora? –preguntó Karl–.

Ya que había decidido quedarse allí, quería comenzar con su trabajo cuanto antes. Dejó solo en el sofá a Robinson, que no respondía, y empezó a deshacer el gran lecho. Todavía aplastado por el peso de los dos durmientes que habían yacido en él durante la larga noche, para doblar luego con esmero cada pieza de aquella masa, cosa que, sin duda, no se había hecho desde muchas semanas antes.

—Ve a mirar, Delamarche –dijo entonces Brunelda–, creo que están desmontando nuestra cama. Hay que estar siempre encima de todo, no se puede estar tranquila. Debes ser más severo con esos dos. De lo contrario, hacen lo que les viene en gana.

—¡Seguro que es ese pequeño con su maldita diligencia! –exclamó Delamarche, y pareció que se disponía a precipitarse fuera del recinto del baño. Karl arrojó en el acto todo lo que tenía en la mano, pero, por suerte, dijo Brunelda:

—No te vayas, Delamarche, no te vayas. ¡Ay, qué caliente está el agua, cómo me fatigo! Quédate conmigo, Delamarche.

Solo entonces se apercibió Karl del vapor que subía ininterrumpidamente desde detrás de los baúles.

Espantado, Robinson se llevó la mano a la mejilla, como si Karl hubiera hecho algo malo.

—¡Dejadlo todo como estaba! –sonó la voz de Delamarche–. ¿Acaso no sabéis que después del baño Brunelda siempre reposa una hora? ¡Pésimo, lamentable servicio! ¡Esperad a que caiga sobre vosotros! ¡Robinson, seguro que estás otra vez soñando! A ti y solo a ti te hago responsable de todo lo que suceda. ¡Tú eres quien tiene que controlar al chico, aquí no se harán las cosas a su antojo! Cuando se necesita algo, no se puede obtener nada de vosotros; cuando no hay nada que hacer, sois aplicados. ¡Meteos en algún rincón y esperad a que se os necesite!

Pero de inmediato pareció quedar todo olvidado, pues Brunelda susurró, con voz fatigosa, como si se ahogara en el agua caliente:

—¡El perfume, traed el perfume!

—¡El perfume! –gritó Delamarche–.

Karl se dio cuenta de que debía tomar la iniciativa en todo. Robinson no tenía la menor idea de dónde estaba el perfume, se limitó a echarse en el suelo y a agitar ambos brazos sin pausa por debajo del sofá, pero sin sacar nada en limpio, excepto bolitas de polvo y cabellos de mujer. Karl corrió primero al tocador situado junto a la puerta, pero los cajones no contenían más que viejas novelas inglesas, revistas y partituras, y todo estaba tan repleto que los cajones no podían cerrarse una vez abiertos.

—El perfume —suspiró entretanto Brunelda—, ¡cuánto tarda! ¡Me gustaría saber si tendré el perfume para hoy!

Acuciado por la impaciencia de Brunelda, a Karl no le daba tiempo a registrar nada a fondo. Tenía que confiar en la primera impresión superficial. El frasco no estaba en el tocador, sobre él no había más que pequeños frasquitos con medicinas y pomadas, todo lo demás ya había sido llevado, sin duda, al recinto del baño. Tal vez el frasco estuviera en el cajón de la mesa del comedor. Pero de camino a ella —Karl pensaba en el perfume y en ninguna otra cosa—, chocó violentamente con Robinson, que por fin había abandonado la búsqueda debajo del sofá y corría como un ciego al encuentro de Karl, presa de un vago presentimiento respecto al paradero del perfume. Se oyó con claridad el choque de las dos cabezas: Karl se quedó mudo y Robinson, aunque no se detuvo en su carrera, se puso a gritar sin interrupción y con fuerza exagerada para aliviar su dolor.

—En lugar de buscar el perfume, se pelean —dijo Brunelda—. Voy a enfermar con este servicio, Delamarche, y seguro que caeré muerta en tus brazos. ¡Necesito el perfume —gritó luego, haciendo acopio de fuerzas—, lo necesito, es imprescindible! No saldré de la bañera hasta que me lo traigan, así me tenga que estar hasta la noche.

Y dio un puñetazo, haciendo salpicar el agua.

Pero tampoco en el cajón de la mesa del comedor estaba el perfume; aunque allí se guardaban solo objetos de tocador de Brunelda, tales como viejas polveras, botecillos de colorete, cepillos de cabeza, rizos y muchas pequeñeces deshechas, enmarañadas y pegadas unas a otras, el perfume no estaba allí. Y tampoco Robinson, que seguía gritando y abría y revolvía una tras otra un centenar de cajas y estuches amontonados en un rincón –generalmente, la mitad del contenido, casi siempre objetos de costura y correspondencia, se caía al suelo y allí quedaba–, podía encontrar nada, y así se lo indicaba a Karl de cuando en cuando con movimientos de cabeza y encogimientos de hombros.

Entonces, Delamarche salió de un salto y en paños menores del recinto del baño, mientras se oía el llanto convulso de Brunelda. Karl y Robinson dejaron de buscar y miraron a Delamarche que, completamente empapado –hasta por la cara y el pelo le escurría el agua–, exclamó:

—¡Y ahora hacedme el favor de empezar a buscar! ¡Aquí! –dijo, dando una orden a Karl, y luego a Robinson–: ¡Allí!

Karl buscaba de veras, registraba incluso los lugares que le habían señalado a Robinson, pero ninguno de los dos lo encontró. Robinson miraba, en su afanosa búsqueda, con el rabillo del ojo a Delamarche que, en la medida en que el espacio lo permitía, se paseaba por el cuarto dando fuertes patadas. Sin duda, lo que más deseaba era dar una paliza tanto a Karl como a Robinson.

—¡Delamarche! –gritó Brunelda–, ¡ven a secarme por lo menos! Esos dos no van a encontrar el perfume de ninguna manera, solo lo desordenarán todo. Que dejen de buscar inmediatamente. ¡Pero ya! ¡Y que dejen ahí todo lo que tienen en las manos! ¡Que no toquen nada más! Si de ellos dependiera, convertirían el apartamento en un establo. ¡Delamarche, cógelos por el cuello si no paran! Pero si continúan trabajando, acaban de tirar una caja. ¡Que no la recojan, que lo dejen todo tal como está y se vayan de la habitación! Echa el cerrojo a la puerta cuando hayan salido y ven aquí conmigo. Hace ya demasiado rato que estoy en el agua y tengo los pies completamente fríos.

—Enseguida, Brunelda, enseguida –exclamó Delamarche, y se apresuró con Karl y Robinson a la puerta–.

Pero antes de despedirlos les encargó que fueran a buscar el desayuno y, a ser posible, que consiguieran algún buen perfume prestado por alguien.

—¡Vaya desorden y mugre tenéis en la casa! –dijo Karl, ya en el pasillo–. En cuanto regresemos con el desayuno debemos empezar a poner orden.

—¡Si por lo menos no sufriera tanto! –dijo Robinson–. ¡Si no me dieran semejante trato!

Seguro que Robinson se quejaba porque Brunelda no hacía distinciones entre él, que ya la servía desde hacía meses, y Karl, que hacía solo un día que había entrado a su servicio. Pero en verdad no se merecía otra cosa, y Karl dijo:

—Tienes que esforzarte un poco –pero para no sumirlo totalmente en la desesperación, añadió–: De todos modos, será un trabajo ocasional. Te arreglaré un lecho detrás del armario y, en cuanto esté todo un poco ordenado, podrás pasarte todo el día allí, sin preocuparte de nada, y te recuperarás muy pronto.

—Ahora ves por ti mismo mi situación –dijo Robinson, y apartó el rostro de Karl para estar a solas consigo mismo y su dolor–. Pero ¿me dejarán en paz algún día?

—Si quieres, yo mismo puedo hablar con Delamarche y Brunelda.

—Pero ¿acaso Brunelda tiene alguna consideración? –exclamó Robinson, y golpeó con el puño a una puerta a la que acababan de llegar sin avisar previamente a Karl–.

Entraron en una cocina de cuyo hogar, que parecía necesitar una reparación, se elevaban negras nubecillas. Delante de la puerta del horno estaba arrodillada una de las mujeres que Karl viera la víspera en el pasillo, la cual, valiéndose de las manos, echaba al fuego grandes trozos de carbón, examinando su operación desde todos los ángulos. La postura en que estaba era muy incómoda para una mujer de su edad, y por ello suspiraba al tiempo que realizaba el trabajo.

—Vaya, y ahora viene también esta plaga –dijo al reparar en Robinson, se incorporó a duras penas apoyándose en la caja de carbón y cerró la tapa del horno, cuyo asidero había cubierto con su delantal–. Ahora, a las cuatro de la tarde –Karl miró sorprendido el reloj de cocina– ¿aún tenéis que desayunar? ¡Pandilla de inútiles! Sentaos –dijo luego–, y esperad a que disponga de tiempo para vosotros.

Robinson tiró de Karl para que se sentara junto a él en el banquillo cerca de la puerta y le susurró:

—Debemos obedecerla, porque dependemos de ella. Es a ella a quien hemos alquilado nuestra habitación y, naturalmente, puede echarnos en cualquier momento. No podemos cambiar de vivienda, ¿cómo íbamos a sacar de nuevo todas las cosas? Y, sobre todo, Brunelda no es transportable.

—¿Y aquí en el pasillo no se puede conseguir otra habitación? –preguntó Karl–.

—Pero si nadie nos quiere –repuso Robinson–, no hay nadie en toda la casa que nos quiera.

Así permanecieron tranquilamente sentados en el banquillo, esperando. La mujer no paraba de correr, yendo y viniendo entre dos mesas, una batea y el hogar. De sus exclamaciones se deducía que su hija estaba enferma y por eso tenía que hacerse cargo ella sola de la atención y el servicio a treinta inquilinos. Y para colmo, el horno estaba estropeado y la comida no acababa de cocinarse. En dos enormes ollas hervía una espesa sopa, y la mujer, por más que la examinara con un cucharón, dejándola caer desde lo alto, no conseguía que mejorara. Seguramente la culpa la tenía aquel fuego tan malo, de modo que casi se sentó en el suelo delante de la puerta del hogar y se puso a hurgar con el atizador entre el carbón al rojo vivo. El humo que llenaba la habitación la hacía toser, a veces tan fuerte que tenía que asirse a una silla y durante minutos no hacía más que toser. Comentaba a menudo que ese día ya no serviría el desayuno, porque no tenía ni tiempo ni ganas. Dado que Karl y Robinson tenían, por una parte, la orden de Delamarche de llevar el desayuno, pero por otra ninguna posibilidad de exigirlo, no respondían a semejantes comentarios, sino que permanecían en silencio, sentados tranquilamente.

En derredor, sobre sillas y escabeles, encima y debajo de las mesas, incluso en un rincón del suelo, se amontonaba la vajilla sucia del desayuno de los inquilinos. Había allí jarritas en las que todavía quedaba un poco de leche o de café; en algunos platos quedaban restos de mantequilla, de una gran lata volcada habían rodado galletas. Era posible preparar con todo aquello un desayuno al que Brunelda, por desconocer su origen, no tuviera nada que objetar. Precisamente, cuando Karl pensó en ello, una ojeada al reloj le mostró que ya llevaban media hora esperando allí sentados, y tal vez Brunelda estuviera ya furiosa y azuzando a Delamarche contra el servicio. La mujer exclamó entre toses, mientras Karl la miraba fijamente:

—Ya podéis esperar sentados, pero no conseguiréis el desayuno. Por el contrario, dentro de dos horas os daré la cena.

—Ven, Robinson —dijo Karl—, preparemos el desayuno nosotros mismos.

—¿Cómo? —exclamó la mujer, levantando la cabeza—.

—Sea razonable, por favor –dijo Karl–. ¿Por qué no quiere darnos el desayuno? Hace ya media hora que esperamos, ya es bastante tiempo. Se le paga todo, y seguro que nosotros pagamos mejor que los demás. Es natural que le moleste que desayunemos tan tarde, pero somos sus inquilinos, tenemos la costumbre de desayunar tarde, y usted también debería adaptarse un poco a nosotros. Es lógico que hoy le sea más complicado debido a la enfermedad de su señora hija, pero a cambio estamos dispuestos a prepararnos el desayuno nosotros mismos con estos restos si no hay otra solución y usted no nos proporciona comida fresca.

Pero la mujer no quería avenirse a una conversación amable con nadie. Incluso los restos del desayuno general le parecían demasiado buenos para aquellos inquilinos. Pero, al tiempo, estaba harta de la insistencia de los dos criados. Así que agarró una bandeja y la arrojó contra el cuerpo de Robinson, el cual solo al cabo de un rato comprendió que debía sostener la bandeja para que la mujer le sirviera en ella la comida que eligiera. Cargó la bandeja con gran premura con muchas cosas, pero el conjunto daba más la idea de un servicio sucio que la de un desayuno preparado para consumir. Mientras la mujer les echaba de la cocina y se apresuraban encogidos hacia la puerta, como si temieran ser insultados o golpeados, Karl cogió la bandeja de manos de Robinson, donde no le parecía muy segura.

Una vez lo bastante alejados de la puerta de la casera, Karl se sentó en el pasillo, con la bandeja en el suelo para limpiar ante todo las tazas y reunir los restos comunes, es decir, echar la leche en un solo recipiente, rascar los diversos restos de mantequilla y juntarlos en un plato. Luego, a borrar todas las señales de que aquello había sido usado: a limpiar los cuchillos y cucharas, a cortar rectos los panecillos mordidos y darle así un mejor aspecto a todo. Robinson consideró innecesario aquel trabajo y dijo que a menudo el desayuno había tenido mucho peor aspecto. Pero Karl no se dejó persuadir por él, y se alegró incluso de que no quisiera participar en la tarea con esos dedos tan sucios. Para mantenerle distraído, Karl le había proporcionado enseguida –si bien, según le dijo, en calidad de entrega única y definitiva– algunas galletas y el espeso resto de una cazuelita que había estado llena de chocolate.

Cuando llegaron a la habitación y Robinson puso sin más la mano sobre el picaporte, Karl le retuvo, puesto que no era seguro que pudiera entrar.

—Que sí –dijo Robinson–, que ahora solo la está peinando.

Y en efecto, en el cuarto, que aún seguía sin ventilar y con la cortina echada, Brunelda estaba despatarrada en el sillón, y Delamarche, colocado tras ella, con la cara muy cerca de su cabeza, peinaba sus cabellos cortos y probablemente muy enredados. Brunelda llevaba de nuevo un vestido muy suelto, esta vez de color rosa pálido. Era quizá un poco más corto que el del día anterior, al menos se veían las medias blancas de burdo tejido casi hasta la rodilla. Impaciente porque el peinado se demorara tanto, Brunelda agitaba su lengua gruesa y roja entre los labios, moviéndola de un lado a otro, y a veces se separaba totalmente de Delamarche, exclamando:

—Pero ¡Delamarche!

Este esperaba tranquilo con el peine levantado hasta que ella se recostaba de nuevo.

—Han tardado mucho –dijo Brunelda sin dirigirse a nadie en concreto, y volviéndose a Karl añadió–: Debes espabilarte un poco más si quieres que estemos contentos contigo. No debes tomar ejemplo de ese perezoso y glotón de Robinson. Seguro que, mientras tanto, vosotros ya habéis desayunado por ahí. Os advierto que no lo voy a tolerar más.

Esto era muy injusto, y Robinson meneó la cabeza y movió los labios, aunque sin emitir ningún sonido. Pero Karl comprendió que solo podría influir en sus amos demostrándoles, sin que cupieran dudas, el trabajo que había hecho. Por ese motivo, cogió una mesa japonesa de un rincón, la cubrió con un mantel y colocó encima las cosas que había conseguido. Quien conociera el origen del desayuno podía sentirse satisfecho del conjunto; en caso contrario, como Karl reconoció para sí, cabían algunas objeciones.

Por suerte, Brunelda tenía hambre. Complacida, hacía gestos de aprobación con la cabeza mientras Karl lo preparaba todo y a menudo le importunaba cogiendo a destiempo algún bocado con su mano blanda y grasienta que todo lo estrujaba.

—Lo ha hecho bien –dijo chasqueando la lengua con glotonería, y atrajo a una silla a su lado a Delamarche, que dejó enredado el peine en su cabello para continuar más tarde con el trabajo–.

También Delamarche se volvió amable a la vista de la comida. Ambos estaban muy hambrientos y sus manos revoloteaban sobre la mesita en todas direcciones.

Karl concluyó que para satisfacerlos debía llevarles siempre la mayor cantidad posible de comida, y recordando que había abandonado en el suelo de la cocina algunos comestibles aún aprovechables, dijo:

—La primera vez no sabía cómo prepararlo todo, pero la próxima lo haré mejor.

Pero no había terminado de hablar cuando recordó la clase de individuos a los que se dirigía. El asunto le había preocupado en exceso. Brunelda le hizo a Delamarche una señal de aprobación con la cabeza, y este le dio a Karl un puñado de galletas en recompensa.

II
La mudanza de Brunelda

Una mañana, Karl empujaba por el portal el carrito preparado para Brunelda. Ya no era tan temprano como deseara. Habían acordado realizar el éxodo de noche, para no llamar la atención por las calles, lo que de día era inevitable por más que Brunelda pensara embutirse con gran modestia en una gran manta de paño gris. Pero el transporte por la escalera se había prolongado en exceso, pese a la voluntaria cooperación del estudiante, que era mucho más débil que Karl como se puso de manifiesto. Brunelda se condujo valerosamente: apenas suspiró e hizo todo lo posible por facilitar la tarea a sus porteadores. Sin embargo, no había otra forma de transportarla que hacerla sentar cada cinco peldaños para brindarle tanto a ella como a sí mismos el tiempo necesario para recuperarse. Era una mañana fría. Por los pasillos soplaba un aire helado como el de los sótanos. Sin embargo, Karl y el estudiante estaban empapados en sudor, y a cada parada tenían que tomar una punta de la manta de Brunelda, que, por otra parte, ella alcanzaba amablemente, para enjugarse la cara. Así fue como llegaron dos horas más tarde abajo, donde ya desde la noche anterior esperaba el carrito. Aún costó cierto trabajo levantar a Brunelda y meterla en él. Pero, una vez conseguido esto, se podía pensar que todo estaba hecho, pues la tarea de empujar el carrito, gracias a sus altas ruedas, no debía ser difícil y solo quedaba el temor de que se derrumbara bajo el peso de Brunelda. De todos modos, había que correr el riesgo; no se podía llevar un vehículo de repuesto, aunque el estudiante, medio en broma, se había ofrecido a ponerlo a su disposición y conducirlo. Luego, el estudiante se despidió de forma muy afectuosa. Todas las desavenencias entre él y Brunelda parecían olvidadas. Él se disculpó incluso por la ofensa que había infligido a Brunelda cuando ella estuvo enferma, y se confesó culpable. Pero Brunelda dijo que hacía tiempo que todo estaba olvidado y no le guardaba rencor. Finalmente, le pidió al estudiante que aceptara, en señal de amistad y como recuerdo, un dólar que extrajo con dificultad de entre sus muchas enaguas. Aquel regalo, considerando la notoria avaricia de Brunelda, era muy significativo y le produjo al estudiante una gran alegría, tanta que lo arrojó por el aire. Luego tuvo que buscarlo por el suelo, y Karl tuvo que ayudarle hasta que lo encontró debajo del coche de Brunelda. La despedida entre el estudiante y Karl fue, como es natural, mucho más sencilla. Solo se tendieron la mano y ambos expresaron el convencimiento de volverse a ver algún día, y que entonces alguno de ellos –el estudiante lo afirmaba de Karl y Karl del estudiante– habría llegado a ser alguien, cosa que, por el momento y por desgracia, aún no había sucedido. Luego, Karl abrió con ánimo el manillar del carrito y lo empujó por el portal. El estudiante les siguió con la mirada, agitando un pañuelo, mientras fueron visibles. Karl movía la cabeza a menudo, a modo de saludo. También a Brunelda le hubiera gustado volverse, pero semejantes movimientos eran demasiado agotadores para ella. Para facilitarle una última despedida, Karl giró al final de la calle de modo que Brunelda también pudiera ver al estudiante, quien aprovechó la ocasión para agitar con especial entusiasmo el pañuelo.

Pero Karl dijo luego que no podían permitirse más demoras. El camino a recorrer era largo y habían salido mucho más tarde de lo previsto. En efecto, ya se podían ver algunos carruajes y, aunque muy espaciadamente, alguna gente que se dirigía a su trabajo. Con su observación, Karl no llevaba ninguna intención doble, pero Brunelda, con su delicadeza de sentimientos, lo entendió de otra manera y se cubrió por completo con su manta gris.

Karl no opuso ninguna objeción. El cochecito cubierto con la manta gris era muy llamativo, pero incomparablemente menos que si hubiera ido con Brunelda sin tapar. Conducía con mucha cautela. Antes de girar en una esquina observaba la siguiente calle, incluso detenía el coche si le parecía necesario, y se adelantaba unos pasos solo. Si preveía un encuentro que pudiera ser desagradable, esperaba hasta estar seguro de evitarlo o incluso elegía un camino por otra calle. Pero ni entonces, puesto que antes había estudiado minuciosamente todos los caminos, corría el riesgo de dar un rodeo excesivo.

De todos modos, aparecieron obstáculos, que si bien habían sido de temer, no habían podido preverse en todos sus detalles.

Así, de pronto, de una calle en leve pendiente y fácil de abarcar con la mirada, que además aparecía por suerte totalmente desierta –una ventaja que Karl intentó aprovechar apresurándose aún más–, surgió un policía del oscuro ángulo de un portal y le preguntó a Karl qué llevaba en aquel vehículo tan cuidadosamente cubierto. Pero, por más severo que mirara a Karl no tuvo otro remedio que sonreír cuando levantó la manta y contempló el rostro temeroso y acalorado de Brunelda.

—¡Cómo! –exclamó–. Creí que llevarías diez sacos de patatas y resulta que es una sola mujer. ¿A dónde vais? ¿Quiénes sois?

Brunelda no osaba mirar al policía. Solo miraba a Karl, expresando su duda manifiesta de que alguien, ni siquiera él, pudiera salvarla. Pero Karl tenía ya bastante experiencia con policías y el asunto no le parecía muy peligroso.

—Bueno, señorita –dijo–, muestre usted el documento que le han dado.

—¡Ah, claro! –dijo Brunelda, y empezó a buscar de un modo tan desesperado que la hacía sospechosa–.

—La señorita –dijo el policía en un tono de clara ironía– no va a encontrar el documento.

—¡Oh, sí! –dijo Karl tranquilo–, seguro que lo tiene, solo que ha olvidado dónde.

Empezó a buscar él mismo y lo extrajo de detrás de la espalda de Brunelda. El policía le echó solo una ojeada.

—Aquí está, efectivamente –dijo el policía con una sonrisa–. ¿De modo que la señorita es de esa clase de señoritas? Y usted, jovencito, ¿se encarga de la mediación y el transporte? ¿Realmente no podría buscarse un trabajo mejor?

Karl se limitó a encogerse de hombros. Ya empezaban de nuevo las típicas intromisiones de la policía.

—Bien, buen viaje –dijo el policía sin obtener respuesta–.

Las palabras del agente encerraban probablemente desprecio, y por eso Karl siguió adelante sin saludar. Era preferible el desprecio de la policía que su interés.

Poco después tuvo un encuentro aún más desagradable, pues se le acercó un hombre que empujaba un carro con enormes lecheras al que, al parecer, le interesaba mucho saber qué había debajo de la manta gris en el carro de Karl. No era probable que llevara su mismo camino, pero aun así se mantuvo a su lado por sorprendentes que fueran los giros que Karl diera. Al principio se contentó con exclamaciones tales como «¡Debes llevar una pesada carga!» o «¡Has cargado mal, algo se va a caer por arriba!», pero luego preguntó directamente:

—¿Qué llevas debajo de la manta?

Karl dijo:

—¿A ti qué te importa?

Pero como eso solo sirvió para despertar aún más la curiosidad del hombre, Karl dijo al fin:

—Son manzanas.

—¿Tantas manzanas? –dijo el hombre asombrado, y no cesó ya de repetir esta exclamación–. Pero eso es toda una cosecha –dijo luego–.

—Pues sí –dijo Karl–.

Pero ya fuera porque no creía a Karl o porque quería molestarle, continuó a su lado, comenzó sin detener la marcha a alargar la mano hacia la manta como si fuera a estirarla en broma y al final llegó a atreverse a tirar de ella. ¡Cuánto debía sufrir Brunelda! Por consideración a ella, Karl no quería enzarzarse en una pelea con el hombre, y se metió en el primer portal, como si hubiera alcanzado su meta.

—Ya he llegado –dijo–, gracias por acompañarme.

El hombre se detuvo sorprendido frente al portal y siguió con la mirada a Karl, el cual se dispuso tranquilamente a cruzar el primer patio si fuera preciso. El hombre ya no podía insistir más, pero para satisfacer su malicia por última vez, abandonó su carro, corrió de puntillas detrás de Karl y tiró tan fuerte de la manta que casi descubrió la cara de Brunelda.

—¡Para que tus manzanas se ventilen! –dijo, y se marchó–.

Karl soportó también eso, puesto que le liberaba del hombre de forma definitiva. Luego, condujo el vehículo a un rincón del patio donde había varias grandes cajas, a cubierto de las cuales quería decirle algunas palabras tranquilizadoras a Brunelda. Pero tuvo que perder mucho tiempo para calmarla, pues lloraba a lágrima viva y le rogaba desesperada que se quedaran allí detrás de las cajas todo el día, que no continuaran hasta la noche. Tal vez él, por sí solo, no la hubiera podido convencer de lo equivocado que eso habría sido, pero cuando alguien al otro lado del montón de cajas tiró una de ellas al suelo con gran estrépito que resonó en todo el patio, se asustó tanto que, sin atreverse a decir una palabra, se cubrió con la manta. Y a buen seguro se sintió aliviada cuando Karl, en un arranque, reanudó el camino de inmediato.

Ahora las calles estaban cada vez más animadas, pero la atención que despertaba el vehículo no era tan grande como Karl había temido. Tal vez hubiera sido más prudente elegir otra hora para el transporte. Si se hiciera necesario repetir semejante viaje, Karl se atrevería a llevarlo a cabo a mediodía. Sin que le molestaran, dobló por fin hacia la angosta calle donde se encontraba la empresa número 25. Delante de la puerta estaba el administrador bizco con el reloj en la mano.

—¿Siempre eres tan impuntual? –preguntó–.

—He tenido varios incidentes –dijo Karl–.

—Es sabido que siempre los hay –dijo el administrador–, pero en esta casa no valen de disculpa. ¡Recuérdalo!

Karl apenas prestaba atención a semejantes alocuciones. Todos aprovechaban su poder y escarnecían al humilde. Una vez habituado a ello, ya no sonaban a sus oídos más que como el tic-tac del reloj. Lo que le impresionó al empujar el vehículo hacia el zaguán fue la mugre que allí reinaba, aunque no esperaba otra cosa. No era una suciedad palpable. El suelo de baldosas estaba casi perfectamente barrido, la pintura de las paredes no era vieja, las palmeras artificiales solo estaban un poco polvorientas, y, sin embargo, todo parecía grasiento y repugnante. Era como si se hubiera hecho mal uso de todo hasta el punto de que ninguna limpieza podía remediarlo. Cuando llegaba a algún sitio, a Karl le gustaba pensar en lo que se podría mejorar allí y el placer que debía procurar ponerse a ello enseguida sin tomar en consideración que el trabajo fuera tal vez interminable. Pero allí no sabía lo que podría hacerse. Lentamente, le quitó la manta a Brunelda.

—Bienvenida, señorita –dijo el remilgado administrador aparentando modestia. No cabía duda de que Brunelda le había causado una buena impresión–.

En cuanto Brunelda se dio cuenta de ello, supo aprovecharlo de inmediato para satisfacción de Karl. Todo el temor de las últimas horas se esfumó.

El teatro total de Oklahoma

En la esquina de una calle, Karl vio un cartel con la siguiente inscripción:

> ¡Hoy, en el hipódromo de Clayton, desde las seis de la mañana a la medianoche, se contrata personal para el teatro de Oklahoma! ¡El gran teatro de Oklahoma os llama! ¡Solo por hoy, por una sola vez! ¡El que desperdicie hoy la oportunidad, lo hará para siempre! ¡El que piensa en su futuro es uno de los nuestros! ¡Todos serán bienvenidos! ¡El que quiera ser artista, que se presente! ¡Nuestro teatro puede emplear a todo el mundo, a cada uno en su sitio! ¡Al que se decida a incorporarse le felicitamos desde aquí! Pero ¡apresuraos para poder llegar antes de la medianoche! ¡A las doce se cierra todo, y no se abre más! ¡Maldito sea el que no confíe en nosotros! ¡Ánimo y a Clayton!

Había mucha gente delante del cartel, pero este no parecía surtir gran efecto. Había tantos carteles que ya nadie parecía confiar en ellos. Y aquel parecía ser menos fiable todavía. Pero, sobre todo, incurría en un gran error: no decía ni una palabra sobre el pago. Si fuera una cantidad decente, seguro que lo habrían incluido en el texto, no se habrían olvidado de mencionar lo más atractivo. Nadie quería ser artista, pero todo el mundo quería que le pagaran por hacer un trabajo.

Pese a todo, para Karl había algo muy atractivo en el cartel: «¡Todos serán bienvenidos!», decía. Todos, y por tanto también Karl. Lo que hasta entonces había hecho estaba ya olvidado, nadie iba a reprochárselo. ¡Podía presentarse para un trabajo que no resultaba vergonzoso, más aún, que se anunciaba públicamente! Y, asimismo, públicamente se prometía que también él sería aceptado. No pedía nada mejor, deseaba emprender de una vez una carrera honrada, y quizá fuera posible hacerlo allí. Aunque las grandes palabras del cartel fueran mentiras, aunque el gran teatro de Oklahoma fuera un pequeño circo ambulante, ofrecían un empleo, con eso bastaba. Karl no leyó de nuevo el cartel por completo, pero sí volvió a buscar la frase: «¡Todos serán bienvenidos!».

Al principio pensó en ir a pie hasta Clayton, pero eso le llevaría tres horas de apretada marcha, y posiblemente llegara con el tiempo justo para enterarse de que ya estaban ocupados todos los puestos vacantes. Según anunciaba el cartel, de todas maneras, el número de los que serían aceptados era ilimitado, pero así estaban siempre redactadas las ofertas de trabajo como esa. Karl comprendió que, o bien renunciaba al empleo, o bien tomaba algún medio de transporte. Contó el dinero que tenía, que le podía alcanzar para ocho días si no hiciera aquel viaje; jugueteó con las monedas en la mano. Un caballero que le había estado observando, le dio una palmada en el hombro y dijo:

—Que tengas mucha suerte en el viaje a Clayton.

Karl asintió en silencio y siguió haciendo sus cálculos. Pero se decidió pronto; apartó el dinero necesario para el desplazamiento y corrió hacia el tren subterráneo. Cuando se apeó en Clayton, oyó de inmediato el sonido de muchas trompetas. Era un ruido caótico. Las trompetas no estaban armonizadas unas con otras y las tocaban sin ninguna consideración. Pero eso no molestó a Karl, porque le confirmaba claramente que el teatro de Oklahoma era una gran empresa. Cuando salió del edificio de la estación y abarcó con la mirada todas las instalaciones, vio que todo era mayor de lo que hubiera podido imaginar, y no comprendió cómo se molestaba en hacer tales inversiones una empresa así con el único fin de conseguir personal. Frente a la entrada del hipódromo habían levantado una plataforma larga y baja, sobre la cual cientos de mujeres vestidas de ángeles, con túnicas blancas y grandes alas a la espalda, tocaban largas y refulgentes trompetas doradas. Mas no estaban colocadas directamente sobre la tarima, sino que cada una ocupaba un pedestal que, sin embargo, era invisible, pues las largas ropas flamantes de los vestidos angelicales los cubrían por completo. Como los pedestales eran muy altos, hasta de dos metros de altura, las figuras de las mujeres parecían gigantescas. Solo sus cabecitas rompían algo la impresión de grandiosidad; también sus sueltas cabelleras caían a los lados, demasiado cortas, y casi ridículas entre las grandes alas. Para que no se produjera una sensación excesiva de uniformidad, se habían empleado pedestales de los más diversos tamaños. Había así mujeres muy bajas, no mucho más altas que de tamaño natural, pero a su lado se elevaban mujeres a tal altura que parecía que al menor soplo de viento estarían en peligro. Y todas ellas tocaban.

No había demasiado público. Minúsculos en comparación con las grandes figuras, unos diez muchachos se paseaban por delante de la plataforma y elevaban la vista hacia las mujeres. Se señalaban unos a otros a esta o aquella, pero no parecían tener intención de entrar para pedir un empleo. Solo se podía ver a un hombre de más edad que se mantenía algo apartado. Iba acompañado por su esposa y llevaban a un niño en un cochecito. La mujer sostenía el coche con una mano, y se apoyaba con la otra sobre los hombros del marido. Aunque admiraban el espectáculo, se podía percibir que estaban decepcionados. También habían esperado encontrar una posibilidad de empleo, pero aquel toque de trompetas les desconcertaba. Karl se encontraba en una situación similar. Se aproximó al hombre, escuchó por un rato las trompetas, y luego dijo:

—¿Es aquí donde se realiza la admisión para el teatro de Oklahoma?

—Así lo creía yo también –dijo el hombre–, pero llevamos esperando aquí desde hace una hora y no oímos otra cosa que las trompetas. No se ve ni un cartel por ninguna parte, no hay un solo pregonero ni nadie a quien pedir información.

Karl dijo:

—Tal vez están esperando a que se reúna más gente. Realmente hay muy poca todavía.

—Es posible –dijo el hombre, y volvieron a guardar silencio. También resultaba difícil entenderse con el ruido de las trompetas–.

Pero entonces la mujer le susurró algo al hombre, este asintió, y ella le gritó a Karl:

—¿No podría usted entrar al hipódromo y preguntar dónde se realiza la admisión?

—Sí –dijo Karl–, pero tendría que cruzar la tarima pasando entre los ángeles.

—¿Es eso tan difícil? –preguntó la mujer–.

Para la mujer el camino era fácil si lo hacía Karl, pero no quería enviar a su marido.

—Está bien –dijo Karl–, iré.

—Es usted muy amable –dijo la mujer, y tanto ella como su marido estrecharon la mano de Karl–.

Los muchachos se acercaron para contemplar de cerca cómo trepaba Karl a la plataforma. Pareció como si las mujeres soplaran más fuerte para saludar al primer solicitante. Aquellas ante cuyo pedestal pasaba Karl se apartaban la trompeta de la boca y se inclinaban a un lado para seguir con la mirada su camino. Al otro extremo de la plataforma, Karl vio a un hombre que paseaba inquieto de un lado a otro. Era evidente que solo estaba esperando a la gente para proporcionarles toda la información que desearan. Karl iba ya a abordarlo cuando oyó exclamar su nombre desde arriba.

—¡Karl! –dijo el ángel–.

Karl miró hacia arriba y empezó a reír de pura grata sorpresa. Era Fanny.

—¡Fanny! –exclamó, y saludó hacia ella con la mano–.

—¡Vamos, acércate! –exclamó Fanny–. ¡No irás a pasar de largo estando yo aquí!

Y separó las telas, de modo que quedaron al descubierto el pedestal y una estrecha escalera que conducía arriba.

—¿Está permitido subir? –preguntó Karl–.

—¡Quién podría prohibirnos que nos estrechemos la mano! –exclamó Fanny, y miró airada a su alrededor por si alguien se acercara a impedirlo. Pero ya Karl subía presuroso la escalera–.

—¡Más despacio! –exclamó Fanny–. ¡Nos caeremos los dos junto con el pedestal!

Pero no ocurrió nada. Karl llegó sano y salvo al último peldaño.

—Mira –dijo Fanny después de que se hubieron saludado–, mira qué trabajo he conseguido.

—Es hermoso –dijo Karl, y miró en derredor–.

Todas las mujeres que se encontraban cerca habían descubierto ya a Karl y reprimían la risa a duras penas.

—Eres casi la más alta –dijo Karl, y extendió la mano para calcular la altura de las otras–.

—Te he visto enseguida –dijo Fanny–, nada más salir de la estación, pero, por desgracia, estoy en la última fila, no se me ve y tampoco podía llamarte. Soplaba con especial fuerza, pero no me has reconocido.

—Es que todas tocáis muy mal –dijo Karl–, déjame que pruebe una vez.

—Claro –dijo Fanny, y le alargó la trompeta–, pero no estropees el coro, de hacerlo me despedirían.

Karl empezó a tocar. Había pensado que se trataría de una trompeta de tosca fabricación, destinada solo a hacer ruido, pero pudo comprobar que era un instrumento capaz de producir casi cualquier matiz. Si todos los instrumentos eran de idéntica calidad, se estaba cometiendo una tropelía con ellos. Sin dejarse influir por el ruido de las otras trompetas, Karl tocó a pleno pulmón una canción que oyera en cierta ocasión en una taberna. Estaba contento de haberse encontrado con una vieja amiga y poder tocar la trompeta allí, destacando del resto, y con la posibilidad de encontrar pronto un buen empleo. Muchas mujeres pararon de tocar para escucharle. Cuando de improviso se interrumpió, apenas la mitad de las trompetas seguían sonando, y solo poco a poco se restableció por completo la algarabía.

—Pero ¡si eres un artista! –dijo Fanny cuando Karl le devolvió la trompeta–. Haz que te empleen como trompetista.

—¿También aceptan hombres? –preguntó Karl–.

—Sí –dijo Fanny–, tocamos durante dos horas. Luego, somos sustituidas por hombres disfrazados de demonios. La mitad toca la trompeta, la otra mitad el tambor. Es muy hermoso, así resulta de caro todo el montaje. ¿Y acaso no es también hermosa nuestra vestimenta? ¿Y las alas? –Se recorrió con la mirada de arriba abajo–.

—¿Crees –preguntó Karl– que yo también podré conseguir un empleo?

—Con toda seguridad –dijo Fanny–; es el teatro más grande del mundo. ¡Cuánto me alegra que volvamos a estar juntos! Claro que eso depende de la clase de empleo que te den. También cabe, en lo posible, que, aun estando los dos empleados aquí, no nos viéramos nunca.

—¿Tan grande es esto realmente? –preguntó Karl–.

—Es el teatro más grande del mundo –repitió Fanny–. Aunque yo todavía no lo he visto, pero algunas de mis compañeras estuvieron ya en Oklahoma y dicen que es casi inacabable.

—Pero se ofrece muy poca gente –y señaló hacia abajo a los chicos y la pequeña familia–.

—Eso es cierto –dijo Fanny–. Piensa que cogemos gente en todas las ciudades, que nuestro equipo de propaganda está viajando de continuo y que hay muchos grupos más como este.

—¿Acaso el teatro no ha sido aún inaugurado? –preguntó Karl–.

—Oh, sí –dijo Fanny–, es un viejo teatro, pero lo están ampliando constantemente.

—Me sorprende que no acuda más gente a disputarse esos puestos –dijo Karl–.

—Sí –dijo Fanny–, es raro.

—Tal vez –dijo Karl–, esta movilización de ángeles y demonios ahuyenta más que atrae.

—¡Qué perspicaz eres! –dijo Fanny–. Puede que tengas razón. Díselo a nuestro director, quizá puedas ayudarle con ello.

—¿Dónde está? –preguntó Karl–.

—En el hipódromo –dijo Fanny–, en la tribuna del jurado.

—También eso se me hace raro –dijo Karl–. ¿Por qué se hace la admisión en el hipódromo?

—Verás —dijo Fanny—, en todas partes hacemos grandes preparativos para recibir al mayor gentío. Y en el hipódromo hay mucho espacio. Además, en todos los quioscos donde suelen registrarse las apuestas se han instalado oficinas de admisión. Al parecer, hay más de doscientas.

—Pero —exclamó Karl—, ¿acaso el teatro de Oklahoma tiene unos beneficios tan grandes como para mantener semejantes equipos de propaganda?

—¿Y a nosotros qué nos importa eso? —dijo Fanny—. Pero márchate ahora, Karl, no vayas a llegar tarde. Yo también debo volver a tocar. Intenta por todos los medios conseguir trabajo en este grupo, y ven enseguida a decírmelo. Estaré esperando la noticia con mucha impaciencia.

Le estrechó la mano, le aconsejó cautela al bajar y se puso de nuevo la trompeta entre los labios, pero no sopló antes de ver a Karl seguro en el suelo. Karl volvió a cubrir la escaleta con la tela, tal como estaba antes. Fanny se lo agradeció con un gesto, y Karl, dándole vueltas en la cabeza a lo que acababa de oír, se aproximó al hombre, que ya le había podido ver arriba con Fanny, y se había acercado para esperarle.

—¿Quiere usted ingresar en nuestra empresa? —preguntó el hombre—. Yo soy el jefe de personal de este grupo y le doy la bienvenida.

Quizá por cortesía, permanecía constantemente un poco inclinado, cabrioleaba sin moverse del sitio y jugaba con la cadena de su reloj.

—Se lo agradezco —dijo Karl—. He leído el cartel de su compañía y vengo a presentarme, tal como se indica allí.

—Muy bien hecho —dijo el hombre aprobador—, por desgracia, no todo el mundo aquí se comporta con tanta corrección.

Karl pensó que, tal vez, debiera sugerirle al hombre que era muy posible que los medios de atracción del grupo de propaganda fracasaban precisamente por su ampulosidad. Pero se calló, pues aquel hombre no era el director, y, por otra parte, no era muy recomendable que él, sin haber sido contratado todavía, hiciera enseguida propuestas de mejora. Por eso solo dijo:

—Fuera espera otro que también quiere presentarse y me ha enviado a mí por delante. ¿Puedo ir a buscarle?

—Claro –dijo el hombre–, cuantos más acudan, mejor.

—Le acompañan una mujer y un bebé en un cochecito. ¿Deben venir también?

—Naturalmente –dijo el hombre, y pareció sonreírse por la duda de Karl–. Podemos necesitar a todo el mundo.

—Enseguida estaré de vuelta –dijo Karl, y corrió de nuevo hasta el borde de la tarima–.

Hizo señas al matrimonio y voceó que todos podían acercarse. Ayudó a subir el cochecito a la tarima y emprendieron juntos el camino. Los muchachos, al ver aquello, se consultaron unos a otros, se encaramaron a la tarima vacilando hasta el último momento, con las manos en los bolsillos, y por fin siguieron a Karl y la familia. En aquel momento, salían del edificio de la estación del subterráneo nuevos pasajeros que, al ver la tarima con los ángeles, levantaban los brazos asombrados. Aun así, parecía como si la solicitud de empleo fuera a animarse. Karl estaba muy contento de haber llegado tan temprano, tal vez el primero; el matrimonio, temeroso, le formuló varias preguntas respecto al rigor aplicado allí en la selección de personal. Karl repuso que todavía no sabía nada con certeza, pero que su impresión era la de que se aceptaba a todo el mundo sin excepción. Creía que podían estar tranquilos. El jefe de personal ya salía a su encuentro. Estaba muy satisfecho de que se presentaran tantos, se frotó las manos de contento, saludó a cada uno con una leve inclinación y los colocó en fila. Karl era el primero, luego venía el matrimonio y después los demás. Cuando se hubieron alineado todos —al principio los muchachos se empujaban y tardó un poco en reinar la paz entre ellos—, el jefe de personal dijo, mientras las trompetas enmudecían:

—Les saludo en nombre del Teatro de Oklahoma. Han venido temprano (pero pronto sería mediodía), la aglomeración no es excesiva, así que las formalidades de ingreso se cumplirán con rapidez. Naturalmente, supongo que todos llevan consigo sus documentos de identidad.

Los muchachos extrajeron enseguida toda clase de papeles de sus bolsillos, agitándolos hacia el jefe de personal. El marido dio un codazo a su mujer, que sacó de debajo del colchón del cochecito un legajo de papeles. En cambio, Karl no tenía ninguno. ¿Sería eso un impedimento para que le aceptaran? De todos modos, sabía por experiencia que semejantes prescripciones se pueden eludir con facilidad si uno se muestra un poco resuelto. Por lo menos no era improbable. El jefe de personal revisó la fila, se cercioró de que todos llevaran sus papeles, y como Karl también alzó la mano —aunque vacía— supuso que también él lo tenía todo en regla.

—Está bien —dijo el jefe de personal, rechazando con señas a los muchachos que pretendían que sus documentos fuesen revisados enseguida—, los documentos se comprobarán ahora en las oficinas de admisión. Como ya habrán visto en nuestro cartel, podemos emplear a todo el mundo. Pero como es natural, debemos saber qué oficio ejercían hasta ahora para destinarles al lugar adecuado, donde puedan aplicar sus conocimientos.

«Pero si es un teatro», pensó Karl dubitativo, y escuchó con mucha atención.

—Por eso —continuó el jefe de personal— en las casetas de los corredores de apuestas hemos instalado oficinas de admisión; cada oficina para un grupo profesional distinto. Así que ahora cada uno de ustedes me indicará su profesión; la familia pertenece en general a la oficina de admisión del marido. Luego les conduciré a las oficinas, donde los especialistas examinarán primero sus documentos y luego sus conocimientos; será un examen muy breve, nadie debe asustarse. Allí serán admitidos de inmediato y recibirán las pertinentes instrucciones. Bien, comencemos. Esta primera oficina, como ya indica la inscripción, está destinada a los ingenieros. ¿Hay algún ingeniero entre ustedes?

Karl se presentó. Creía, precisamente por carecer de documentos, que debía esforzarse por pasar las formalidades lo más rápido posible. También tenía cierto derecho a presentarse, pues había querido ser ingeniero. Pero cuando los muchachos vieron que Karl se presentaba, tuvieron envidia y se adelantaron todos, todos sin excepción. El jefe de personal se estiró cuanto pudo y dijo a los muchachos:

—¿Son ustedes ingenieros?

Entonces todos bajaron lentamente la mano; por el contrario, Karl insistió en su pretensión inicial. El jefe de personal le miró incrédulo, pues le parecía que Karl iba muy humildemente vestido y era demasiado joven para ser ingeniero. Pero no comentó nada, tal vez por agradecimiento ya que Karl, según su opinión, había sido quien condujo allí a los aspirantes. Se limitó a señalar la oficina a modo de invitación, y Karl se encaminó hacia allí mientras el jefe de personal se dirigía hacia los demás. En la oficina para ingenieros había dos señores sentados a ambos lados de un pupitre rectangular, cotejando dos largas listas dispuestas ante ellos. Uno leía en voz alta y otro tachaba en su lista los nombres mencionados. Cuando Karl se acercó a ellos saludando, apartaron de inmediato las listas y tomaron otros libros grandes que abrieron delante suyo.

Uno de ellos, por lo visto tan solo un escribiente, dijo:

—Le ruego que me muestre su documentación.

—Por desgracia, no la llevo conmigo –dijo Karl–.

—No la lleva consigo –dijo el escribiente al otro señor, y registró la respuesta en su libro–.

—¿Es usted ingeniero? –preguntó entonces el otro, el que parecía el jefe de la oficina–.

—Todavía no lo soy –dijo Karl con premura–, pero…

—Es suficiente –dijo el señor mucho más rápido aún–, entonces no pertenece a esta oficina. Le ruego que tenga en cuenta el letrero.

Karl rechinó los dientes; el señor debió de observarlo pues le dijo:

—Eso no es motivo de inquietud. Podemos emplear a todo el mundo.

Y le hizo una señal a uno de los ordenanzas que, ociosos, se paseaban entre las barreras.

—Conduzca a este señor a la oficina para gente con conocimientos técnicos.

El ordenanza comprendió la orden el pie de la letra y tomó a Karl de la mano. Cruzaron por delante de muchas casetas; en una de ellas, Karl vio a uno de los muchachos que ya había sido aceptado y estrechaba agradecido la mano de los señores que la ocupaban.

En la oficina a la que fue conducido Karl, el procedimiento fue similar al de la primera, tal como había previsto. Solo que de allí, como se enteraron de que había asistido a un instituto de enseñanza media, le enviaron a la oficina para alumnos de enseñanza media. Pero cuando Karl explicó que había asistido a un instituto de enseñanza media europeo, allí también declararon que aquello no era de su competencia y le hicieron conducir a la oficina para alumnos de institutos de enseñanza media europeos. Se trataba de una caseta situada en el extremo más apartado, no solo más pequeña, sino incluso más baja que todas las demás. El ordenanza que le había conducido allí, furioso por aquel prolongado peregrinaje y por los constantes rechazos, de los cuales, a su entender, solo Karl era culpable, se marchó enseguida sin esperar el interrogatorio. Sin duda, aquella oficina era también el último refugio. Cuando Karl vio al jefe de la misma, casi se asustó de la semejanza de este con un profesor que probablemente continuaría enseñando en la escuela de su ciudad natal. De todos modos, el parecido, como se puso de manifiesto al instante, se reducía a pequeños detalles. Pero las gafas cabalgando en la ancha nariz, aquella barba cerrada y rubia, cuidada como si de un ejemplar de museo se tratara, la espalda levemente encorvada y la recia voz, interviniendo en el momento más inesperado siempre, mantuvieron el asombro de Karl un buen rato aún. Por suerte, no tuvo que prestar mucha atención, pues allí todo fue más sencillo que en las demás oficinas. Cierto que también se registró que le faltaban sus documentos de identidad y el jefe de la oficina comentó que era una negligencia inconcebible, pero el escribiente, que era el que llevaba las riendas allí, lo pasó por alto rápidamente y tras algunas breves preguntas del jefe declaró, mientras este se disponía precisamente a efectuar una pregunta más importante, que Karl estaba admitido. El jefe se volvió boquiabierto hacia el escribiente, pero este hizo un gesto terminante, dijo «admitido» y al tiempo registró la decisión en el libro. Sin duda, el escribiente era del parecer que ser estudiante europeo era algo de por sí tan ignominioso que podía creerse sin más de todo aquel que lo afirmara de sí mismo. Karl, por su parte, no tenía nada que objetar; se acercó a él y quiso expresarle su agradecimiento. Pero aún se produjo una breve demora cuando le preguntaron por su nombre. No respondió de inmediato, le daba cierto reparo mencionar su auténtico nombre y que lo anotaran. En cuanto obtuviera allí, aunque fuera tan solo el puesto más humilde y demostrara su competencia, podrían conocer su nombre, pero no antes; ya lo había silenciado durante demasiado tiempo para revelarlo ahora. Y como por el momento no se le ocurría ningún otro, dio el apodo de sus últimos empleos:

—Negro.

—¿Negro? –inquirió el jefe. Volvió la cabeza e hizo una mueca como si Karl hubiera alcanzado con aquello el máximo grado de inverosimilitud–.

También el escribiente miró escrutador a Karl un momento, pero luego repitió «Negro», e inscribió el nombre.

—No habrá apuntado Negro, ¿verdad? –le increpó el jefe–.

—Sí, Negro –dijo el escribiente con calma, e hizo un ademán como queriendo indicar que ahora le tocaba al jefe disponer lo demás–.

El jefe se contuvo, se incorporó y dijo:

—Bien, entonces el Teatro de Oklahoma…

Pero no continuó, su conciencia se lo impedía; se sentó y dijo:

—No se llama Negro.

El escribiente alzó las cejas, se levantó y dijo:

—Entonces le comunico yo que está usted admitido en el Teatro de Oklahoma y que ahora le presentarán a nuestro director.

Llamaron de nuevo a un ordenanza que condujo a Karl a la tribuna del jurado.

Al pie de la escalera, Karl vio el cochecito, precisamente en el momento en que el matrimonio bajaba. La mujer llevaba el niño en brazos.

—¿Le han admitido? –preguntó el hombre, cuya actitud era mucho más vivaz que antes. También la mujer le miró sonriente por encima del hombro de su marido–.

Cuando Karl repuso que acababan de admitirle y que ahora iba a presentarse al director, le dijo el hombre:

—Entonces le felicito. A nosotros también nos han admitido. Parece ser una buena empresa; claro que uno no puede estar en todo, pero esto ocurre en todas partes.

Se despidieron y Karl subió a la tribuna. Andaba con lentitud, pues el reducido espacio de la tribuna perecía atestado de gente y no quería entrometerse a la fuerza. Incluso se detuvo y abarcó de una ojeada la enorme pista del hipódromo, que lindaba por doquier con lejanos bosques. De pronto le acometieron las ganas de ver alguna vez una carrera de caballos, pues en América todavía no había tenido ocasión. En Europa, de niño, le habían llevado una vez a una carrera, pero su único recuerdo se limitaba a la visión de la madre arrastrándole entre numerosas personas que no querían dejarla pasar. Así, en realidad, todavía no había visto ninguna. Detrás de él empezó a chirriar una máquina; Karl se volvió y observó que en el panel donde en los días de carreras se hacen públicos los nombres de los vencedores, ahora alzaban la siguiente inscripción: «Comerciante Kalla, con señora e hijo». De modo que así comunicaban a las oficinas los nombres de los admitidos.

En aquel preciso momento, algunos señores enzarzados en una animada charla, con lápices y hojas de notas en las manos, bajaban la escalera. Karl se apretó contra la barandilla para dejarles pasar y, dado que arriba había espacio libre, subió. En un rincón de la plataforma revestida con barandillas de madera –el conjunto semejaba el tejado plano de una angosta torre–, estaba sentado un señor que tenía los brazos apoyados en la barandilla y que llevaba una ancha banda blanca atravesada sobre el pecho con la inscripción: «Director del décimo grupo de propaganda del Teatro de Oklahoma». A su lado, sobre una mesilla, reposaba un aparato de teléfono, que seguro utilizaban también durante las carreras, mediante el cual el director se enteraba sin duda de todos los datos necesarios sobre cada uno de los aspirantes antes de conocerlos, ya que por lo pronto no le preguntó nada a Karl, sino que le dijo a un señor recostado a su lado, con las piernas cruzadas y la mano en el mentón:

—Negro, alumno de enseñanza media europeo.

Y como si con eso hubiera despachado a Karl, quien hizo una profunda reverencia, miró escaleras abajo para ver si llegaba alguien más. Pero como no llegaba nadie, prestó de vez en cuando atención al diálogo que mantenía el otro señor con Karl, aunque la mayor parte del tiempo paseaba la mirada por el hipódromo y tamborileaba con los dedos sobre la barandilla. Aquellos dedos finos y sin embargo enérgicos, largos y de rápidos movimientos desviaron por un momento la atención de Karl, a pesar de que el otro señor le absorbía bastante.

—¿Estaba usted sin empleo? –preguntó primero aquel señor–.

Esta pregunta, como casi todas las que le hizo, era muy sencilla, carente de toda malicia, y además no incidía en las respuestas para verificarlas. Pero a pesar de ello, por el modo de expresarlas, con los ojos muy abiertos; por la forma de observar su efecto con el busto avanzado; por la manera de recibir las respuestas, con la cabeza reclinada sobre el pecho y repitiéndolas de vez en cuando en voz alta, el señor sabía imprimirles un carácter especial cuyo significado resultaba incomprensible, pero cuya intuición le tornaba a uno cauteloso y cohibido. Sucedió a menudo que Karl sintió deseos de contradecir su respuesta para sustituirla por otra que tal vez obtuviera mayor aprobación, pero logró contenerse siempre, consciente de la mala impresión que semejante titubeo podía causar, aparte de los imprevisibles efectos que esas respuestas podían causar. Pero por, otra parte, su admisión parecía ya decidida y esta certeza le sirvió de ayuda.

A la pregunta de si había estado sin empleo, respondió con un escueto «Sí».

—¿Cuál fue su último empleo? –preguntó luego el señor. Karl se disponía ya a responder, cuando este levantó el índice y recalcó–: ¡el último!

Karl ya había comprendido correctamente la pregunta a la primera; involuntariamente rechazó la última observación que podía confundirle, meneando la cabeza y repuso:

—En una oficina.

Eso aún era cierto, pero si el señor le exigía una información más precisa sobre el tipo de oficina, tendría que mentir. Pero este no lo hizo, sino que formuló una pregunta por demás muy fácil de responder con sinceridad:

—¿Estaba satisfecho allí?

—¡No! –exclamó Karl, cortándole casi la palabra–.

Por el rabillo del ojo, Karl observó que el director esbozaba una sonrisa. Karl lamentó lo irreflexivo de su última respuesta; pero había sido demasiado tentador espetar aquel «No», pues durante toda la época de su último empleo había abrigado el enorme deseo de que cualquier patrono extraño entrara alguna vez y se la formulara. Pero su respuesta podía reportarle aún otro inconveniente, a saber, que el señor le inquiriera por la causa de su insatisfacción. En su lugar, preguntó:

—¿Para qué puesto se considera usted apto?

Aquella interpelación posiblemente encerrara una auténtica trampa pues ¿a qué venía si Karl ya había sido admitido como actor? Pero aun captándola, no pudo forzarse a explicar que se sentía especialmente apto para ser actor. Por eso sorteó la pregunta y dijo, a riesgo de parecer terco:

—Leí el cartel en la ciudad, y como allí decía que se podía emplear a todo el mundo, me presenté.

—Eso ya lo sabemos –dijo el señor, enmudeció y manifestó así su insistencia en la anterior pregunta–.

—Me han admitido como actor –dijo Karl vacilante, para que el señor comprendiera que con la última cuestión le había puesto en un aprieto–.

—Eso es correcto –dijo el señor, y enmudeció de nuevo–.

—No –dijo Karl, y toda la esperanza de haber encontrado un empleo se tambaleó–, yo no sé si soy apto para hacer teatro. Pero quiero esforzarme e intentar cumplir todos los encargos.

El señor se volvió hacia el director, ambos asintieron, parecía que la respuesta de Karl había sido acertada; cobró ánimos de nuevo y esperó erguido a la siguiente pregunta. Esta rezó:

—¿Qué quería estudiar en principio? –A fin de precisar más la interpelación (el señor ponía mucho empeño en precisar), añadió–: En Europa, quiero decir.

Al mismo tiempo, apartó la mano del mentón e hizo un gesto vago, como si quisiera indicar a la vez lo lejos que estaba Europa y cuán insignificantes eran los planes otrora concebidos allí.

Karl dijo:

—Quería ser ingeniero.

Aquella respuesta le resultaba enojosa; era ridículo evocar el viejo recuerdo de que en una ocasión había querido llegar a ser ingeniero, refrescarlo con la conciencia clara de su carrera anterior en América. ¿Acaso hubiera llegado a serlo alguna vez, incluso en Europa…? Pero en aquel momento no se le ocurría otra respuesta, de manera que dio aquella.

Pero el señor se la tomó en serio, tal como se tomaba todas las cosas.

—Bien –dijo–; no podrá llegar a ser ingeniero enseguida; pero tal vez le interese, por el momento, efectuar otros trabajos técnicos secundarios.

—Seguro –dijo Karl–.

Estaba muy satisfecho. Cierto que si aceptaba la oferta, se le trasladaba del colectivo de actores y se le colocaba entre los obreros técnicos, pero él creía realmente que se desenvolvería mejor en aquella clase de trabajos. Por otra parte, se repetía una y otra vez, no importaba tanto el tipo de trabajo cuanto el hecho de establecerse de forma permanente en alguna parte.

—¿Está lo bastante fuerte para realizar tareas duras? –preguntó el señor–.

—Oh, sí –dijo Karl–.

Tras lo cual, el señor hizo que Karl se acercara más a él y sopesó su brazo.

—Es un muchacho robusto –dijo luego, empujando a Karl hacia el director por el brazo–.

El jefe asintió sonriente, le tendió la mano a Karl sin variar su cómoda postura, y dijo:

—Entonces hemos terminado. En Oklahoma se revisará todo. ¡Honre usted a nuestro grupo de propaganda!

Karl hizo una venia a modo de despedida, luego quiso despedirse también del otro señor, pero este ya paseaba por la plataforma arriba y abajo, como si hubiera dado fin por completo a sus tareas, con la mirada perdida en el vacío. Mientras Karl descendía la escalera, al lado de la misma, en el panel, se hizo la siguiente inscripción: «Negro, trabajador técnico».

Puesto que allí se procedía con rigor en todo, Karl ya no habría lamentado tanto que en el panel se hubiera podido leer su auténtico nombre. Todo estaba organizado incluso con excesiva minuciosidad, pues al pie de la escalera a Karl ya le esperaba un ordenanza que le ató un brazalete. Cuando Karl alzó el brazo para ver lo que ponía en el brazalete, vio allí la calificación totalmente correcta de «Trabajador técnico».

Adondequiera que Karl fuera conducido a continuación, primero quería explicarle el feliz desenlace del asunto a Fanny. Para disgusto, el ordenanza le informó de que tanto los ángeles como los diablos habían partido ya hacia el próximo destino para anunciar la llegada del grupo de propaganda al día siguiente.

—Lástima —dijo Karl; era la primera decepción que se llevaba en aquella empresa—, tenía una conocida entre los ángeles.

—La volverá a ver en Oklahoma —dijo el ordenanza—; pero ahora venga, es usted el último.

Condujo a Karl a lo largo de la parte posterior de la plataforma sobre la cual se encontraban antes los ángeles; ahora solo quedaban los pedestales vacíos. Y se demostró que era errónea la suposición de que sin la música de los ángeles acudirían más aspirantes, pues ahora ya no había ningún adulto delante de la plataforma; solo unos cuantos niños se disputaban una larga pluma blanca, probablemente desprendida del ala de algún ángel. Un muchacho la mantenía en alto, mientras los demás niños intentaban hundirle la cabeza con una mano y estiraban la otra hacia la pluma.

Karl señaló a los niños, pero el ordenanza dijo, sin mirar:

—Vamos, apresúrese, han tardado mucho en admitirle. ¿Acaso dudaban?

—No lo sé —dijo Karl sorprendido, pero no lo creía—.

Siempre, incluso en las condiciones más favorables, había alguien que quería causar problemas a sus semejantes. Karl olvidó pronto la observación del ordenanza frente a la agradable visión de la tribuna de espectadores a la que llegaron. En aquella tribuna había un banco grande y largo cubierto con un mantel blanco; todos los admitidos estaban sentados, de espaldas a la pista, en el banco inmediatamente inferior, y asistían a un ágape. La alegría y excitación eran generales y, en el preciso momento en el que Karl tomó asiento, el último en el banco, muchos se incorporaron con la copa en alto y uno pronunció un brindis en homenaje al director del décimo grupo de propaganda, al cual llamó el «padre de los que buscan empleo». Alguien observó que desde allí también se le podía ver, y efectivamente, a no mucha distancia, se veía la tribuna del jurado con los señores. Así que todos extendieron sus copas en aquella dirección; también Karl tomó la copa que tenía delante. Pero por muy alto que gritaran y por mucho que intentaran llamar la atención, nada en la tribuna parecía indicar que notaran o, por lo menos, quisieran hacerse eco de la ovación. El director se recostaba como antes en un rincón, y el otro señor estaba de pie a su lado, con la mano en el mentón. Algo decepcionados, se volvieron a sentar; de vez en cuando, alguno aún se volvía hacia la tribuna del jurado, pero pronto se concentraron solo en la abundante comida. Se repartían aves de un tamaño como Karl no había visto nunca, con muchos tenedores clavados en la crujiente carne asada; los camareros escanciaban vino sin cesar –apenas sin percibirlo, ya estaba uno de ellos inclinado sobre el plato y en las copas caía el chorro de vino tinto–, y el que no quería participar de la conversación general, podía contemplar estampas del Teatro de Oklahoma, apiladas a un extremo de la mesa y que debían correr de mano en mano. Pero no se prestaba gran atención a las estampas, y así sucedió que hasta Karl, el último del banco, solo llegó una. A juzgar por aquella estampa debían ser todas dignas de ver. Aquella representaba el palco del presidente de Estados Unidos. A primera vista se podía pensar que no era un palco, sino el escenario. Tan majestuoso se proyectaba el antepecho hacia el aire libre. Aquel antepecho era todo de oro. Entre las columnillas, como recortadas por la más delicada tijera, se habían colocado, uno junto a otro, unos medallones que representaban a los presidentes anteriores; uno de ellos tenía la nariz extraordinariamente recta, los labios abultados y, bajo unos párpados abovedados, la mirada fija hacia abajo. En torno al palco, procedentes de los lados y lo alto, irradiaban rayos de luz; una luz blanca pero suave desvelaba la parte anterior del palco, mientras que su fondo, tras el terciopelo rojo, recogido en pliegues que adquirían múltiples tonalidades y que caía por todo el borde guiado por cordones, aparecía como un vacío de rojizo resplandor. Apenas era posible imaginar la presencia de mortales en aquel palco, tan mayestático era su aspecto. Karl no olvidó la comida, pero a menudo contemplaba la ilustración que había colocado junto a su plato.

Le hubiera gustado muchísimo mirar por lo menos una estampa más, pero no quería ir a buscarla él mismo, pues un ordenanza reposaba la mano sobre el montón y sin duda habría que guardar el turno; así que intentó tan solo abarcar la mesa con la mirada para comprobar si a pesar de todo se iba acercando alguna estampa más. Entonces descubrió con asombro –al principio no podía creerlo– un rostro bien conocido entre los más inclinados sobre la comida: Giacomo. Corrió enseguida hacia él.

—¡Giacomo! –exclamó–.

Este, tímido como siempre que le sorprendían, se levantó de la mesa, se volvió en el estrecho espacio entre los bancos, se limpió la boca con la mano, pero luego se alegró mucho de ver a Karl y le pidió que se sentara a su lado o se ofreció a trasladarse al sitio de Karl. Se lo querían contar todo el uno al otro y mantenerse juntos.

Karl no quería molestar a los demás, por eso cada cual debería conservar su sitio, pronto terminarían de comer y entonces, naturalmente, querían permanecer juntos para siempre. ¡Cuántos recuerdos de viejos tiempos!

¿Dónde estaba la cocinera mayor? ¿Qué hacía Therese? El mismo Giacomo apenas había cambiado de aspecto. No se había cumplido la predicción de la cocinera mayor según la cual en medio año se habría convertido en un robusto americano: era frágil como antes, tenía las mejillas hundidas como antes, aunque en aquel momento estaban redondeadas, pues tenía en la boca un enorme pedazo de carne del cual extraía lentamente los huesos para tirarlos al plato. Como pudo leer Karl en su brazalete, a Giacomo no le habían admitido como actor sino como ascensorista: ¡el Teatro de Oklahoma parecía poder emplear realmente a todo el mundo! Perdido en la contemplación de Giacomo, Karl estuvo demasiado rato ausente de su sitio. Cuando ya quería regresar, llegó el jefe de personal, se situó en uno de los bancos más altos, dio varias palmadas y pronunció un breve discurso. Mientras la mayoría se incorporaba, los que permanecían sentados, fascinados por la comida, se vieron obligados finalmente a ponerse en pie por los golpes que los otros les propinaron.

—Espero –dijo, cuando Karl ya había regresado de puntillas a su sitio–, que estén satisfechos con nuestro banquete de recepción. En general, la comida en nuestros grupos de propaganda es objeto de elogios. Lamento tener que levantar la mesa, pero el tren que debe conducirles a Oklahoma sale dentro de cinco minutos. Es un viaje largo, pero ya verán qué bien atendidos estarán. Aquí les presento al señor que se encargará de guiarles y al que deben obediencia.

Un hombrecillo enjuto trepó al banco sobre el cual se encontraba el jefe de personal. Apenas se tomó tiempo para hacer una venia y empezó de inmediato a indicar con sus nerviosas manos extendidas cómo debían agruparse, ordenarse y ponerse en marcha. Sin embargo, al principio nadie le obedeció, pues el mismo comensal que ya antes había pronunciado un discurso, dio un puñetazo sobre la mesa y empezó una larga perorata de agradecimiento, a pesar –Karl se inquietó mucho por ello– de que acababan de decir que el tren partiría acto seguido. Pero el orador ni siquiera se percató de que tampoco el jefe de personal le escuchaba –estaba dando diversas instrucciones al guía–, esbozó su ampuloso discurso, enumeró luego todos los manjares que les habían servido, emitió su juicio sobre cada uno de ellos y concluyó luego resumiendo con la siguiente exclamación:

—¡Estimados señores, esta es la manera de conquistarnos!

A excepción de los aludidos, todos rieron, pero aquello, no obstante, tenía más de verdad que de bufonada.

Por otra parte, tuvieron que expiar aquel discurso, ya que fue necesario recorrer el camino hasta la estación corriendo. Pero eso tampoco resultó muy fatigoso pues –Karl solo lo notó entonces– nadie llevaba equipaje; el único equipaje era en realidad el cochecito, que botaba incontenible, conducido por el padre, a la cabeza del grupo. ¡Qué gente más desposeída y sospechosa se había congregado allí y, sin embargo, qué bien recibidos y atendidos estaban! Parecía que todos ellos hubieran sido recomendados al guía con especial encarecimiento. Ora cogía él mismo con una mano la manija del cochecito y levantaba la otra para animar a todo el grupo, ora se le veía tras la última fila aguijoneando a los rezagados, ora corría a lo largo de los flancos y echaba el ojo a más de uno que avanzaba con paso retardado por el centro y trataba de hacerle comprender, agitando los brazos, cómo debía correr.

Cuando llegaron a la estación, el tren ya estaba dispuesto. Las gentes que había en el andén se mostraban unos a otros al grupo, se oían exclamaciones tales como:

—¡Todos estos pertenecen al Teatro de Oklahoma!

El Teatro parecía mucho más popular de lo que Karl había supuesto; de todos modos, nunca se había interesado por asuntos de teatro. Había un vagón completo reservado para la compañía; el guía les instaba a subir más que el propio revisor. Primero miró en cada compartimento, ordenaba algo aquí y allá, y solo luego subió él mismo. Casualmente, a Karl le tocó un asiento junto a la ventana y arrastró a Giacomo a su lado. Y así se quedaron sentados, muy juntos, alegres en el fondo con la idea de aquel viaje. Hasta entonces nunca habían realizado un viaje tan despreocupado en América. Cuando el tren inició la marcha, saludaron con las manos fuera de la ventanilla, mientras los muchachos que tenían enfrente se daban codazos, pues lo encontraban ridículo.

Viajaron durante dos días y dos noches. Solo entonces comprendió Karl cuán grande era América. Incansable, miraba por la ventanilla, y Giacomo se apretaba tanto contra él, que los muchachos de enfrente, muy ocupados en sus partidas de naipes, se hartaron y le hicieron sitio al lado de la ventanilla. Karl les dio las gracias —el inglés de Giacomo no todo el mundo lo entendía—, y con el tiempo, como es inevitable entre compañeros de compartimiento, se volvieron mucho más amables, aunque a menudo su simpatía resultaba molesta, pues, por ejemplo, siempre que se les caía una carta al suelo y se agachaban para buscarla, pellizcaban con todas sus fuerzas a Karl o a Giacomo. Giacomo gritaba, siempre pillado por sorpresa, y levantaba la pierna al aire; Karl intentó responder una vez con un puntapié, pero por lo demás lo toleraba todo en silencio. Todo lo que acontecía en el estrecho compartimiento, cargado de humo incluso con la ventanilla abierta, resultaba insignificante en comparación con lo que se veía fuera.

El primer día cruzaron una alta cadena de montañas. Macizos de piedra de un negro azulado caían en puntiagudas cuñas hasta el mismo tren; uno se asomaba por la ven-

tanilla y buscaba en vano las cumbres: allí se abrían valles
oscuros, estrechos, desgarrados, y uno señalaba con el dedo
la dirección en que se perdían; anchos ríos torrenciales discurrían con premura, en forma de olas, sobre el accidentado
lecho y, arrastrando en su seno mil diminutas olas de espu-
ma, se precipitaban bajo los puentes por encima de los cuales pasaba el tren tan cerca que el hálito de su frescor estremecía el rostro.

Índice

AKAL BÁSICA DE BOLSILLO
OTROS TÍTULOS DE FRANZ KAFKA